大雾

Wild Awakening

颜凉雨

著

完结篇

目 录
Contents

风声呜咽，远方传来热闹而纷杂的回应。似孤狼在嗥叫，似小兽在低吼，似啮齿类在兴奋地刨土造穴，似飞鸟掠过林间的羽翅拍动。

广袤山岭，万物有灵。

它孕育了多样的生命，也用它的深沉与温柔，接纳所有的住客与归人。

墙上墙下，树上树下，颠倒位置，错换时空，却还是要相遇。

大雾迷离，我低头看见你。

第一卷

暗涌

第一章　报复

这是一家粤菜加东北菜的融合餐馆，坐落在繁华的市中心，算是闹中取静。

林雾刚跟着王野进餐厅的时候，还以为要吃的是上海本帮菜，因为餐厅从外到里的装修，都是旧上海二三十年代的摩登复古风。

一北，一南，一东，三种地域元素在这家餐馆里得到了完美融合，再加个"西"都能凑一桌麻将了。

实话实说，环境是真的漂亮，置身其中，无论看哪儿都赏心悦目。

以至于王野都点完两道菜了，抬头一看，得，林雾还在欣赏装潢，手上装帧精美的菜单压根还没翻开。

知道的清楚林雾是来吃饭的，不知道的还以为是同行来考察装修设计了。

不得已，王野只好出声提醒他："点菜。"

林雾这才回过神，连忙翻菜谱："嗯……烧腊三宝……水晶咕咾肉！"他啪叽一声合上菜谱，完成任务似的如释重负，"我就这俩，剩下你来。"

王野："……"

桌旁一直等候的服务员："……"

最怕空气突然安静。

林雾缓缓看向王野，王野缓缓看向服务员，服务员缓缓看回林雾："您朋友刚刚点的就是这两道菜。"

林雾："……"

最终两人点了烧腊三宝、水晶咕咾肉、椒盐虾和蜂蜜厚多士。

为了尊重店家的融合风，他们额外还加了一份纯正东北甜品：雪绵豆沙。

蜂蜜厚多士和雪绵豆沙都是林雾点的，点的时候他特意看了王野一下，见王同学并无异议，便由着心情去了。

两道都是甜品，分量都很足，其实有点重复。

可这样悠闲的下午时光，林雾就觉得该多点甜。一如蜂蜜厚多士，有了蜂蜜还不够，还要在上面放上缤纷的冰淇淋球。

大厨没让人失望。

点的菜陆续上来，每一道都没有辜负餐厅迷人的氛围带来的期待。

吃到差不多的时候，林雾起身去洗手间，在通往洗手间的过廊上，迎面遇见一个和他年龄相仿的男生。

男生应该是刚去完洗手间，往回走。

过廊有些窄，林雾微微侧过身，让对方先过。

这本来是一件再平常不过的事，可对方的穿衣风格实在太让人难以忽视了，擦肩的时候，林雾就不由自主多看了两眼。

闪瞎人眼的亮片夹克，还是银色和宝蓝的撞色款，放舞池里直接当灯球都没毛病；宽大的牛仔裤倒是低调的水洗色，不过破洞多得让人担心剩余的布料挂不挂得住，别走着走着路裤腿再掉下来一截；鞋则又回归了浮夸风，大胆的用色和夸张的鞋帮生生打造出了七彩凤凰的神韵。

偏偏他的模样根本不张扬，大眼睛、长睫毛，比小姑娘都秀气。

这种自身底子和主观审美不一致造成的强烈冲击和反差，蓦地在林雾记忆中，勾起一丝模糊的熟悉感。

总觉得……在哪儿见过。

男生已经走过去了，林雾却还陷在微妙的似曾相识感里。

或许是感觉到背后的视线，男生忽地回头。

两人目光相撞。

林雾脑内突然炸起一声"DJ drop the beat（DJ 给个节奏）——"

这不就是上学期夜游的时候，拖着音箱和几个狐朋狗友午夜蹦迪，故意找当夜值班的苏啸的碴的那位吗！

后来他跑了，留着那几个伴舞的倒霉蛋接受苏老师的"教育"，也不知道改过自新、回头是岸没。

但眼下这位肯定没改，至少从穿搭上看，有点誓要把"霹雳咔嚓"进行到底的意思。

林雾认出了对方，但对方并没有。

莫名其妙地看了林雾一会儿，男生咕哝了句"瓜兮兮的"，转身进了过廊尽头的包厢。

林雾原地沉吟两秒，果断拿出手机。

万能的互联网告诉东北林同学——

瓜兮兮，在四川方言里为"傻""笨""呆"一类的意思。

热心四川网友补充："看关系，可以是骂人，也可以是调情，反正我经常跟我男朋友说'你瓜兮兮的'，哈哈哈。"

林雾："……"

他的待遇，毫无疑问是前者。

但也不能全怪对方，将心比心，他要是被一个不认识的人盯着看，也会在心里吐槽一句：什么鬼。

萍水相逢这事本来到此就应该过了，毕竟认识这位同学的是苏啸，林雾纯属"吃瓜群众"，还没吃到瓜瓤。

可他怎么也没想到，从洗手间出来之后，他路过这位男同学刚才进去的包厢，包厢门突然毫无预警地打开了。

里面的喧闹嘈杂一下子传了出来。

开门者二十岁左右，穿一身潮牌，开了门压根不看，横冲直撞就往外走，林雾闪躲不及，被对方结结实实撞到了身上。

两人身高相仿，但林雾比对方清瘦些，被撞得猛一踉跄，后背"咣"地磕到墙上，脊椎骨都疼。

潮牌啥事没有，却先破口大骂："你走路不长眼啊！"

林雾本来没想计较，这会儿压不住火了："咱俩谁不长眼，你开门往外走不看着点人？"

"哎，我去！叫板是吧？"潮牌冷笑，"你要现在给我道歉认错，态度诚恳点，我兴许心情一好就放你一马，你要非不识相，"他往身后的包厢一甩头，"看见没，这一屋子人能把你打到亲妈都认不出来。"

包厢里两个大圆桌旁，浩浩荡荡坐了十七八个人，全是小年轻，看穿戴都是家里不差钱的主儿。

不过大部分都在自顾自地闹，又喝酒又划拳地闹腾，根本懒得关注门口的争吵。

仅有几个看过来的，听见潮牌这话，哄笑着给他拆台："王锦城，自己惹的事自己平，我们可不帮你擦屁股——"

潮牌显然没料到会被这么不留情面地打脸，恼羞成怒地回怼："滚——"

原来是个逮着谁都骂的神经病。

那林雾就不计较了。

而且这偌大两桌，全是酒肉搭子，没一个真朋友，他都开始有点同情这位了。

揉揉后背，林雾准备直接绕开这个叫王锦城的家伙。

刚往旁边迈步，王锦城居然跟着一脚跨过来了，严严实实挡住林雾的去路，拿鼻孔看人："想溜啊，咱俩事还没完呢。"

林雾:"……"

这种人就是挨的社会毒打还太少,一啤酒瓶砸脑袋上,什么都能教育明白了。不明白?那就再砸一瓶,连啤酒带玻璃碴子那种,绝对……不对,林雾突然愣住了。

他第一次认真去看王锦城的脸。

这人他见过啊!

这家伙在林雾记忆里的印象,可比刚才蹦迪那位深刻多了。

大雾,校门口,任飞宇的行李箱,毫无道德停在路中央的卡宴,以及卡宴四熊。

这就是当时最嚣张的熊大。

"我去……"王锦城也想起来了,脸色一瞬变得比刚才难看万倍,"是你!"

冤家路窄。

形容当前情景,林雾再想不出比这四个字更贴切的了。

"看来当时我们对你的教育力度还是不够,"林雾嘲讽道,"就该让夏扬直接给你上一节思想品德课。"

王锦城不知道夏扬是谁,但听这话,也猜得出是那个叨叨骂街,听得他脑瓜瓢子稀碎的那个。

被津骂支配的恐惧,让王锦城下意识地往左右看。

林雾见状乐了,讥笑道:"把心放肚子里,夏扬没来。"

"什么情况——"包厢里看热闹的来精神了,"还有前仇旧怨?"

更有甚者直接挑事:"王锦城你不行啊,让人撑得屁都不敢放一个——"

王锦城的脸一阵红一阵白,狼狈至极,突然一拳冲着林雾就挥了过去。

林雾早有准备,但他没料到对方的动作速度这么快,虽然提前很多去闪躲,却还只是堪堪避开。

拳头擦着他的脸颊过去。

"咣"一声,砸在墙壁上,发出巨大的闷响。

不止速度快，爆发力也强。

猛兽类。

林雾刹那间就判定了对方的科属。

一拳不中，包厢里的起哄声差点掀翻房顶，原先喝酒划拳的都开始看热闹了。

王锦城无比难堪，突然发狠，猛然端起旁边花架上的盆景，照着林雾劈头盖脸就砸过去。

让这玩意儿砸中那是会死人的。

包厢里一下子噤声，谁都没想到王锦城心里真没个数。

林雾也蒙了，盆景砸下来的时候，他想再躲，已经来不及了。

然而就在最后关头，他忽然被一股巨大的力道扯了过去。

盆景重重砸在他刚刚让开的墙面上，瓷片"哗啦"碎裂，土石飞扬。

林雾被人完完整整护在怀里，连一根头发丝都没沾到土。

"王野？"砸完盆景，王锦城也过劲儿了，再看到从天而降的王野，发热的大脑彻底冷却了。

王野看都没看他一眼，松开胳膊，低头检查林雾："没事吧？"

"我没事……"林雾听见王锦城喊王野了，有点乱，"你俩认识？"

没事就行。

彻底放开林雾，王野面无表情，朝王锦城走过去。

王锦城的眼神有点慌，但嘴上还在强撑："你别乱来啊，这是……"

王野一脚狠狠踹过去，毫不留情。

王锦城话没说完，就"嗷"一声被踹了出去，喊得都不像人声了。

王野一言不发，继续往前，再次来到倒地的王锦城面前。

王锦城疼得爬不起来，连鼻涕带眼泪地骂："王野，你给我等着，等我回家……"

王野上去又是一脚。

王锦城彻底没声了，在地上蜷缩成一团，呜呜地哭。

包厢里的人全傻了。

这人没拿盆景，就是单纯地揍人，甚至连揍都算不上，只是踹了两脚，但每一脚都往死里踹，那种压迫感太骇人了。

闻讯而来的餐厅经理也傻了，他过来是想劝架，但现在好像已经结束了。

"损坏的东西，你算一下多少钱，"王野回头向经理道，"让他照价赔偿。"

从餐厅出来，林雾跟着王野沿着来时的街道，径直回了越野车停靠的理发店门前。

王野打开车门，上车，全程沉默。

林雾跟着坐进车里，有些不安地看了他一眼。

刚才那场斗殴，王野大获全胜，吃了大亏的那个家伙根本不敢拦着不让他们走，店家的损失也只有一盆与他们无关的盆景和墙面什么的，所以同样没多说什么。无论从哪个角度看，他们都应该是痛快淋漓地出了一口恶气。

然而王野周身的低压，并没有任何变化。

他目视前方，发动汽车，眼里的冷是带着冰碴的。

"我们……去哪儿？"系好安全带的林雾轻声问。

"回学校。"王野猛地打一把方向盘，开车汇入主干道。

"哦。"林雾低落地应了一声，不再多嘴。

现在还没到傍晚，距离他们出来的时间不过四小时。

假日结束了。

之后的很长一段时间，车里静得压抑。

王野根本没有说话聊天的意思。

林雾想起他们刚认识的时候，王野就是这样，浑身散发着"生人勿近"

的气场。

某个瞬间，林雾觉得王野不是在跟刚才那家伙置气，而是在以这样的冷漠抗拒整个世界。

名叫林雾的人，也没有在这一刻通行的特权。

直到王野把车停到学校北门前。

"那是我弟。"越野车停稳，王野终于开口说了第一句话。

就四个字，但信息量有点大："你弟?!"

王野揍人的时候没有一点犹豫，林雾还以为他们是以前结过梁子。

王野并没有熄灭越野车的发动机，只是解锁了车门，和林雾说："你先回去吧。"

从对方把车停在校门口而不是停车场，林雾就有预感了，却还是忍不住问："你呢?"

"再转转，"王野看回前方，川流不息的街道在他眼里划过，留不下一点痕迹，"烦。"

或许，就没有什么能在他眼里留下痕迹。

林雾默默下了车，他有许多话想说，有许多事情想问，如果王野需要，他可以把自己全部敞开，来让对方知道，他是可以信任的。

但王野什么都不要。

最终，林雾只能隔着车窗叮嘱："你慢点开。"

正要换挡的王野闻言手上一顿："嗯。"

越野车驶出。

林雾没察觉自己目送了他很久，很久。

王野也没察觉，自己眼里冷漠的坚冰，已悄然出现融化的裂痕。

夕阳来了。

天边一片瑰丽的晚霞。

餐厅里，王锦城好不容易和餐厅掰扯完赔偿款，除了赔盆景，还有损坏的墙面、壁纸、装饰挂画。

他快吐血了。

不是钱的问题，裁面啊！

当着那么多朋友的面，王野是真一点余地不留，往死里下黑手啊。

包厢里一起吃饭的人早就作鸟兽散了，只有几个平时就跟在王锦城屁股后头混的，留下来陪他收拾残局。

这会儿几个人一起上了卡宴，他们还在骂骂咧咧地帮着王锦城宽心。

"王野算个屁，你就是不爱和他一般见识，他给脸不要脸！"

"你回去就把被踢的地方给你爸妈看，看你爸妈打不死他。"

"这顿没吃好，咱们换个地方，哥儿几个好好陪你 high^① 一晚上……"

"滚蛋！"王锦城听得闹心，把这几个货看一圈，"现在能耐了？刚才我被打的时候你们干啥呢？被人点穴了？"

"不是，那不是你哥……"

王锦城怒道："谁?"

"呔呔呔！王野！那不是王野那小子太虎了吗，我一个河狸咋跟他PK 啊。"

"别看我啊，我还不如河狸呢，他那好歹啮齿类，还能上牙啃，我一陆地龟，我太佛了……"

"不行，"王锦城一张脸冷下来，眼里阴沉得厉害，"这口气我必须出了。"

车内空气渐渐凝固。

四个跟班你看我，我看你，最后推出来一个硬着头皮劝："要不，算了……你哪次找他麻烦，最后不都是让人家收拾一顿……"

王锦城恶狠狠地瞪他。

"忠言逆耳，"跟班也不是第一天看王锦城作死了，苦口婆心地劝，"你

---

① 网络用语，指做某事进入兴奋状态。

爸妈再疼你，再不待见王野，也不能真把他怎么样，毕竟他也是亲生的，不是捡来的。"

"对啊对啊，"另一个赶紧附和，"你老说王野手黑，但他哪次也没真把你打坏，对吧？他贼着呢，知道只要你不出事，就拿他没辙。"

王锦城"呵"了一声，怒极反笑："我是拿他没辙，但你们说，他今天为啥怒？"

四个跟班交换眼神，心道：还不就因为你手上没个把门的，拿盆景砸人家朋友吗？

但真要说就得跳过王小少爷不爱听的细节："就，护着朋友吧。"

"就是这个，"王锦城眯起眼，"我认识他这么多年，第一回看见他这么护着一个人，"他的语气逐渐阴狠，"弄不了王野，我还弄不了他吗？"

"你的意思是？"

"查他，我要那家伙的全部资料。"

隔山打牛，王锦城简直佩服自己的脑子。这回，他要把以前受的气，一次性全还给王野。

林雾回到宿舍，夏扬、任飞宇都在，李骏驰还未归。

见他进门，两位室友都有点意外。

"回得早了点吧？"夏扬看看外面，天擦黑，夜行科属的活跃时间才开始。

任飞宇眼尖地发现："哎，你剪头发啦？"

"剪了？"夏扬仔细看了看，"好像是剪了点，但程度也太微乎其微了。王野剪了吗？这要不是第二个头半价，以我勤俭持家的消费观都没法接受。"

"我觉得挺好的，"任飞宇端详着，"比原来更自然清爽了，林雾本来也不适合一下子剪得很短。"

两人你一言我一语说了半天，终于发现了不对劲。

"林雾你咋了？"任飞宇眼里浮现了一丝担心，"咋一直不吱声呢？"

夏扬问："你们被理发店宰了？强制办卡了？"

林雾扑哧乐了，再低落再郁结在夏扬这儿都得破功："你觉得谁能强制王野办卡？"

夏扬："的确有点难度。"

"我没事，就是吃太饱，撑着了，"林雾说着去洗了一把脸，换上宽松的宿舍衣服，爬上床躺平，"让我缓缓。"

夏扬了然，转头和任飞宇说："我说嘛①来着，就不能吃自助，头天晚上饿一宿，第二天撑着虚弱的身体扶墙进，又撑着超负荷的身体扶墙出，这是干吗，这是在伤害我们大好的年华、青春的体魄！"

任飞宇深深受教，然后问："你还有方便面吗？"

夏扬说："点外卖？"

任飞宇说："我看行。"

今天结伴出行并在午餐时段放弃自助餐选择了烤鱼的两位同学，一个负责吃鱼，一个负责吃配菜，本来应该其乐融融，但他们高估了菜量，低估了自己的胃口，现在又饿了。

林雾在上铺一直躺到晚上八点。

手机拿了又放，放了又拿起来，反反复复，都要焐热了。

想给王野发微信，想知道他在哪儿，在干什么，心情有没有好一点。

可信息编辑了又删，最终还是没发出去。

那个叫王锦城的，是王野的弟弟。

有这一层关系，林雾就不知道该怎么开口问了。

亲弟弟吗？

如果是亲的，为什么看起来关系那么恶劣？

还是说和自己的情况类似，是父亲或者母亲和新伴侣生的孩子？

---

① 嘛：天津方言，指"什么"。

太多种可能了，涉及家庭，没有人比林雾更清楚这其中的敏感和复杂。

如果是别人，林雾也许会直接算了，清官难断家务事，既然对方不想说，想自己冷静，他就会给出朋友该给的空间。

可那是王野。

与人相处的距离和道理林雾都明白，然而对着王野，他就是放不下。

深吸口气，林雾再次拿起手机，什么都不想飞快发出一条：你回来了吗？

完全凭着冲动。

他怕稍一迟疑，又被那些顾虑淹没了。

信息成功发出。

"嗷呜——"

王野：回了。

秒回。

林雾一个鲤鱼打挺坐起来，心里腾起一团闷气：回了你不发信息！

王野：你咋才给我发微信？

还恶人先告状！

林雾：你把我丢在校门口，自己跑了，还指望我主动关怀？[痴心妄想.jpg]

王野：你挺支棱啊。

林雾：我还能更支棱。[猛男叉腰.jpg]

王野本来开车狂飙几个小时，就已经把大部分火撒出去了，这会儿再看着那辣眼睛的表情包，最后的阴霾也烟消云散，一个没绷住，闷声乐了。

509里，自王野回来就低压的空气，终于见到曙光。

难受了半天的葛亮终于长长舒了口气，给原思捷发信息：这是又高兴了。

原思捷就在对床，俩人距离不超过两米，但不影响微信交流：嗯。

葛亮：肯定是林雾发来的信息。

原思捷：嗯。

葛亮：所以俩人出去到底发生了啥矛盾啊？要是没发生，野哥回来不至于那么奔拉着脸；但要发生了，一条微信就能治好？

原思捷：薛定谔的矛盾，这种妙不可言的玄学你不懂。

葛亮：……

333里，林雾正琢磨怎么提王锦城的话头呢，没想到王野直截了当都发过来了。

王野：王锦城，比我小一岁，同父同母，亲弟。

林雾在餐厅里只是听别人喊"王锦城"，此刻才第一次看见大名，第一反应是：你俩这名字画风差太多了吧？

王野：王锦城是我爷爷起的。

林雾：你的名字不是？

王野：不是。

林雾愣住，他只是顺着话茬，没多想就回了一句，王野却给了肯定的答案。

两个都是孙子，论资排辈王野还是长孙，你要么都起名，要么都交给父母处理，这爷爷还能略过第一个孙子，给第二个孙子起名？

林雾感觉这里面有事，可又想不出来，都是一个爹妈生的，能有什么差别？

王野：你和王锦城因为啥干架？

又一条微信发过来，打断了林雾的思绪，但也让他松了口气。

王同学终于想起来问事情的起因了，看来在失联的这几个小时里，他的确是把那股暴躁的邪火撒出去了。

说真的，林雾一点都不想再看见那样"生人勿近"的王野。

林雾：就是我往回走，他正好从屋里出来，撞一起了。

王野：然后就动手了？

林雾：没，先吵吵两句，才动的手。

王野：王锦城先动手的吧？

知弟莫若哥。

但也就因为王野是亲哥，林雾把那句"对，就你那熊弟弟先动的手"简化成了一个：嗯。

不然感觉连王野一起骂了似的。

收到林雾简明扼要的回复，王野一点都不觉得奇怪。

王锦城从来只有人让他，没有他让人。

王野只是奇怪：你怎么和他吵起来的？

林雾：不是刚说完我俩撞一起了吗？

王野：单纯撞一下吵不起来。

林雾：同学，你是没看到你弟有多嚣张……

王野：不用看我也知道。

林雾：那你还问。

王野：你和他吵上一句就知道他是傻×，你还继续？

这确定是亲哥？？？

王野：只有傻×才和傻×计较。

林雾确定了，王野是真虎，虎起来连自己都骂：你和他计较那两脚可一点没留情。

王野：他打你了。

王野是秒回的，几乎没有任何犹豫。

林雾怔怔看着那四个字，心底藏得最深的冰天雪地，被一缕阳光照透了。

王野：别转移话题，你俩肯定还有别的事。

王野很笃定，不然以林雾的性格和智商，他能有一百种方法甩掉王锦城，绝对不会让这么一点小事发展到最后大打出手。

林雾从来不怵王野的脑子，但真是怕了王野的野性直觉。

林雾：我之前就见过你弟。

信息发过去，林雾叹了口气。

他实在不想提这个，因为下午那事就够让王野和他弟剑拔弩张的了，要是再把前仇旧怨一提，怎么看都像在背后告黑状，极容易让本就不咋融洽的兄弟关系雪上加霜。

王野：你俩见过？啥时候？

林雾：就上学期咱俩第一次遇见那天。

王野：大雾那天？

林雾：嗯。我们宿舍任飞宇你知道吧？

王野：谁？

林雾：江潭救过那个。

王野：没记住人，对不上号了。

林雾：游隼。

王野：啊，他。

王氏科属记忆法常年在线。

林雾：你弟把车停在路中间了，任飞宇从地铁站出来，雾太大，什么都看不清，过马路的时候行李箱就把你弟的保时捷卡宴给剐了。

王野：你出去支援？

林雾：我们全宿舍出去支援。

王野：吃亏没？

林雾：你是问我还是问你弟？

王野：[再问废话你就完了.jpg]

林雾抿嘴乐。虽然和王野亲弟弟争风吃醋的嫌疑，但王野丝毫不迟疑的站队，还是让他非常没出息地心里小花偷偷开。

林雾：没有，都没轮到我上手，夏扬一个人控全场，先打再说，直接给你弟说走了。

王野：说？

林雾：津门骂街。

王野：……

林雾：所以今天一看是他，我就压不住火了。

话说开了，林雾心里也敞亮了，没等王野回，又飞快敲字：反正今天新仇旧怨都算完了，以后再见到你弟，我绝对绕开走。

没想到王野回：看情况。

林雾迷惑：看什么情况？

王野：我在不用，我不在你就绕。

林雾：……你是在拐着弯鄙视我的战斗力吗？

王野：他是孟加拉虎。

林雾：我还是丛林狼呢！

王野：你打一百个叹号也没用。

林雾：……

王野：说话。

林雾：知道啦！！！！！

王野：[乖，跟着我有肉吃.jpg]

林雾：[撇嘴.jpg]

不过抬杠归抬杠，以后再遇见王锦城，哪怕王野在场，林雾也会拉着他一起绕开。

能把盆景往人脑袋上砸，这种人手上没数，心里更没数，躲着走是最优选择。

王野：[照片]

没头没脑，王野突然发来一张车的照片，林雾点开，差点被乱七八糟的划痕晃瞎眼。

林雾：这是啥？

王野：王锦城的卡宴。

林雾：车身上的"抽象画"为啥看着那么熟悉……

王野：我车上的划痕，一比一复刻。

林雾：你干的？

王野：他干的。

林雾：他为啥要划自己车？

王野：划完我的车，深刻反省，为表歉意，把自己的也划了。

林雾：……那他为啥要划你的车？

王野：手欠。

所以这是寒假的事情了。

林雾想起来，他当时还问过王野车是咋划的。当时的他怎么也不会想到，干这事的是他亲弟弟。

王野：解气没？

林雾：？

王野：这是寒假的照片，他的车现在已经喷好了，撞你们宿舍人的事加上今天下午这事，我可以再让他划五六七八遍。

林雾：呃，也不是撞我们宿舍人，是乱停车然后被我们宿舍人的行李箱剐……

王野：都一样。

也是很严格的亲哥了，还是暴躁野兽型。

林雾：没必要，你踹他那两脚应该足够他长记性了。

王野不置可否。

今天他再晚过去一秒，林雾绝对会被砸中，一想到可能发生的后果，他就想拿同样的花盆把王锦城的脑袋开了。

就踹两脚，便宜他了。

迟迟没等来回复，林雾担心王野真一个冲动又找王锦城，连忙编辑了一条玩笑似的信息，想缓解气氛：不过我第一次遇见你和第一次遇见你弟，居然在同一天，巧得有点玄乎了。

王野对着新收到的信息皱眉，满脸的嫌弃仿佛下一秒就想把手机扔了，或者去333和某位同学谈一下人生。

王野：你把我和他并列放一起？

林雾：人生平衡定律。

王野：啥玩意儿？

林雾：一个人不可能总遇见好事，也不会总遇见坏事，尤其在某个特定时间内，如果遇见的好事太大或者太多了，命运就总要来一件坏事平衡一下这个人的幸福值。

王野：说人话。

林雾：遇见你这件事对我来说幸福指数太高，命运看不过去了，所以在同一天派了你弟过来平衡一下。

王野：……

林雾：[天真无邪的笑脸 .jpg]

王野：[收起你的花言巧语 .jpg]

林雾：[人在害羞的时候总喜欢故作高冷 .jpg]

王野：[找削啊 .jpg]

林雾：[来打我呀 .jpg]

509宿舍，破天荒在表情包战役里斗输的王野同学，烦躁地把手机一扔。

手机落在身旁的床铺上，轻微闷响。

葛亮闻声抬头："咋了？"

王野语气不善："烦。"

葛亮咽了下口水："可是野哥，你的眼睛好像在笑……"

晚上十点，333宿舍的最后一位兄弟李骏驰终于归队。

"早七晚十，"夏扬看一眼时间，替李骏驰不值，"哥哥，你这两百块的买卖算下来每小时才十三块三三三三三，廉价劳动力啊。"

"啥啊，我八点就回来了，"李骏驰说，"在操场待了俩点儿。"

"按八点算时薪好像也没多多少……"任飞宇弱弱补刀。

"你去操场干啥？"林雾好奇。

"感受一下啊，"李骏驰说，"焕然一新的操场，你们还没去过吧，贼棒！"

操场翻修是四月底结束的，然后就到五一放假了，他们的确还没去过。

"贼棒？"夏扬用天津味东北话重复了一遍，保持怀疑。

李骏驰连说带比画："跑道、草坪全翻新了，一部分单双杠也增加了高度，"他说着看向夏扬，"还有沙坑，以我目测，比原来至少扩大了两到三倍。"

夏扬眼睛"唰"地亮了："真的？"

李骏驰说："以我的职业信誉发誓。"

对觉醒后体育课立定跳远，老师特意为他单独把起跳线往后挪了好几米的夏同学来说，这简直是最大的福音——妈妈再也不用担心我跳出坑了！

林雾由此想到的却是另外一件事："既然操场都翻修好了，光给我们上体育课也太浪费了吧……"

李骏驰问："什么意思？"

林雾说："上学期的运动会没开上，对吧？"

李骏驰答："对啊，那时候不正觉醒呢嘛。"

校运动会都在秋天，而去年秋天，正是大雾刚过，野性觉醒闹得一团乱的时候。

"你觉得今年会开？"任飞宇摇头，"这难度系数有点高吧？"

"不是难度系数的问题，是这个场面不可控吧，"李骏驰说，"现在咱们可不是一般的战士了，别的不说，就跳远，咱们跳多少？夏扬跳多少？咋比？"

林雾说："那就全让夏扬这样的上啊，全校又不光他一个能跳的科属。"

夏扬说："好嘛，你们这说得我还有点热血沸腾斗志昂扬了呢……"

关于运动会，林雾其实只是灵光一闪，而且他觉得就算开，也还会按照往年那样放在金秋十月。

万万没料到五一假期刚结束，通知就来了。

【环境学院群】

李老师：[通知] 为加强体育运动，增强身体素质，学校定于两周后召开全校运动会。各项目想报名的同学，请在周五之前点击 [网页链接] 填写报名表。因每个项目的参赛名额有限，报名数量超过的，学院会先组织内部进行比赛选拔，成绩优异者代表学院参加比赛。

学院群刚响完，班级群就热闹起来。

【环工 1 班级群】

邓茶茶 - 梅花鹿：院群里的通知大家都看见了吧？

最近，为方便同学之间加深了解，环工 1 班的群昵称在大家一致同意的情况下，改成了"科属后缀"的新格式。

邓茶茶 - 梅花鹿：大家想参赛的，打开李老师发的网址报名就行。我在这里主要和大家说一下表演赛。

尚海涛 - 单峰驼：啥？

邓茶茶 - 梅花鹿：集体表演赛，大一的时候咱们练的太极拳，忘了？

刘慕 - 刺猬：班长，你不要告诉我，咱们都大二了，都觉醒了，还要组成学院方阵表演集体太极拳去和别的学院 PK……[我脆弱的小心脏承受不住这样的压力 .jpg]

邓茶茶－梅花鹿：这回不是太极拳了，是觉醒健身长拳。

邹凯－黑犀牛：有区别吗？

邓茶茶－梅花鹿：邹凯。

邹凯－黑犀牛：行行，我不说话了。

徐振龙－土拨鼠：……你俩再这么公然秀恩爱我就退群了！

邓茶茶－梅花鹿：这次不是全体都练拳，想参加觉醒健身长拳的，现在就到我这里报名。

李骏驰－阿拉伯马：报名制啊……[吓我一跳 .jpg]

夏扬－跳羚：姐姐，下回这么重要的事先说行嘛。

任飞宇－游隼：[长舒一口气 .jpg]

一听说自愿，潜水的同学纷纷冒头了。

林雾莞尔，也跟着凑热闹。

林雾－丛林狼：班长，每个班参加人数有最低要求没？如果有，可能咱班就得抽签或者抓阄了。

邓茶茶－梅花鹿：没有。

庞冬冬－浣熊：那班长你就别费力了，肯定没人报名。

邓茶茶－梅花鹿：行，那咱们全班表演五禽戏。[就这么愉快地决定了！.jpg]

庞冬冬－浣熊：……

徐振龙－土拨鼠：等等！

李骏驰－阿拉伯马：那是啥?!

邓茶茶－梅花鹿：也是集体表演啊。

尚海涛－单峰驼：你不说集体表演赛是自愿报名的吗？

邓茶茶－梅花鹿：对啊，觉醒健身长拳和五禽戏，自愿二选一，完全尊重每位同学的个人意向。[正道的光 .jpg]

林雾－丛林狼：……

人生走过的最长的路，就是班长的套路。

这段时间，每天夕阳下的校园里，都会此起彼伏地回荡着长拳口令或古色古香的乐曲，在田径场里、礼堂前后、宿舍区楼下，在一切能够容纳学生方阵的空地上。

每个学院、每位学子，他们或在练觉醒长拳，拳拳生风，或在练五禽戏，招式飘逸。

定在傍晚这样的练习时间，也充分照顾到了夜行科属的同学，让大家得以共同训练。

林雾他们院的五禽戏方阵，因训练计划启动较早，有幸在田径场上占到了一席之地。

但操场上的学院还有许多，场面极其壮观，更要命的是各院音箱响声交织。

"气势调息……

"第三式，鹿抵……

"第一式，虎举……"

偏这个五禽戏的古筝曲还极其舒缓，林雾总是听着听着就走神，然后便陷入灵魂三连问的茫然——第几式了？我该听哪个五禽曲？？我是哪个学院的来着？？？

好不容易熬到晚课时间，提前半小时就坐进教室的林雾一边等上课，一边第一千次羡慕王野。

林雾：为什么你就可以不参加集体表演赛！

王野：[机械人的快乐你不懂 .jpg]

由于机械院要为开幕式出一个大彩车，所以机械院的集体表演取消，空出的训练时间，用来集中全学院之力制作彩车。

但彩车就一辆，怎么可能每个同学都能插上手，基本是几个技术大牛在弄，像王野这样的，平白落个清闲。

林雾趴在书桌上，酸得看哪儿哪儿都是柠檬树。

王野：练完了？

林雾：嗯。

王野：哪儿呢？

林雾：教室呗。

王野：这么早？

林雾：[上山（画掉）上课不积极，脑袋有问题.jpg]

王野正慢悠悠往宿舍楼外走，乍看见林雾发来的表情包，愣了一下，然后乐了。

这是他很久之前给林雾发过的，没想到不仅被人随手存了，还进行了二次创作。

林雾：对了，运动会你报项目没？

运动会这个事，王野从头到尾就没什么兴趣：没，你报了？

林雾：400米，1500米，还有4×400接力。[墨镜帅气.jpg]

王野：……

林雾：你给六个点是什么反应！

王野：你练个五禽戏都鬼哭狼嚎的，就这体格还参赛？

他啥时候鬼哭狼嚎了！

顶多就是……就是和王野卖卖惨嘛，又没和别人卖。

林雾撇撇嘴，越腹诽越没底气。

王野又发来一条：要不我提前把别的院参加这几个项目的同学叫过来聊

一聊？

林雾：[请停止你危险的想法.jpg]

王野：逗你的。

林雾：我知道。

王野：但如果你真需要……

林雾：没有如果！

灯火初上。

王野在通往教学楼的路上看着手机，嘴角一直扬着，英俊的眉宇间，有着难得的明朗。

林雾在教室里犹豫再三，还是很没骨气地敲下了文字：运动会那天，不许请假，坐看台上给我加油，听见没？

手机微振。

王野回复：给你挥一面必胜大旗。

林雾：……你认真点。

王野：[截图][截图][截图]……

林雾一口气收到王同学七张图，全是某宝截图，每张截图里都是一面颜色鲜艳、写着"威武必胜"的大旗，而且颜色还各不相同，赤橙黄绿青蓝紫，能组一道彩虹了。

王同学用实力告诉你，野哥是认真的。

王野：赶紧的，选一个应援色。

林雾：……

这天前半节课林雾没干别的，就规劝王野了，最后总算把"摇旗呐喊"这种可怕的想法从王同学心里抹除，改为"默默祝福"。

林雾从中得到一个教训：千万不要轻易向王野索取，哪怕只是一个求抱抱、举高高之类的，他都可能用力过猛，让你体验一把天旋地转大摆锤。

接下来的一周，全校都在这样紧锣密鼓的训练和准备中度过。

333宿舍除了林雾，李骏驰和夏扬也都报了项目，并通过了学院选拔赛。

李骏驰是一万米长跑，以骏马之姿，打败了骆驼、鸵鸟等一众耐力型科属的选手。夏扬报的跳高和跳远，并毫无疑问地包揽了院内选拔赛的两项冠军。

闲人只剩任飞宇，于是他非常自觉地肩负起了后勤工作，除了收拾宿舍卫生，还在操场上陪着室友们训练，看看包、买买水，为兄弟们提供最大助力和保障。

一晃到了周末，距离运动会还剩三天。

林雾这一阵训练得又有点作息混乱，周日这天凌晨五点睡下，早上八点就起来了，习惯性地摸手机看时间，却看到了手机日历的小提示。

愣愣看了一会儿，他收敛眼底情绪，转头和室友们轻快道："今天是母亲节。"

正在洗脸的李骏驰顶着一脸活性炭洗面奶抬头："对哦，五月份的第二个周日。"

夏扬刚睁眼，闻言一个激灵，彻底醒了，不光醒了，冷汗都出来了："幸亏你提醒，我得赶紧给我妈发信息，不然这不孝子的骂名我能背到大四毕业。"

已经起床的任飞宇攥着个手机翻来覆去犹豫，末了实在没主意，抬头问："光发一句节日快乐会不会显得太敷衍？要不要再搭配个红包？"

夏扬无语："红包谁的钱？不也是他们的，回头你没钱了还得跟他们要，信我的别费劲了，发一句节日快乐加一朵玫瑰，就一个字儿，倍儿完美！"

任飞宇："你这都仨字儿了……"

林雾看着自己刚发出去的信息：**妈，母亲节快乐。[玫瑰]**

夏扬绝对偷窥了！

"嗷呜——"

母亲回复的速度比林雾预想的快。

妈妈：谢谢。

预料之中，可手指仿佛带着自主意识，不受控制地点开了母亲的朋友圈。

【一早起来就收到了女儿亲手做的贺卡！[开心][开心]】

林雾静了好半晌，像在看另外一个平行世界。

王野接连不断发了三条信息，才把林雾拉回现实。

王野：起床了？

王野：？

王野：人呢？

林雾发现王野在微信里十次找他，有九次开头一定是"人呢"。

东北话里有一句口头语，就是见到一个人在找东西，会问他"你干啥呢，找猫呢"，因为猫最喜欢躲起来。

林雾一个货真价实的犬科科属，在王野这里，一次次体会到"猫科"的待遇。

林雾：来了。

林雾：现在是早上八点，你就知道我醒了？

王野：你微信运动有步数了。

林雾：同学，这玩意儿从零点就开始计算，零点的时候我俩还在食堂吃饭。

王野：早上七点的时候你微信运动步数5249。

王野：现在5253。

7:00—8:00，走了4步，通常这种就是在玩手机——近朱者赤，王野同学开始盘逻辑了。

换平时，林雾一定会调侃几句，可这会儿，他的情绪像落进慢慢下陷的流沙里，提不起来，也挣脱不开。

王野等着林雾吐槽你大早上七点不睡觉，数步数干啥。

他甚至都想好了怎么回——闲的。

逗林雾是一件王野最新发现的、特别快乐的事情。

可等来等去，对面一直安静。

王野微微蹙眉，眼里笑意收敛，直截了当地问：咋了？

林雾连忙振作，先回了个：？

又紧跟着回一句：没事啊。

王野定定地看着这过于连在一起的两条回复，眼里是猫科动物接近猎物背后时的专注、机警。

蓦地，他切出微信看回今天的日期。

一切了然。

王野：和你妈联系了吧。

林雾愣愣看着微信聊天的界面，怀疑王野和夏扬一样，在他手机里安了偷窥器。

王野：再不说话我去 333 找你了。

这什么人！

林雾：嗯。

王野：说什么了？

林雾：我给她发了一句节日快乐，她说谢谢。

这些事情，林雾从来不会和别人讲。

但王野例外。

就从雪地越野那天开始，从王野说以后不开心就带他兜风看月亮开始。

虽然这人总是很欠揍，然后他还打不过。

王野：这不挺好吗？有来有往，客客气气。

林雾：我不想要客气。

王野：这玩意儿不是你想什么就是什么，只能是给你什么，你就拿着什么。

林雾：道理我都懂。

就是，难受。

王野：越想越难受是吧？

王野：你就是想太多，自己给自己添堵。

林雾抿紧嘴唇，不想说话了。

王野准确捕捉到对面迟迟没回复的隐含情绪：生气了？

林雾躺在床上，被子蒙住头，气鼓鼓地盯着手机，就是不回。

他现在无比怀念雪地越野那时候，不多问，不多说，只脱掉外套给他盖着取暖的王同学。

刚微微变暗的手机屏忽然又亮了。

王野：你妈对你再客气，不也没怀疑过你不是亲生的吗。

被子里本就安静的世界，仿佛一霎静止了。

林雾茫然地看着这句话，愣是没读懂真正意思。

话头提起来了，王野就不会说一半留一半——

王野：亲子鉴定，他俩带我做过。

林雾反复看了几遍，才不可置信地问：为什么？

王野：觉得我长得不像他俩。

林雾：就这样？

王野：还有王锦城敲边鼓。

林雾：你弟？

王野：对，天天说我不是他亲哥，后来我爸妈觉得有道理，就带我去鉴定了。

林雾：……

这是什么人间迷惑行为？

哪有这样的父母，他们就没想过这对一个已经记事的孩子会有多大的伤害吗？

同一时间，正在校外租的豪华公寓里呼呼大睡的王锦城，被一通电话吵醒了。

王锦城带着满满的起床气，摸了半天才摸到手机，接起来就吼："干屁！"

电话那头是对他最死心塌地的跟班之一："那小子的资料，我彻底查清了。"

王锦城迷迷糊糊道:"哪小子?"

"就那天你哥……喀,王野护着那个。"

王锦城本来困得眼睛都睁不开,在听见王野的名字之后,跟打通了任督二脉似的,霍地清醒。

"他叫林雾,和王野一个大学,同一级的,但是院系不一样,他是环境院的……没什么背景,就是贼普通一小子,但是吧……"

王锦城前面听得乏味至极,终于等来转折,一瞬提神:"但是什么?"

跟班道:"学习贼好,回回考试全系第一,你要从这个方面看吧,那还真不太普通……"

"你那脑子是后配的吗!"王锦城一脚蹬了被子,气得头发都要往上竖,"我让你查他的底,你查个学习好有什么用,我是不是还得给他评个三好学生啊!"

"不是,你别急啊,我还没说完……"

"赶紧的!"

"他吧,没啥社会关系,基本活动范围就在学校里,也没谈恋爱,从上学期开始好像就一直跟你哥混,寒假俩人还一起去了趟长白山……"

王锦城说:"长白山?"这都什么不着四六的,"他俩去那儿干啥?"

其实跟班只查到这里,后面就没任何线索了,但想来想去,你说俩哥们儿寒假结伴远行还能干什么:"旅游吧,看看天池啥的……"

"不可能。"王锦城想也不想就否定了,"王野那死性格会跟人一起出去旅游?"

可快别逗了。

就算强迫王野必须带一样东西去旅游,那家伙绝对会跳过人和物件,选一只猫或者一只狗。

"他以前可能不会,"跟班和王锦城厮混多年,对王野的性格也多少见识过,"但那天餐厅里你也看见了,他对林雾就是不一样,要不你也不能让我查他，对吧？"

王锦城眯了眯眼睛，又想起了那天王野的暴戾与阴沉。

想着想着，浑身汗毛不受控制地根根竖起。

回个忆你怕啥啊！

电话那头的跟班没注意到王锦城正陷入"我其实是个屄货"的自我嫌弃中，说完长白山的事，又继续道："林雾那小子家里也没啥势力，他爸妈早离婚了，又各自再婚了，两边都有新家新孩子，基本没人管他……"

王锦城听得这叫一个闹心："你到底知不知道我想要啥？我要他的软肋，软肋这么高级的词儿你是不是不懂！"

跟班问："爹不疼娘不爱算吗？"

王锦城说："算个屁！王野就这样，你见他软了？"

跟班说："那你家不是有钱嘛，一个人他不缺钱，当然就硬气。"

王锦城问："你是说林……那小子叫林啥来着？"

跟班答："林雾。"

王锦城问："对，他缺钱？"

跟班答："他不缺，但他爸缺。"

王锦城说："别大喘气，一次性说完。"

跟班说："他爸这半年手头周转不灵，就想把名下一个小公寓给卖了，但挂了几个月，一直没卖出去。而这个公寓，是林雾上大学之后一直住的。"

王锦城听到这里，终于琢磨出点味来："如果这个公寓没了，林雾就彻底无家可归了？"

跟班道："绝对的啊，他爸和新老婆生的弟弟都念初中了，那个家根本不可能让他进门。"

"不对，"王锦城眼珠一转，刚起的兴奋又有点要熄灭，"房子是死的，人是活的，他完全可以一直住校，放假也住，而且他爸卖了公寓有钱了，兴许一高兴还给他点，让他自己找地方呢。"

"他爸不可能给他钱，卖公寓那点钱还不够补窟窿的呢，"跟班道，"至于你说他一直住校，那倒是有可能，他大一放假就没回去……"

王锦城说："那你兜这一圈废话！"

"不是，你听我说，"电话那头不愧是王锦城 No.1 的狗头军师，耐心十足地给他分析，"你不就想让林雾不痛快，然后你哥就跟着不痛快吗？所以这事的重点不是林雾到底有没有地方住，而是自己亲爸把自己唯一的住处给卖了，并且是在自己对此一无所知的情况下，你设身处地想想，换你，你能好受？"

设身处地？

抱歉，王锦城做不来，因为他从小就是爹抱着妈捧着，日子过得不要太爽。

而且这件事里有一个核心点，他怎么想都别扭："如果我把这公寓买了，不就等于我给林雾他爸送钱？不就等于给林雾送钱？"

"你咋还没转过来这个弯呢，"跟班快急死了，"林雾他爸的钱不等于他的钱，他爸那个新老婆管着财务，把经济大权攥得死死的，都要给自己儿子留着呢。你信我，只要公寓一卖，钱肯定一分到不了林雾这里，而且你还可以去林雾面前，大摇大摆告诉他这公寓是你买下来的，你看他气不气？"

林雾气不气的，王锦城没那么有把握，但买房这种事，尤其是对急着卖房的人还可以压压价，买到手肯定是不亏的，单纯当投资都行。

如果真能往林雾伤口撒盐，让王野暴跳如雷，那就是一份付出，三倍收获了。

"行，"王锦城直接拍板，"你去联系吧。"

他说干就干，跟班反而谨慎道："你先别这么急，这只是一个路子，其实还有更简单的，就是咱们找机会堵林雾，揍他一顿，也出气。"

"揍人我还用你去查这么多天？"王锦城嗤之以鼻。

杀人谁不会，要的是诛心。

王锦城所谓的跟班，也是家里有钱的主儿，买房这种小事，转天就让人搞定了，看准林雾他爸急着卖，把八十万的要价杀到了六十五万，如果不是王锦城没耐心多等，说不定还有下探空间。

"房子我看了，里面东西都还没收拾呢，一看就是林雾的，他爸说只要我们定下来，东西一准儿清走，要是我们着急提房，自己找人清也行。啧，真是一点心都没有啊……"

王锦城戴着蓝牙耳机，一边开车去往夜店会所，一边听已经提前到那儿的跟班汇报情况。

"价钱就是六十五万，你要没问题，明天咱们就签合同……"

"行，这事你办的不错。"王锦城很满意。

通话结束，王锦城立刻又拨了他爸王海辞的手机号码。

六十五万，他自己的零花钱拢一拢也够，但买房这种"正经事"，当然可以名正言顺要亲爹注资。

电话响了一会儿才被接听，但不是王海辞，而是另一个沧桑沉稳的声音："小城。"

这是追随王海辞多年的亲信，也算半个王家人。

王锦城直截了当道："蒋叔，你让我爸接电话。"

蒋叔道："王总在开会。"

他爸天天开会，要想等他闲下来，那得等到下个世纪。

"我不管，"王锦城也不是头一天任性了，"我就占用他一分钟，蒋叔，你帮我和他说一下。"

电话另一端，被唤作蒋叔的中年男人无奈地叹了口气，转身回了会议室。

几分钟后，王锦城的蓝牙耳机里终于传来王海辞的声音："又怎么了？"

一个"又"字，足以体现王锦城日常有多不消停。

"我看中了一套房子。"王锦城开门见山。

王海辞本以为儿子又惹祸了，一听不是，心情都亮堂不少："什么房子？"

"花园公寓，买一套，投资。"王锦城知道他爸时间宝贵，速战速决，"商住两用小户型，没多少钱。"

想投资是好事，王海辞欣慰儿子终于知道长进了，但那个公寓区他知道，地段一般："你要真想投资，就去黄金地段挑一两个门市，要是没把握，我让蒋叔帮着给你看看。"

王锦城早料到他爸看不上那小破公寓了，别说他爸，他自己都半点没看上。

但话还是得说得真情实感："我就看上那儿了，还不贵，正好可以先练练手，"王锦城拿出日常哄爹妈的口吻，半撒娇半要赖的，"爸，你就负责提供资金，要不放心，让蒋叔监督我，剩下的你就别管了，赶紧开会去，啊。"

王海辞不苟言笑的脸，线条稍稍柔和下来，这种细微的变化，只有蒋叔这样最亲近的人才能发现："行了，想买就买，剩下的事情找你蒋叔。"

王锦城眉开眼笑："谢谢爸——"

明天就是运动会了。

为了让所有参赛的同学储备好体能，今天晚上的夜课全停。

傍晚时分，夕阳在校园里洒下一片金黄。

333四兄弟去超市采购能量饮料，准备为明天助力。

不承想超市里什么都供货充足，唯独能量饮料被一扫而空，满目狼藉的货架跟被打劫了似的。

四人站在货架前："……"

任飞宇问："现在咋办？"

李骏驰说："校外采购吧。"

林雾说："点商超外送也行。"

夏扬说："我说你们就没想过，这所有人都喝了，就等于所有人都没喝，花了钱还嘛用都没有，血亏啊。"

李骏驰问："帅哥，现在是别人都喝了，就咱们没喝，咋整？"

夏扬答："建议学校成立反兴奋剂小组啊，明天就在操场监督，喝能量饮料的看见一个罚一个，保持赛场纯洁！"

李骏驰说："你这也太狠了点吧……"

夏扬道："这叫釜底抽薪，一劳永逸，绿色赛场，从我做起。"

林雾说："兄弟们，咱要继续在这儿扯淡，外面超市的能量饮料估计也要没货了……"

趁着天还没黑，四人一起离开学校，去校外的大型超市采买。

其实点外送也行，但333好久没有四兄弟一起行动了，难得阵容齐整，权当宿舍团建。

大型超市果然货源充足。

四人推了个小车，对各种品牌的功能饮料，看顺眼的就往车里扔。

林雾就是在这时接到父亲的电话的。

"喂。"林雾让夏扬他们先往前走，自己留在原地。

周围没什么人了，只有超市播放的轻音乐，让人放松而舒缓。

听筒里，父亲的声音有点失真，还带着一丝少见的尴尬："那个，爸最近生意上遇到点事，周转有些困难……"

"很麻烦吗？"林雾知道自己帮不上什么忙，却还是忍不住替父亲担心。

"那倒没有，就是……"父亲像是有点难以启齿，但最终还是说了，"给你住的那个公寓，爸卖了。"

林雾怔怔地站在那儿，终于明白了父亲这通电话的意思。

"那个，暑假你就先住学校吧，"最难开口的点突破了，后面也就容易了，"反正你也爱住校，大一放假不都住得挺好的吗，你是个懂事的孩子，爸心里都知道……"

一直等到父亲说完，林雾才静静地问："我还有东西在公寓里，能回去收拾一下吗？”

　　"有贵重东西吗？"

　　"那倒没有，就一些衣服和……"

　　"那就算了，"电话那头一口打断，"爸得赶紧找人把房子清出来，买家要得急。

第二章　抉择

通话早就结束了，可林雾还站在原地。

货架上，能量饮料琳琅满目，独具创意的各色包装组成一片多彩纷呈的绚烂世界。

林雾忽然很想走进那样的世界，或者随便什么其他地方，只要够热烈、够活泼、够眼花缭乱就好，这样就什么都顾不上想了。

"嗷呜——"

小狼的叫声，让刚刚经过林雾身边的顾客吓了一跳。

林雾连忙有些歉意地看了对方一眼，这才低头。

王野：人呢，咋没在宿舍？

飘浮的灵魂一霎落地，落回真实世界，落在熟悉的开场白里。

林雾压下情绪，努力像平时一样回复：**出来买饮料。**

信息发过去后，林雾不由自主地走神，过了会儿，才看见王野回过来的：**啥玩意儿还得出去买？**

林雾连忙拍了一张能量饮料的货架图发过去。

发完，才后知后觉想起来问：**你怎么知道我不在宿舍？**

相比林雾，王野的信息回复速度飞快。

王野：因为我现在就在你们宿舍门口。

王野：找你吃饭，你还给我跑了。

林雾差一点又走神，幸亏看见"跑了"两个字。

林雾：我又不欠你钱，为啥一找不到我就是"我跑了"？

王野：抓不着你，就算跑了。

林雾：……

在东北虎的地盘里，意识是决定物质的，客观存在不重要，野哥觉得算不算，才是世界运行的真理。

"林雾。"不知什么地方，突然传来夏扬的声音。

林雾四下环顾，也没找到人，可那声音明明就很近。

"嘛呢，这里——"又一声。

林雾这回终于紧紧抓住了声音的小尾巴，顺着望向货架，只见在平视的高度，货架上的两个品牌饮料之间留出了一道半掌宽的缝，缝隙那头，夏扬、李骏驰、任飞宇三个脑袋挤在一起，顽皮地盯着他。

八目相对，夏扬催促："你这不打完电话了嘛，赶紧过来啊。"

深吸口气，林雾朝他们没好气地笑："来啦——"

夏扬三人本来感觉林雾接完电话之后，情绪好像不大对头，这会儿见他还和平时一样，终于放下心来。

李骏驰问："还买啥不？不买就去结账。"

夏扬道："明天跳高跳远就看爷们儿的吧，保证给咱环境院增光添彩！"

任飞宇道："我把啦啦队彩条都做好了，明天全班发，人手一个，绝对让咱们这块成为你们最闪亮的后盾！"

林雾站在收银台队尾。

超市的窗口太高、太小，夕阳透不进来。

"嗡。"

刚被调成振动模式的电话在手里振了下。

还是王野，没忘初衷：回来没？食堂等你啊。

林雾迟疑了，一直犹豫到跟着室友结完账，还是找了个借口：我吃完了，你别等我了，自己吃吧。

文字不会泄露情绪，但面对面就说不准了。

王野的直觉太敏锐。

那边没再回复。

这样一般就代表达成共识了。

林雾松了口气，把手机放回口袋，和333的兄弟们一起走出超市。

超市门前就是路口，正逢绿灯闪烁，显示还有七秒变红灯。

马路不宽，快跑也是冲得过去的，但走在最前面的夏扬第一个停了步，停得一点没商量。

从认识那天起，夏扬就是333的交通安全小标兵。

林雾三人也就跟着停下，在斑马线前等待。

兜里的手机就在这时持续振动起来。

林雾掏出来查看，竟然是王野发来的语音通话邀请。

未接通的电话在手里仿佛要振到地久天长，林雾第一次觉得电话烫手。

绿灯变红，红灯又变绿。

林雾跟着夏扬他们一起过完马路，深吸了口气，又慢慢呼出，觉得王野应该听不出什么破绽了，才回拨回去。

王野秒接，却不说话。

林雾感到一阵压力，只得硬着头皮故作轻松道："刚才过马路呢，没听见，怎么了？"

"你问我？"王野终于开口，声音低沉不悦，"该我问你，咋了？"

"我，"林雾装傻，"我没事啊。"

同行的室友们纷纷看过来。

林雾用口型无声地说"王野"。

夏扬翻个白眼——又来。

李骏驰的神情也有点一言难尽——用不用把人看这么紧啊。

任飞宇满眼羡慕——有这么一个朋友多好。

三人加快脚步，和林雾稍稍拉开距离，默契地给虎狼留出私人通话空间。

"没事？"王野一个字都不信，"没事你回信息那么慢，没事你一副要死不活的样？"

林雾蓦地心虚，连忙看一眼手机，再次确认，是语音通话，不是视频："你哪儿看见我要死不活了。"

王野懒得和他废话："要么你自己说，要么我现在过去找你，你当面和我说。"

林雾："……"

他就没见过比王野脾气还急的人！

太阳彻底落进大地，夜幕降临，路灯一盏盏地亮起来。

夏扬他们已经走远。

林雾垂下眼，看地上自己被路灯拉长的影子。

"我爸把那间公寓卖了。"

王野沉默下来。

他很少这样。林雾等了一会儿，有些不安，又往回找补："我爸生意要周转，一时手头紧，也是没办法，而且本来就是暂时借给我住的，我放假住学校也一样……"

"卖完了？"王野忽然问。

"嗯，"林雾抬头看夜空，"今天签的合同，明天一手过户一手交钱。"

今天多云，月亮被遮了大半，看不见一颗星星。

学校食堂门口，王野结束和林雾的语音通话，直接拨通了另外一个电话。

响了两声，那边接起，沧桑的声音里有些许意外："大野？"

"蒋叔，"王野客客气气叫一声，"能帮我查件事吗？"

王野轻易不开口，蒋天文，也就是蒋叔，略微沉吟后，说："你说。"

"花园公寓一套小户型，户主姓林，近期正在买卖，"王野言简意赅，"今天应该是把合同签完了，明天要去过户，我想知道是谁买的。"

蒋天文这次沉默的时间长了一点，就在王野快要耐不住性子的时候，终于听见他问："你查这个是……"

"那个公寓我想要，"王野直截了当，"如果能赶在过户之前截下来最好，赶不上，我就再从买家手里买，所以我得知道买家信息。"

蒋天文疲惫地捏捏鼻梁。

猫科动物敏锐的听觉，让王野清楚地捕捉到一声几不可闻的叹息。

他问："是线索太少，查起来有难度吗？"

"不用查了，"蒋天文道，"买家是小城，我这两天就在帮着他办这事。"

猝不及防的答案，王野愣是蒙了几秒。

然后就懂了。

他勾起一抹自嘲的笑，想帮林雾解决问题，结果祸根在自己这儿呢。

"那公寓是我朋友在住，王锦城故意的。"

蒋天文活了大半辈子，什么看不懂，之前还纳闷王锦城怎么突然要搞什么投资，今天王野一说花园公寓，他就都明白了。

可是木已成舟，蒋天文道："合同已经签了。"

王野说："不是还没过户吗？"

"是还没过户，但这件事是王总让我帮小城办的，"蒋天文道，"除非你让王总改主意，不然明天我还是会按原定计划过去办理过户。"

蒋天文只忠于王海辞。

话已至此，王野不再做徒劳的事情："蒋叔，你让我爸听一下电话。"

蒋天文没想到王野真打算找王海辞。

向来只听命行事的他，难得起了好奇心，那套根本不值一提的小公寓，到底牵扯到了什么人，让王锦城像抓到枪似的不愿撒手，又让王野一改平日的无所谓，在意到这种程度。

朋友？

他看着王家这么多年，看着王野从小到大独来独往，乖戾叛逆，从没见他有过什么朋友。

蒋天文道："王总今天晚上有个酒会，我没陪同，你直接给他打电话吧。"

王野答："好。"

天彻底黑了，没有夜课的校园比往日安静许多。

王野随意坐到附近的台阶上，在手机里找出了那个几乎从来没有主动拨过的电话号码。

电话拨过去。

很快连通，响起单调的铃声。

一声，两声，三声……

"对不起，您拨打的电话暂时无人接听，请稍后再拨。"

王野皱眉，第二次拨打。

一切照旧，无人接听。

毫无预警，一条信息"叮咚"而入。

林雾：吃完饭了吗？

手机屏的微光，柔和了王野的轮廓：没。

林雾：怎么没吃？

王野：走到食堂门口，突然不饿了。

林雾：……那你半夜又饿咋办？

王野：出来吃夜宵。

林雾：那多影响睡眠。

王野：我晚上本来也不睡觉。

林雾：你不睡，明天怎么给我精神抖擞地加油？

王野：……

林雾：[被我说中了吧？心虚了吧？ .jpg]

王野：[我满状态一天一宿绰绰有余都不需要能量饮料 .jpg]

林雾：你这什么实时表情包还带紧跟热点的！

王野：[小程序]<一键生成表情包，妈妈再也不用担心我斗图了！ >

林雾：……我就知道你有秘籍。

333 里，林雾在王野表情包的陪伴下，暂时忘记了阴霾，全力投入明天的备战中，十点就睡了。

外面，王野坐在台阶上，拨一个电话号码一直拨到深夜。

终于在凌晨一点，那边接起，王海辞威严的声音里带着浓浓不悦："你打了一晚上电话，最好你接下来要说的事，值得我浪费时间听。"

"王锦城想买的那间公寓，我要。"

父子俩之间没有任何废话，王海辞问事，王野也只说事。

"花园公寓？"王海辞暂时停下翻看手中的文件。

刚结束酒会的他坐在归程的车内，司机是多年跟随的人，将车在夜色里开得很稳。

"对。"王野说。

王海辞向后靠进座椅，声音里带着审视的意味："理由。"

这不像父亲对儿子，更像老板对下属，王野早习以为常："那是我朋友住的地方。"

"有卖才有买，"王海辞对这个理由很失望，"你比我想象的还要幼稚。"

王野握着手机的指关节因用力而泛白。

"换个地方吧，"王海辞云淡风轻地就给事情定了论，"这间公寓我已经答应小城了，你既然想帮朋友，就让你蒋叔再帮你找一套房子，只会比他原来住的更好。"

王野道："我就要这套。"

王海辞眼睛微眯。

自己这个儿子从来没有这样过。从小时候的玩具，到现在的吃穿用度，包括那台越野车，都是他们给买了，王野就拿着，他们不买，王野也不吭声。

"这是你什么朋友？"王海辞问。

王野不想提林雾："大学同学，很重要的朋友。"

"我建议你去问问他的意见，"王海辞道，"我想他不会介意住到更好的地方。"

他介意，王野根本不用问。

这间公寓对林雾来说，不只是一个住处那么简单，而是一个象征、一个依托，是能让他抓住的最后一根稻草。

稻草救不了命，只会让人抱有不切实际的幻想，王野很看不上。

但也是在这间公寓里，王野迎接了人生中第一个值得期待的新年。

"爸。"

王野望向前方的黑夜。

挣扎和狼狈在他眼底深处，一闪，复又消失于黑暗。

"我从来没主动跟你要过任何东西，这是第一次，也是最后一次，你把那间公寓给我。"

恳求。

在时间无声的流逝中，等待仿佛有一个世纪那样漫长。

王野凝望夜的深处，那里透不进月色星光，每一寸都被黑暗笼罩。

终于，电话里再次响起父亲的声音。

"凡事都有先来后到，我已经答应小城了。"

清晨六点，代驾司机开着王锦城的卡宴将他送回校外租住的豪华公寓。

王锦城在会所 high 了一夜，酒没少喝，但可能是心情好的缘故，竟然还有几分清醒。

当然舌头已经大了，情绪也特高涨，一路给司机指点江山。

代驾什么醉鬼没见过，莫名其妙哈哈笑的，无缘无故嗷嗷哭的，上车就吐下车就瘫的，骂骂咧咧以为自己是奥特曼的，王锦城这种还真不够看。

稳稳当当将车开到公寓的地面停车位，代驾将车钥匙还给顾客，功成身退。

王锦城迷迷瞪瞪地看着代驾走远的背影，想起路上这人跟哑巴似的，连个话茬都不会搭，顿时后反劲地不爽起来，嘟囔着骂了一句："傻×！"

代驾早走远了，根本听不见。

倒是王锦城的手机，话音刚落，就响起来。

清晨的公寓小区，夜行的归了，昼行的还没出来，非常寂静。

鼓点劲爆的手机铃声乍一响，给王锦城吓得一激灵。

看也不看他就按了接听，语气不善："谁啊？"

"小城。"蒋天文无缘无故被喷一脸，一颗老心有点累。

王锦城对蒋天文还是有点尊敬的，当下甩甩头，收起那些不着四六的样子，喊了声："蒋叔……"

奈何舌头捋不直，听起来跟"蒋姑"似的。

蒋天文问："你喝酒了？"

"没啊，"王锦城一步三晃地往自己的公寓楼走，"我光（刚）晨练回来……"

嘴都瓢了。

蒋天文头疼地揉额角："今天办过户，你没忘吧？"

"那哪儿能忘，"一提这个王锦城来劲了，"上午九点，我都等不及了！"

"你洗个澡，清醒清醒，"蒋天文道，"等下我派人去公寓接……"

话还没听完，王锦城忽然觉得背后有异。

野性的直觉驱使他猛地回过头，什么还都没看清，就被一拳结结实实打飞了。

王锦城重重摔到地上，直接摔蒙了，脸疼得发木。

脱手的电话摔到两米远的地上，屏幕碎裂。

夜昼交替，王野站在晦暗不明的晨光里，眼中燃着火，像地狱来的修罗。

王锦城挣扎着想要爬起来。

王野上前一步，揪住领子直接把他提起来了，提到自己对面。

"我是不是给你脸了？"王野几乎是咬着牙问出这一句。

王锦城酒醒了一大半，这时候反而不怕了，任由王野抓着，眼角眉梢都是得意："咋这么气急败坏呢，我也没干啥啊，哦对——"他故意拖长尾音，"我把你同学的公寓买了，叫什么来着？林雾是吧，啧啧啧，真可怜，一屋子东西都没来得及拿走呢，我让他爸找个收破烂的赶紧给我清干净，他那个傻×爸还真听话……"

王野从来没有这样愤怒过。

又一拳把王锦城撂倒，他扑过去发狠地揍起人来。再不像从前那样避开要害、留着后手，他几乎拿王锦城当个沙袋，全力倾泻着自己的愤怒。

可这愤怒并不是源于王锦城。

而是源于看着一切发生，却无能为力的自己。

王锦城也看透了这一点，所以纵然被揍得凄惨，却一改往日尿样，借着酒劲不肯服软。

"你除了揍人还会干啥！你就是个废物——

"你咋求我别买那破房子呢，哈哈哈，你知道跪下来求也没用是吧——

"你有能耐就打死我，打不死，我就一辈子在你头上拉屎撒尿——

"你——啊——"

王野一拳打掉他两颗牙，打得他整个下巴脱臼了。

没了王锦城的鬼哭狼嚎，世界突然安静下来。

王野骑在王锦城身上，继续揍。

天地间只剩拳头打在身上的闷响。

一下。

两下。

三下……

"王野！"远处的后方，传来蒋天文焦急的喝阻声。

但真正拦住王野的不是蒋天文，而是他带来的几个年轻有力的助手，他们直接将王野从王锦城身上拖开了。

王野挣扎，那几个人便狠狠扭住他的胳膊，像押犯人一样。

王锦城躺在地上，满脸是血，连哼都哼不出来了。

蒋天文经历过那么多大风大浪，却依然白了脸，第一时间拿手机叫了救护车，报地址的时候，一向沉稳而沧桑的声音，微微地发颤。

王锦城被送进了医院，王野被押回了家。

父母都在，母亲田蕊上来就给了王野一巴掌，使了全身力气，指甲在王野脸上留下了血色划痕。

"那是你弟——"她尖锐的声音里，带着哭腔。

王野淡漠地看着自己的母亲："他不是我弟，我也不是他哥。"

"啪！"又一巴掌，田蕊气得浑身都在抖。

王海辞将自己的妻子扶到旁边坐下，回过身，狠狠抽了王野第三个巴掌。

不同于田蕊，觉醒科属同样为虎的王海辞，力道极大。

王野被打得晃了一下，才又站稳，嘴里都是血的腥甜味。

"从现在开始，你就在自己的房间里反省，学校也别去了，直到你弟健健康康地出院，"王海辞冷冰冰的视线盯住王野，"如果你弟有任何意外……"

王野笑了，和他的父亲一样冷："你要我偿命吗？"

旭日东升，温暖的阳光洒向大地，新的一天开始了。

露台被封，窗户被锁，王野躺在全封闭的卧室床上，天花板的水晶吊灯在阳光的照射下，璀璨夺目。

王海辞只给他留了个手机。还好，他也只需要一个手机。

举起来，点进微信，最新一条是半小时前发来的——

林雾：[照片][照片] 你们院的彩车也太酷了吧！

照片里是各学院在田径场外列方阵，等待检阅进场。

被学校委以彩车任务的机械院不负众望，做了纯硬核彩车，通体机械装置，核心位置是一个漂亮的外骨骼机械人，双臂捧起代表知识的书本，兼具了装置的美感和思想的深度。

王野敲字回复：丑。

学校田径场外，各院方阵都已经列好，等待运动会开幕，进场检阅。

林雾也在方阵之中，不好随意走动，只能趁等待间隙，伸长脖子去看机械院。

机械院和环境院隔了好几个方阵，林雾只能看清那架硬核花车，根本看不清环境院的人，给王野发信息，这人又半天不回。

终于等到回了，就一个"丑"字。

林雾都替机械院心塞：同学，这是你们机械院的作品，你敢不敢有点学院荣誉感。

校园的广播大喇叭响起昂扬的进行曲。

要进场了。

林雾赶紧收起手机，精神抖擞地和全方阵同学一起，在"齐步——走！"的号令里，整齐前进。

"现在向我们走来的是环境学院……

"现在向我们走来的是文学院……"

各院方阵在主持人声情并茂的讲演声中，依次经过主席台，来到操场中间站定。

待所有学院入场完毕，校领导讲话，开启了这迟到了整整一个学期的运动盛会。

林雾没有随队去看台就座，而是直接换了跑步的衣服，去检录处。

400 米的预赛，是今天上午第二项。

作为运动员林雾就相对自由了，去往检录处的路上，他故意绕远，经过了机械院的看台。

看台上一堆机械学子，整齐划一地穿着学院定制 T 恤，一眼望过去想找人，跟玩《大家来找碴》似的。

林雾又不好在别人学院前面晃荡太久，搜寻未果，只得悻悻离开。

到了检录处，前面排了一些同学，林雾抓紧时间掏出手机：我开始检录啦，400 米，第二项，别忘了给我加油！[敲黑板.jpg]

发完他才注意到，上一条信息也是自己的。

也就是说，王野从刚刚到现在，一直没回复。

林雾微怔，终于觉出不对来。

刚想问，那边却已经回过来了。

王野：今天不能给你摇旗呐喊了。

林雾立刻问：你在哪儿呢？

王野：家里，有点事。

看到是在家里，林雾松了口气。

王野没出什么事就好。

虽然心中难掩失落，但林雾不想给王野增加负担，故意调侃道：可惜，你看不到我矫健的身姿了。

王野：不可惜，你还是会看到我的必胜大旗。

林雾脊背一凉：什么意思？

王野：[照片] 三天前就邮到了。

林雾极力抗拒去点开那张照片。

但没用。

从缩略图就可以看出来，那是一面辉煌的金色大旗，上书"必胜"二字，威武苍劲。

　　林雾：你不是已经打消这个念头了吗?!

　　王野：[骗你的 .jpg]

　　林雾：……

　　王野：我让葛亮替我扛旗了，他拍胸脯保证，就算被整个机械院围殴，也一定让你成为全跑道最靓的狼崽。

　　林雾："……"他并没有这种诉求啊！

红色的跑道，响亮的发令枪，看台上山呼海啸的呐喊。

林雾以预赛第一的速度冲过终点线。

终点恰好设在机械院的看台附近，林雾第一时间转头去望。

王野不在。

金黄色的必胜大旗在风里起伏，如同麦浪一样漂亮。

　　运动会开了两天，全校同学用自己的努力进行了一场"科属运动力测试"。事实证明，跑得最快的还是鸟类科属，尤其在顺风情况下，健步如"飞"，那速度看着是真离飞不远了。

　　但 333 的运动健儿们还是在群强环伺中，取得了骄人的成绩。

　　林雾的 400 米决赛最终拿了第三，李骏驰的一万米全校第二，夏扬则在跳高项目中一举夺魁，跳远也拿到了第四的不错成绩。

　　前八名都有分数，第一名 8 分，第八名 1 分，单是他们仨，就给环境院争了 26 分。

　　野性觉醒带来的所有负担，至少对这些学生来说，好像都在一场运动会中消解了。

　　他们或许跑得更快了，跳得更高了，但挥洒汗水的青春，还是一如从前，快乐、恣意，偶尔还要来些沙雕。①

———————————

① 沙雕：网络用语，指有趣和搞笑。

可是运动会都结束了，王野还没回来。

夜课。

林雾第一次坐到了后排，偷偷在桌下用手机聊天。

林雾：你啥时候回学校？

王野：再过几天吧。

林雾：你昨天也是这么说的。

王野：那你今天还问。

林雾：……

王野：[不用上课的感觉真好.jpg]

林雾：期末有你哭的。

王野：我的成绩还有下降空间吗？

林雾：……这有什么值得骄傲的！

王野：[百兽之王就这么帅.jpg]

林雾：[不要盗人家动物园的图，谢谢.jpg]

这是一个阴沉沉的夜晚，没有风，也没有月。

王野坐在窗前，一条腿曲起，沉默地望着窗外。

手机里向林雾发的那些表情，同他脸上的神情相对，像是割裂成了两个世界。

他这些天一直被关在卧室里"反省"。

王锦城还在医院，脸肿得像猪头，牙掉了两颗，其余也没什么大碍，连鼻梁都没断。

他不知道是自己太手软，还是对方太扛揍。

"嗡。"

手机在桌面振动了一下。

王野垂下眼。

林雾：我爸的公寓卖了。

拿起手机，王野单手输入回复：是吗？

林雾：嗯，之前我爸说过户那天出了点问题，我还以为买家反悔了，后来才知道，是买家出了事来不了，后来做了公证，让别人代办，昨天已经全部办完了。

王野知道，全都知道。

他静静握着手机，手机屏的微光，是黑暗卧室里的唯一光亮。

教室里，下课铃声响起。

同学们纷纷收拾东西起身，只有林雾仍坐在原位，专注地和王野发着信息：其实我也知道我有点自欺欺人，我爸那么急着卖，就算这个人不买，也很快会有下一个。

教室里的人很快走光，剩一片寂静的空荡荡。

林雾所有伪装的坚强都在这一刻瓦解，就像小狼露出最脆弱的肚皮，只给最信任的同伴：王野，我彻底无家可归了。

这几天，王野回信息的速度总是很慢。

可这一次，王野秒回：上山吧。

林雾莫名其妙：上什么山？

王野：像你小舅那样。

林雾愣住。

离开学校，离开城市，离开人群，彻彻底底选择另一种生存方式？

林雾尊重陶其然的选择，但放到自己身上：我没想过。

王野：那就现在开始想吧。

林雾：问题是我俩也不能……

不能像陶其然一样兽化，这才是重点吧?!

他们两个纯人类，去归隐山林？

王野：说不定在山上待时间长了，就再觉醒了。

林雾：……

哪儿来的自信！

这类的问题王野并不是第一次问他。

可林雾却是第一次认真问王野：你就那么想离开这里？

王野的回答干脆利落：嗯。

林雾：不会舍不得？

王野：舍不得你，所以你最好陪我一起上山。

林雾：……你认真点。

王野：我很认真。

林雾：我小舅是无牵无挂，当然可以说走就走，但你走了，你家里人怎么办？

王野：放鞭炮送瘟神。

林雾：……

王野：你知道为什么我叫王野，那家伙叫王锦城吗？

林雾：你说王锦城的名字是你爷爷起的。

王野：因为自从我出生之后，我爸公司就各种不顺，资金链断裂差点破产，后来我爷找人算了我的八字，是煞星，有我在，王家好不了，要破解也行，再生一个，算好日子剖腹产。

林雾呆住了。

下意识往回看上面的聊天记录，那句他以为是开玩笑的"放鞭炮送瘟神"，此刻那样刺眼。

王野：王锦城不负众望，八字特好，名字呢，有我这个失败的先例，我爷也不让我爸妈插手了，特地找大师乱七八糟算了一堆，最后在几个名字里，亲自挑的。

林雾：那你爸的公司……

王野：自从有了王锦城，生意越做越大，仔细想想，大师可能也不全是骗钱的，那些神神道道的玩意儿估计也有点用。

满不在乎的嘲讽。

可王野很少用嘲讽的语气，因为他看不惯的事，动手摆平就行了。

林雾：你不是煞星。

王野：无所谓。

第三节课的上课铃打响了。

还坐在第二节课教室的林雾，第一次缺课。

可他全然忘了。

此刻，整个世界之于他，只有手中的方寸屏幕和屏幕另一端的人。

林雾：王野，你对我，是福星，不管你信不信。

幽暗的卧室里，王野趴在桌上，像上课犯困的姿势，可面前的不是书本，是手机。

他的眼里也没有困倦，而是一种难以拆解的，糅合了多种情绪的，复杂的光。

林雾失眠了。

清晨从教室回来，他躺到自己的床上，整个白天都睁着眼睛望天花板。

曾经他无数次地想过，随便是父亲或者母亲，只要有一个人愿意领他回家就好。

可是王野让他知道，原来和父母在一起，不是必然等于幸福。

中午，夏扬三人上课回来。

一般这种时间林雾都是睡着了的，怕室友担心，他索性装睡。

但他装得实在不高明，连任飞宇这种不算敏锐的，都一眼识破了。

可是林雾这几天情绪都不高，任飞宇没当面戳破，而是在午休之后离开宿舍去教室的路上，才问夏扬和李骏驰："林雾这两天咋了？"

李骏驰挠头，说："我也感觉他这两天不太对，但为啥啊？"

夏扬给他俩一个"这还用问"的眼神："还能为嘛，王野。"

李骏驰问："他和王野闹矛盾了？"

夏扬心累："哥哥，你这几天见到王野了吗？"

李骏驰答："倒是没见着，但本来就不一个院。"见不着也正常吧。

"他是压根没来上课。"夏扬共享第一手资料，"好嘛，从运动会到现在，他就没在学校露过面。"

任飞宇问："出什么事了？"

夏扬说："原思捷他们都不知道，我怎么①知道。"

李骏驰说："哎，我发现你现在和原思捷联系挺紧密啊，一到晚上就看你和他发信息。"

夏扬说："我是……"

李骏驰说："别解释，解释就是掩饰。"

夏扬说："你听我……"

李骏驰说："我不听，除非你让他给我在机械院打打广告。"

夏扬疑惑："嘛玩意儿？"

李骏驰道："打广告啊，我的业务在机械院一直拓展不开，你让他给我宣传宣传，我来者不拒，物美价廉！"

夏扬："……"

午夜十二点。

林雾一个人去食堂。

他已经连续几天一个人来食堂吃夜餐了，依然没有习惯，总是吃着吃着一抬头，想跟王野说话，然后发现，对面没有人。

好在，王野只是不来学校，并没有失联。

林雾：[照片][照片]

王野：？

林雾：食堂开发的新菜，我先帮你尝尝，回来你可以直接避雷。

---

① 怎么：东北方言，意思近于怎么。

王野：我要是不回来了呢？

林雾：那我就把你抓回来。

王野：就你？

林雾：[双拳难敌四手，恶虎架不住群狼 .jpg]

王野：你"群"一个我看看。

林雾：……

王野：想好没？

林雾：什么？

王野：上山。[你的记忆是闪存吗 .jpg]

林雾：……你昨天才问过我。

王野：现在一天了。

林雾：这种人生抉择你就让我想一天？？？

王野：需要很久吗？

林雾：当然。而且你不觉得现在想这个有点早吗，至少把大学读完吧？

王野迟迟不归，林雾总担心他明天就来一句"我不念了"，那就真要命了。

王野：当老虎当狼还要有学位证毕业证？

这思路还敢不敢再清奇一点！

林雾：我的意思是，就咱们现在这个年纪，不管做什么决定，其实都是冲动的成分多，等读完大学了，真正知道自己要什么了，再去慎重选择，不好吗？

这一次手机安静的时间长了些。

过了好几分钟，林雾才收到回复。

王野：知道了。

午夜的下课铃一响，后排的刘慕就拍了拍林雾肩膀："一起吃饭去？"

自从前天发现林雾一个人在食堂吃夜餐后，同样孤家寡人的刘慕就自动和对方组成了夜餐的"临时搭档"。

这个临时的期限，取决于林雾的"固定夜餐搭档"，也就是机械院那位一看就不好惹的同学啥时候回来。

林雾好像有点走神，都被拍肩膀了，还是愣了一两秒才回头："哦，好。"

刘慕见状揶揄道："都下课了，别沉思了。"

夜间食堂热闹得一如往常。

林雾和刘慕打完餐，随便找了张空桌。刚落座，两人之间忽然响起一声"叮咚。"

微信提示音。

林雾几乎是瞬间放下筷子摸出口袋里的手机查看。

屏幕一片黑暗，悄无声息。

慢一拍的刘慕举起自己因新信息而亮起的手机："那个，我的。"

林雾默默放回手机，有点尴尬，还有点失落。

刘慕草草回完信息，才反应过来不对："哎？你微信声不是那个贼提神醒脑的狼嚎吗，咋的，你又改回来了？"

没改回来。

所以在拿出手机那一刻，林雾就意识到，是自己神经过敏了。

刘慕也发现了他的反常："你这几天怎么魂不守舍的？"

"没事。"林雾摇头，然后继续吃饭。

没事？

没事吃饭的时候总拿手机出来看，就像急切地等着谁发来信息似的，然后手机一响，甭管什么声，都以为是自己的，像今天这种乌龙，早不是第一次了。

刘慕眯起刺猬的小眼睛："我说，你该不会是恋爱了吧？"

林雾刚塞嘴里一个肉丸子，差点没噎着。

恋爱？

他最好的朋友两天不回信息，还是在他们就未来的抉择进行了一次有明显分歧的探讨之后，他闹心得都想冲到对方家把人捆回学校了！

眼见着林雾眉宇间酝酿起低压风暴，本来还想继续八卦的刘慕，果断放弃。

友情就像一片汪洋，有时阳光照清波，也有惊涛搏骇浪。

他一个连游泳圈都没有的可怜人，还是别围观了。

白天上课有"午休"，夜课也一样，吃完饭，距离后半夜的课还有一个小时。

刘慕直接去了下一节课的教室，林雾没有，而是来到食堂附近的长椅坐下，将自己整个人都藏进了树的暗影里。

快到六月了，夜风却还是凉的。

林雾拿出手机，静静编辑信息。

林雾：[照片][照片]今天晚上的菜，据说是春季限定，你再不回来就吃不着了。

点击，发送。

手机屏的微光里，林雾轻轻抬眼，将聊天记录往上滑。

林雾：起床，去上课了。

林雾：人呢？

…………

林雾：[照片][照片]看着就好吃吧？

…………

林雾：你干啥呢？怎么不回信息？

…………

林雾：[语音通话已取消]

林雾：[语音通话已取消]

林雾：语音你怎么不接？

…………

林雾：打你电话怎么也不接？

…………

从前天开始，聊天记录里就只有自己了。

王野的电话没关机，一直打得通，可就是没人接。

风突然大起来，刮得树枝乱摇，树叶沙沙作响。

月亮被乌云遮住，空气中开始弥漫起潮湿。

要下雨了。

林雾深吸口气，突然坐直，又一次拨了王野的电话。

听筒里，铃声响起。

一声。

两声。

三声……

"对不起，您拨打的电话暂时无人接听，请稍后再拨。"

一直到上课，林雾不知拨了多少遍这个号码，听了多少遍冷冰冰的"请稍后再拨"。

老师在讲台上侃侃而谈，林雾很想认真听，可老师的声音总像离得很远。

"嗷呜——"

手机忽然响起久违的提示音。

林雾心里一震，整个世界仿佛刹那间清晰。

全班同学都循声望过来，老师一脸无奈："上课请把手机调成静音。"

林雾连忙掏出手机，低头一边调静音，一边飞快点进微信。

果然是王野。

确认发信者的那一刻，林雾整个人都被拨云见日的欣喜填满。

可这欣喜甚至都没超过三秒，就像阳光下的肥皂泡，"啪"，破了。

王野：我不回学校了，你也别找我了。上山的事，我不是第一次想，刚觉醒的时候就想，见过你小舅，知道另一种可能之后，更想。我不喜欢人，这个你知道，但你不在这个范围里。我想和你一起上山，要不也不能一遍遍问你，我最烦磨叽，结果我变成了自己最烦的人，还没磨叽成功。你想不清，我等不及，那就只能我先上了。其实也挺好，我这两天又琢磨了一下，我就是想让你陪我，没替你想过什么，所以你没脑袋一热就答应，是对的。就是以后没我罩着你了，你自己支棱点，别芝麻绿豆大点事也东想西想想太多，眼睛往前看，迈步往前走。你很优秀，这话我以前是不是没说过？嗯，没说过，主要是怕你膨胀，现在得说了，再不说没机会了。那就这样吧，道别信这么矫情的玩意儿，我可能也就写这一次。林雾，再见。

很长一段时间里，林雾都是蒙的。

等脑子逐渐清醒，他就开始拼了命地给王野打电话，甚至顾不上还在课堂。

之前一直打得通只是没人接的电话，关机了。

林雾一颗心往下无止境地沉，指尖冰凉。

王野没来学校的这几天，一定是发生了什么，林雾恨自己现在才如梦方醒。

可究竟发生了什么？

王野一直说的"家里有事"，是真的，还是托词？

509，葛亮和江潭正在睡梦中，宿舍门突然被敲响。

敲门声很急。

"原思捷你个马大哈又不带钥匙……"葛亮挣扎着起来，眼睛困得睁不开，一路摸索到门口，也不开灯，直接开门。

走廊的灯光倾泻进来，葛亮转身准备回去继续睡，突然意识到什么似的，身体一顿，又转了回来："林雾？"

门口站着的不是原思捷，是林雾。

"葛亮，"林雾找的就是他，顾不上进门，就直接问，"你知道王野发生什么事了吗？"

"野哥？"葛亮还没完全醒，迷迷糊糊道，"不是请假了吗？"

林雾问："他为什么请假？"

"这我可不知道，"葛亮咕哝，"家里的事吧。"

眼见葛亮一问三不知，林雾只得换突破口："王野最近跟你们联系过吗？"

你们，那就是全宿舍兄弟都算了。

葛亮回头问已经在上铺直挺挺坐起来的江潭："野哥这一阵子联系过你吗？"

江潭声音冷清："没有。"

"也没联系我，"葛亮一边嘀咕，一边道，"等我问问原思捷。"

说完，他回自己的床摸手机，给还在上夜课的原思捷发微信：你最近联系过野哥吗？

原思捷倒是回复得很快，显然在课堂上不怎么专心：找王野，你得问林雾啊。

葛亮无语：就是林雾问的。

发完，不等原思捷再回，他就朝林雾摇摇头。

"那你知道王野家住哪儿吗？"林雾又问葛亮。

葛亮还是摇头。

他是大学之后才和王野熟的，但从来没去过王野家，王野自己也没说过。

希望落空，然而林雾没有时间消沉，郑重向葛亮道："如果他和你们联系，第一时间告诉我，行吗？"

葛亮被他的认真吓着了，忙不迭点头："行，保证第一时间！"

林雾感谢地朝他点头，而后转身就走，步履匆匆，转瞬就消失在了走廊尽头。

葛亮很蒙地回头望江潭："什么情况？"

江潭微微皱眉，若有所思："王野出事了。"

葛亮说："不要一上来就用陈述句！"

话音未落，原思捷的语音通话就拨到了葛亮手机上。

葛亮茫然接听："你不上课呢？"

"出来了。"略过举手向老师谎称肚子疼的情节，原思捷直接问，"王野怎么了，你刚才说林雾问是什么意思？"

"就是林雾找到咱们宿舍来了，"葛亮说，"问王野这一阵子有没有和咱们联系。"

原思捷道："他为什么问这个？"

葛亮说："我还没来得及问，他就跑了。"

原思捷道："这么重要的事你不问问清楚？"

葛亮说："我当时迷迷糊糊，根本还没睡醒呢。"

原思捷问："江潭呢？"

葛亮道："连床都没下。"

原思捷问："那他现在听着没？"

江潭答："在听。"

葛亮早把手机开成外放了。

原思捷说："这个时间林雾应该和我一样在上课，但现在他翘了课不说，还没打任何招呼就直奔咱们宿舍来了，这说明事发突然，他很着急。而且他有我和葛亮的联系方式，但他连电话都不愿意打，这说明他不光着急，还非常重视这件事，不愿意隔着电话沟通，必须面对面说才安心……"

"你别慢条斯理分析了行不，"葛亮受不了了，"能不能痛快说结论。"

"事关王野，"原思捷声音沉下来，"我感觉王野可能出事了。"

江潭："……"

葛亮："……"

他就多余听原思捷分析！

王野向来我行我素，大多数时间都独来独往，而且这次还有"家里的事"这么正当的理由，葛亮三人都没太在意王野这几天的请假。

但林雾来这么一下，让509众人不再淡定了。

宿舍楼外。

重新回到黑夜中的林雾，强迫自己冷静下来。

当务之急是找到王野，就算找不到，至少也要弄清到底发生了什么事。

也许，可以问一问王家人……

一滴水落在鼻尖。

林雾在宿舍楼下抬头，更多的水点落到他脸上。

刮了大半夜的风，终于下雨了。

一道闪电划过天际，轰隆隆的雷声响起。

林雾快步走到宿舍楼门口的雨棚下，在通讯录里翻到一个电话号码。

电话拨过去，很快接通。

"林雾？"苏啸的声音带着一点困倦的慵懒。

"抱歉这么晚打扰你，"林雾顾不上说太多客气话了，开门见山道，"能帮我一个忙吗？"

"你说。"苏啸应得干脆。

林雾说："上学期夜游，我第一次遇见你值班那次，有个男生带几个人来蹦迪，后来被你收拾了，你还记得吗？"

苏啸在电话那头沉默片刻，才道："嗯。"

"你有他的联系方式吗？"林雾问，"或者能告诉我他的名字和学院吗？"

苏啸问："你找他有事？"

林雾答："我想找他问一个人的联系方式，他和那个人应该是朋友，我见过他们在一起吃饭。"

关系绕得有点远，等于是找朋友的朋友的朋友。

但凡还有别的办法，苏啸相信，林雾都不会这样舍近求远。

"他叫盛南，"不再多问，苏啸直接提供信息，"我有他的电话和微信，需要帮你联系吗？"

"不用，"林雾这就已经很感谢了，"你把他的电话和微信号发我就行。"

"好。"苏啸应得干脆。

结束通话，苏啸就把盛南的联系方式发过来了。

林雾等不及加微信，直接拨了手机号码。

好半天那边才接，睡意浓浓的四川音，满是被吵醒的不爽："喂，哪个？"

"你好，我是林雾，"林雾第一时间说明情况，"我是从苏啸那里问到你手机号的。"

"苏啸？"盛南的声音明显苏醒大半，"啥子事？"

一句两句解释不清，林雾索性只拣最重点的说："我想找王锦城。"

"哪个？"盛南莫名其妙。

林雾说："王锦城，你们一起吃过饭。"

"我和好多人吃过饭。"盛南的四川话，随着逐渐清醒，自动变成了川味普通话。

林雾以为盛南和王锦城至少算朋友，现在看，可能就是一个朋友拽一个的那种临时凑局。

幸而，王锦城的事迹在盛南记忆里应该足够深刻。

林雾说："五一假期，你和一群朋友吃饭，其中一个和别人打了一架，花盆都干碎了。"

"哦，那个瓜批。①"果然，盛南一秒记忆回笼。

林雾立刻追问："你有他电话吗？"

盛南答："电话我不晓得，但我有朋友找得到他……"

林雾道："那你能……"

"等一下，你到底哪个，和苏啸什么关系？"盛南一肚子问号，"找王锦城什么事，你咋个知道他那天打架了？"

"林雾，环境院大二，"求人帮忙，诚恳第一，林雾以最快速度和盘托

_____

① 四川方言，"傻""呆""笨"一类的意思。

出，"找王锦城是想问他家里的事，那天和王锦城打架的就是我。"

"你？"这和盛南那天被看热闹的家伙们科普的八卦内容不一致啊，"揍他的不是他哥吗？"

林雾说："我是另外一个。"

哦，盛南了然，然后更迷惑了。

那天打王锦城的就两人，如果林雾是另外一个，说明林雾和王锦城他哥是一伙的，然后林雾想问王锦城家里的事："你直接找他哥不就好了？"

林雾心里一酸，努力压着情绪才没表现出来："我就是找不到他哥了。"

这就说得通了。

盛南不喜欢稀里糊涂地做什么事："你还没说你和苏啸的关系呢。"

能是什么关系，一个学校的学长学弟呗，林雾不觉得这有什么可说的，很自然就忽略了，但盛南好像特别在意。

抓不到盛南的重点，林雾只得三言两语简单概括了一下他和苏啸这种平时不联系，但有事情也会互相帮忙的关系，当然，多数是作为学长和老师的苏啸照应他。

盛南听完，问："那你咋个知道我和苏啸认识？"

林雾不好提那晚盛南夜游蹦迪的事，毕竟他的结局是被苏老师收拾得明明白白，只得模糊道："我在学校里见过你和苏啸在一起……"

说话、吃饭、挨苏老师训，都叫在一起。

"行吧，"盛南的语气明显轻松下来，甚至带着一点不易察觉的开心，"看在苏啸的面子上，我帮你查。"

林雾一时没反应过来："啊？"

盛南道："上次因为你，王锦城被他哥揍成那样，还有人把视频发到了朋友圈，他现在快被笑死了，你觉得他还会帮你？"

林雾知道很难，但……

"想知道他家里的事，顺便找他哥，对吧？"盛南道，"我帮你查。"

虽然两件事的重要顺序颠倒了，但内容大差不差。

只是林雾以为盛南那么针对苏啸挑事，应该是和苏老师非常不对付的，那么作为苏啸"引荐"过来的自己，求助不碰壁就已经是谢天谢地了，这还来了个全套 VIP 待遇，是什么情况？？？

"你手机号就这个？"盛南忽然问。

林雾下意识地应了声，完了才道："要不你还是把王锦城的电话……"

盛南"喊"一声："我查，绝对比你找王锦城快。"

一个敢拎着音响带着小弟在午夜宿舍楼下蹦迪的人。

林雾选择相信。

雨开始变大了。

林雾坐在宿舍楼门口的台阶上，夜幕中的雨帘，在路灯的微光里溅起水雾，氤氲，冷清。

时间变得格外漫长。

可盛南并没有让他等太久，半小时不到，就把一连串聊天截图发过来了。

临时拉的群，未命名，群成员（4）

不想继承家业：王锦城？你打听他干啥？

花孔雀：莫说废话，晓得你就讲，不晓得就闭麦。

不想继承家业：大半夜把我们薅起来求我们办事，还敢这么暴躁？

狮子 - 王：哎，我就稀罕盛南这样，带劲儿。

不想继承家业：你个抖 M[①]。[无语 .jpg]

James：住院了好像。

花孔雀：住院？

James：听说又让他哥给揍了，这回揍得狠，哈哈哈哈哈。

不想继承家业：纯属脑子有病，以后家产都是他的，还老贱兮兮惹他哥干啥？

---

① 抖 M：网络用语，指一种人物性格和心理倾向，一般指受虐倾向。

花孔雀：他哥为啥又揍他？他哥现在在哪儿呢？

狮子－王：你到底是想问他还是问他哥啊？

花孔雀：都问。

James：行吧，我再给你问问，我那哥们儿都去医院探病了，哈哈。

James：来了。

James：这事太逗了，就为一套破公寓，才六十来万，王锦城和他哥都想要，他爸给王锦城了，然后王锦城就被他哥揍了。

James：他哥也是真狠，直接给他打进医院了，牙打掉两颗，那脸肿得根本没法看。

不想继承家业：就为这？再给他哥买一套不就完了，他家缺这六十来万？？？

James：不是钱的事。

狮子－王：偏心眼子是最气人的。

James：也不是偏心的事，他哥又不是第一次被差别对待了，这次那公寓好像是他哥一同学的，所以他哥才特别在意，非要买到自己手里。

不想继承家业：王锦城可是他们王家的宝，被他哥这么一顿揍，他爸妈没点表示？

James：怎么没，直接给他哥关家里了，说是王锦城不出院，他哥就别想出来，结果，他哥真牛×，愣是在十几个人的眼皮子底下跑出来了。

花孔雀：跑了？

James：嗯呢，这都前天的事了，把看着他的人撂倒一片，猛虎的基因你以为开玩笑的吗？

花孔雀：现在呢，什么情况？

James：还能什么情况，一家三口都要气吐血了呗，然后人还没找着，我朋友说好像查到出省了，但后面就不知道往哪儿去了。

狮子－王：要我我也跑啊，人家一家三口，自己像个多余的。

不想继承家业：他爸妈是不是中降头了，他哥怎么看着都比王锦城强吧，个儿高，还帅，还能打。

…………

截图只到这里，显然盛南清楚，对于林雾，到这里就足够了。

盛南：收到了？

林雾：嗯，谢谢。

林雾对盛南的感谢远不止这两个字，可他的大脑已经全被截图里的信息占据、搅乱了。

他爸卖掉的公寓，竟然是王锦城买了，难怪那么急着让他爸清掉他的东西腾房子。

这事要放在今天之前，能把林雾恶心到家。

可现在，他却只在意和王野说公寓要卖了的那个夜晚。

王野听完就问了三个字："卖完了？"

那晚多云，月亮被遮了大半，看不见一颗星星。

自此之后，王野再也没在学校里出现。

林雾仰头，深呼吸，再深呼吸，却压不住眼底上涌的酸涩。

王野问他要不要上山……

王野说我就是想让你陪我，没替你想过什么……

王野说以后没我罩着你了，你自己支棱点……

一滴雨水落到林雾的脸颊上，热的。

突如其来的手机铃声，冲破大雨的嘈杂。

林雾看着来电显示的名字怔了怔，才按下接听："赵里哥？"

"林雾，"赵里向来沉稳的声音里，多出一丝困惑，"你还在学校吗？"

"在，"林雾不明白他为什么这么问，"怎么了？"

赵里道："王野来长白山了。"

明亮的闪电刺破夜空。

"你把他留住，赵里哥！"轰隆的雷声里，林雾大喊道，"千万别让他走——"

赵里道："可是他已经走了。"

雷鸣过。

黑夜里又只剩下雨声。

林雾道："已经……走了？"

赵里答："对，他想找陶其然，没找到，就走了。"

林雾问："什么叫没找到？"

赵里答："你小舅在森林里。"

林雾道："那他在木屋等着小舅回来不就行了？"

赵里说："这个恐怕怪我。"

林雾说："怪你？"

赵里说："你小舅近来在森林里待的时间越来越长，大概要十天到半个月才会回来一次，有时可能更久。王野听我说完，就走了，估计是没耐心等。"

十天半个月才回来一次？

那回来一次待多久？

如果回来就走，那赵里不就要一直孤孤单单地守着木屋了吗？

这些念头几乎是条件反射般出现的，可林雾现在顾不上了："王野走多久了？这么黑的天怎么下山？他说了下山之后要去哪里吗？"

"走了大概十几分钟，"赵里没问林雾这边发生了什么，直截了当道，"你别着急，我这就去追，也许可以把他追回来。"顿了一下，赵里又道，"我不觉得王野会下山，他去的是森林的方向。"

第二卷

追逐

第三章　寻人

作为到晚上就应该好好睡觉的跳羚一枚，夏扬这夜被吵醒了两次。

第一次是原思捷打来电话，问他林雾回宿舍没。他莫名其妙，没好气地把电话挂了，还迷迷糊糊地想，上着夜课呢，林雾回哪门子宿舍。

第二次，就是林雾回来了。

夏扬在开门声中勉强睁开半拉眼，就看见林雾直奔柜子，从里面拿出衣服往双肩包里塞。

窗外不知什么时候开始下的雨，夜色里弥漫着雨天的潮湿。

夏扬强撑着睡意沉重的眼皮，问下面忙碌的身影："嘛呢？"

林雾动作一顿，抬头，轻声道："吵醒你了？"

吵不吵醒倒无所谓，反正自打原思捷那通莫名其妙的电话之后，夏扬就没睡踏实："你这大半夜的不好好上课跑回来收拾东西是嘛行为艺术？"

"去趟长白山。"林雾低头，又开始忙碌。

夏扬让这答案弄得蒙了半天。

长白山？

旅游？

今天周五，明后天周六周日倒是可以来个短途游，但大半夜的课上一半突然回来说要去长白山，这太诡异了吧！

"夏扬你不睡觉嘀咕什么呢……"李骏驰被吵醒，翻了个身，变成脸朝床外，然后就被夏扬亮起的手机闪光灯晃瞎了眼，"你干啥？"

这一嗓子，任飞宇也醒了，下意识伸手打开了夹在床头的台灯。

宿舍内的情景顿时清晰。

林雾在床下收拾包，夏扬举个手机闪光灯跟应援似的，李骏驰眯着眼睛浑身起床气，任飞宇看看这个，再看看那个，一脸茫然。

既然全都醒了，夏扬一蹦就跳下床——他现在上床下床都用蹦的，跳跃能力已充分应用于日常——直接走到门口去开灯。

顶灯，台灯，手机闪光灯，三灯大亮，满室通明。

"到底怎么了？"他回过头来问林雾。

"王野去长白山了，"林雾说，"我要去把他找回来。"

被人留在原地懵懂的滋味，林雾太知道了，他不想什么都不说清就走，让333的兄弟们也替他担心。

"王野？"夏扬感觉自己好像要抓住什么了，但最关键的就是串不上，"你不说他家里有事吗，又跑长白山干啥去？"

"他不想念书了，"林雾把最后一点东西塞进背包，拉上拉链，"我得去把他找回来。"

夏扬皱起眉。

林雾的情绪不对，虽然他极力想装平静，但声音里的酸涩和轻微的抖，即便窗外雨声淅沥，都掩不住。

而且林雾肯定没说全。

王野这么多天没来学校，突然就去了外地，还说不念书了，中间绝对发生了什么。

"长白山？"李骏驰这会儿才算彻底醒了，"那离我家近啊。"

李骏驰，吉林人，家乡村庄所倚傍的山，虽离着景区好几个县级市呢，从广义上讲，也属长白山余脉。

"林雾，"一直默默看着他收拾东西的任飞宇从床上坐起来，"我陪你去。"

林雾怔住了。

任飞宇没再多说，直接从床上下来，开始穿衣服。

李骏驰看呆了。

这决断力和行动力，还是那个瞻前顾后磨磨叽叽的任飞宇吗？

夏扬却一点不意外。

任飞宇是整个333里最敏感的，连自己都能看出林雾情绪不对，任飞宇只会感觉得更清晰、更准。

"别搞小团体行吗，"夏扬当机立断，"我也去。"

"哎哎，什么玩意儿就都去了……"李骏驰跟不上这变化太快的时代。

夏扬斜眼看他："说走就走的旅行，倍儿自由，倍儿潇洒，来不来？"

李骏驰："……"

"好嘛差点儿忘了，你就是本地人，"夏扬一拍脑门，而后用真挚的眼神重新向李骏驰发出邀请，"说回就回的老家，来不来？"

李骏驰："……"都是什么鬼！

不管什么鬼，反正333兄弟们是动起来了，乒铃乓啷一顿收拾，兴奋劲儿就像要去远足的小学生。

夏扬问："要带羽绒服吗？"

李骏驰答："不用，这都快六月份了，长袖外套就行，除非你要在山顶过夜。"

任飞宇问："有到长白山的高铁吗？我来订票。"

李骏驰答："还修着呢，现在只有普通型火车。"

任飞宇说："我查一下……"

林雾看着他们人来疯似的，想乐，可嘴角起来了，鼻子却酸了。

"行了，我是去找王野，又不是深入虎穴。"

兽化的事、公寓的事、自己和王野家里的事，这些家伙什么都不知道，什么都不多问，就义无反顾为他挺身助阵，连夜出发。

见他终于知道开玩笑了，任飞宇终于放了一半心，但手上的动作没停，坚持咕哝着："王野能跑那么远，肯定就是不乐意回来，你一个人绝对弄不动他。"

林雾哭笑不得，合着兄弟们是打算帮他一起把人绑回来？

"咱们四个也悬……"李骏驰对王野的武力值上限实在没底，不是狠人，谁剃圆寸？

"那就七个。"门外突然传来一声清晰的接话。

屋内四人吓了一跳，离门最近的夏扬一个后跃，蹿开好几米："嘛玩意儿——"

"咚咚。"敲门声礼貌响起，然后是刚才搭话茬那位，"能给我们开下门吗？"

我……们？

林雾疑惑地走过去，打开门，外面江潭、原思捷、葛亮按大小个排列，站得整整齐齐。

刚才说话的是原思捷，夏扬总算反应过来了："你们跑这儿跟我半夜捧哏来了是吗！"

原思捷道："我原本是一来就要敲门的，但一听你们在里面那么热闹……"

夏扬道："就改主意了，偷听了，隔墙有耳了？"

"这可不是我的主意，"原思捷后撤一步，让出江潭的 C 位[1]，毫无心理负担就卖了队友，"他说等你们忙完了再打扰，会比较有礼貌。"

---

[1] C 位：网络用语，指中心位。

夏扬："……"

林雾："……"

李骏驰："……"

任飞宇飞快看了江潭一眼，又收回了目光。偷听就偷听，还说得这么清新脱俗。

但有一说一，学校这破门板隔音也确实奇差无比，不能全怪江潭——任同学还是下意识地给对方找补。

"林雾，"葛亮和林雾熟，也不兜什么圈子了，说，"我们就是想来问问你，王野到底出什么事了。"

他们本来只是起疑，但当原思捷给夏扬打电话，发现林雾没回宿舍，葛亮和江潭又透过窗户，看见刚来 509 问过的林雾在宿舍楼底下转悠，最后竟然躲到楼门口的透明雨棚底下，一坐就是四十分钟，他们再也没法淡定了。

原思捷找了个理由和老师请假，直接从课堂回了宿舍，三人一碰头，便果断找来了 333。

但其实也不用问了。

"你们不是都听见了吗，"李骏驰道，"王野跑长白山去了。"

"但是为啥啊？"葛亮急得想抓头，"咋就突然抽风了？"

林雾不知道该从何解释起，但罪魁祸首是清晰的："因为我，我家……"

突然响起的手机铃声，打断了林雾的话。

他看一眼来电人，飞快接听，语气急切而期待："赵里哥。"

电话那头沉默两秒："人，没追到。"

林雾呆愣道："没……追到？"

"我追过去的时候，他已经不见了，"赵里道，"应该是进了森林，但森林太大，我一个人进去找根本没用，"缓下声音，他沉稳地安抚林雾，"我现在就去最近的村子里找人，找一些熟悉林子的，回来继续找，你等我消息。"

林雾相信赵里，可他等不住："赵里哥，我现在就过去。"

赵里问："你要过来？"

"对，"林雾说，"东西已经收拾好了，我这就出发。"

短暂的惊讶后，赵里没再多说什么，像是从林雾的行动里了解到了他的心情。

"你怎么过来？"赵里问，"大概几点到，我下山接你。"

林雾光收东西了，还没考虑交通工具呢，闻言立刻看向资深当地人李骏驰："怎么去长白山最快？"

"最快肯定是自驾。"李骏驰想都不用想。

飞机要候机，火车要候车，就是到站了，也得继续坐车才能进山，折腾下来时间只多不少，而且现在这个点还未必有合适的票。

林雾了然，迅速决定："赵里哥，我包车过去，你给我发一个定位……"

"包什么车，"李骏驰道，"直接租车我们自己开多方便。"

夏扬瞥他："你开？"

李骏驰不假思索："我开啊。"

夏扬愣那儿了，连任飞宇都诧异地眨巴眼睛："你会开车？"

"会？"李骏驰小脖一扬，小头发一甩，"那是太会了，哥们儿高三拿的驾照。"

夏扬说："别吹了行吗，爷们儿也有驾照，但不妨碍我开车还是个渣渣。"

李骏驰懒得争辩，直接拿起手机，划拉两下，递过去。

夏扬接过，和凑过来的任飞宇一起看。

屏幕里是李骏驰的朋友圈——

数院刘同学（2天前）：环境院19级环工1李骏驰，专业代驾，技术杠杠的！

AAA李骏驰：感恩！[比心]

数院刘同学回复 AAA 李骏驰：下次还找你哈哈。

夏扬："……"

任飞宇："……"

"租车和包车都可以，但要注意安全，"听见他们讨论的赵里，在电话那头和林雾道，"等下我把定位给你，你出发时告诉我一声。"

"好。谢谢你，赵里哥。"林雾真心道。

赵里说："和我就不用说这些了。"

电话刚挂断没几秒，林雾就收到了定位信息。

地图给出的路径，显示自驾要七小时十五分钟。

"还是包车吧，"林雾看向李骏驰，"时间太长，你一个人开太累。"

"我可以和他换着开。"进门后一直没出声的江潭开口。

林雾都快忘了这边还有仨 509 的兄弟呢，一时错愕。

夏扬问："你嘛意思？"

"意思就是我们也要一起去，"原思捷半认真半调侃地笑，"抓 509 的老虎，我们 509 哪儿能袖手旁观。"

"可是，"任飞宇一个个人头数过来，"咱们七个人，车也坐不下啊……"

"大七座 SUV，"葛亮一晃手机上的租车 App，"搞定了，随时可以提车。"

——觉醒九个月后，服务行业基本都是 24 小时模式了。

星空灰的七座 SUV 在高速路上飞驰，迎着清晨的阳光，像一枚银色子弹。

江潭把车开得平稳流畅，淡漠的脸从始至终目视前方，冷静而专注。

声称自己是专业代驾的李骏驰，和任飞宇、葛亮挤在最后一排，三人睡得东倒西歪，不知做到第几个梦了。

折腾半宿，连夜启程，昼行的没睡饱，夜行的该困了。

分坐第二排一左一右单人位的夏扬和原思捷半眯着，也打起了瞌睡。

唯独林雾没有。

江潭开了近三小时的车，从天色蒙蒙亮到旭日东升，而在他的余光里，副驾驶的林雾就一直在做一件事——拿手机给王野打电话。

隔几分钟就打一次，仿佛生怕错过王野短暂开机的瞬间。

但王野没开机。

隔音效果良好的车内，从听筒中泄出的一点点"对不起，您拨打的用户已关机"，一遍又一遍，江潭听得清楚。

江潭向来不喜欢多管闲事，但考虑到再这么打下去，没等王野那边开机，林雾这边先低电量自动关机了。

破天荒地，他主动开口："你……"

与他发出"你"字同一时间，林雾不知从哪儿摸出了租车公司给车内配备的车载充电器，干净利落连手机上了，连完，才依稀想起好像听见江同学有话说。

"什么？"他转过头，疑惑地望向江潭。

"没什么。"江同学难得起了一次管闲事的心，卒于萌芽。

电量问题解决，林雾重新拿起手机，像是一点时间都不愿意耽误。

江潭直视前路的眼底闪过一丝不赞同。

他知道林雾很焦灼，但一次次听见机械冰冷的"对不起……"，只会加重情绪负担。破天荒地，江潭想第二次开口，劝林雾与其徒劳打电话，不如给王野发信息，他如果真开机了，还能看见你想说的……

林雾不断点击屏幕，开始在微信里打字了。

"……"江同学第二次起了管闲事的心，连张嘴的机会都没有。

果断收敛思绪，江潭重新专注开车，彻底心无旁骛。

林雾比他以为的更重感情、更执着，但也更清醒、更通透。

太阳完全升起来了。

初夏的明媚阳光，透过车窗，晒在林雾的肩膀上，温热发烫。

可林雾发给王野的照片里，到处白雪皑皑。

那是在天池的山峰上，他趁王野不备，将人揽过来抢拍的一张自拍。

两人身后，天空蔚蓝，点点苍黑的雪山环抱着洁白的天池。

林雾：[照片]

林雾：这张照片我一直没发给过你，因为你当时就不乐意拍，我其实是有点赌气的。我想，凭什么要上赶着发你，我要等你来主动问我要。

林雾：但我一直没等到。

林雾：你说运动会要给我摇旗呐喊的，要我在跑道上一抬头就能看见你。

林雾：但我一直没等到。

林雾：你说家里有事，过几天就回来。

林雾：但我一直没等到。

阳光太强烈，刺得人晕眩。

林雾闭上眼，缓了缓，才又再度睁开，继续输入信息，发送，再输入……

林雾：你自己数数，你放我几回鸽子了？

林雾：[信不信我咬你.jpg]

林雾：公寓的事我知道了。

林雾：你是不是傻？一个破房子卖就卖了，你和王锦城较什么劲！

林雾：还有这些事你为什么不和我说？你当你是孤胆英雄呢，事了拂衣去，深藏功与名？

林雾：算了，我都多余问。

林雾：你就是傻，没有比你更傻的了，我现在知道你为啥这么帅了，拿脑子换的。

林雾：你以为我小舅是在山上成功的，你上了山就一定行？赵里哥现在还没进展呢，他待的时间比你长多了。还有你到了山上怎么生活？小舅有狼、有房、有赵里哥，你有啥？

林雾：我都说了我还没想好，你就不能再等一等？我又没说我不去！找工作还要等大学毕业呢，你以为山是那么好上的，现在山上的寺庙招聘和尚都要大学文凭了。

林雾：你说你想让我陪你一起上山，那你知不知道，我也想让你陪我一起毕业。

林雾：你一甩手走了，不念书了，被你留在原地的人怎么办？

林雾：算了，也不用你自己想了，反正我们来了。

林雾：[333&509 联合抓虎小分队 .jpg]

林雾：有能耐你就别让我们逮着，否则……

第二排的夏扬和原思捷都半睡半睐着。原思捷在林雾的斜后方，偶尔随着瞌睡一点头，就醒那么两秒，然后半睁的眼睛就看见林雾在发信息。

一睁眼，林雾在发信息。

再睁眼，林雾还在发信息。

不知第几次抬起眼皮，原思捷看一下手机时间，好嘛，这信息发了快一个小时。

"你和王野联系上了？"原思捷上半身微微前倾，低声问林雾。

林雾一愣，回头："没啊。"

原思捷迷惑："那你一直不停地发什么呢？"

林雾睐了下眼睛，煞有介事："恐吓信。"

原思捷："……"

夏扬被交谈声吵醒，坐在林雾正后方的他看不见自家室友，只能看见旁边的原思捷。

"怎么了？"他问。

"没。"原思捷轻轻摇头。

就是有点担心野哥。

撩到一头小狼，撩完了还不负责，说跑就跑，那就别怪人家了。狼在月亮底下可是会狂化的，山里的月亮又大又圆……猛虎保重。

江潭开了近四个半小时的车，又一次到了高速休息区后，驾驶位终于换上了李骏驰。

还好，专业代驾李同学的口碑也不是吹的，虽然驾驶技术不如江潭那样精湛细腻，但也熟练自如，沿着导航，一路顺顺当当将车驶出了高速。又开了一段不短的便道，终于在临近中午十二点的时候，抵达定位所在。

那是一处山脚，附近几乎看不见村庄，放眼望去，到处都是郁郁葱葱的山岭，SUV 的到来惊起树梢的群鸟。

赵里的皮卡已经等在那儿。

见众人抵达，他打开车门跳下来。

他的头发比林雾上次见时长了些，这也让他整个人显出一种萧瑟的沉郁。

又或者，与头发无关。

"赵里哥。"林雾第一个下车，迎上去。

赵里朝他轻点一下头："来了。"

离得近了，林雾就知道自己没看错——沉郁，在赵里的眼睛里。

"他们都是我同学。"林雾给赵里介绍身后陆续过来的人。

六人礼貌地和赵里打招呼。

赵里问林雾："带了吗？"

林雾往后面 SUV 一指："都在后备厢了，衣服、鞋都有。"

赵里让林雾带一两件王野穿过还没来得及洗的 T 恤或者外套过来，可以让猎犬循着气味在森林里搜寻，林雾超额完成任务——几乎拿空了王野放在 509 明面上的衣物。

"行，"赵里道，"等下我带你们把车停到附近村子里，然后你们稍微挤一挤，坐我的车上山。"

"不用，"江潭出声，客客气气，"你在前面开，我在后面跟着，到山上也许还有用车的地方，多一辆车也方便。"

"山路不好开。"赵里道。

江潭说："交给我。"

赵里第一次认真看这位冷到极点的同学。声音冷，眼底也冷，薄唇浅得几乎没有血色。

两人身高相仿，对望即平视。

江潭的眉宇间、眼神里，都有一种超乎年纪的冷冽与笃定。

"行。"赵里最终点头。

一直默默站在人群最后的李骏驰抬头眺望那漫漫盘山路："……"

这个他就不争了，方向盘全权交给江潭，毕竟，蛇形走，人家是专业的。

最终，林雾坐上了赵里的皮卡，江潭则开着大七座，带着剩下的人，一路跟进山林深处。

"我在村子里找了三个对那片林子地形熟悉的人，还弄了几个对讲机，"赵里一边开车，一边和林雾说，"到时候我们分三组，这样找起来效率高。"

林雾从决定来找王野那一刻就很坚定，可到了这时，却忽然开始忐忑："赵里哥，"他的声音轻下来，"我们真能把人找到吗？"

赵里望着前方看不到尽头的山路："没有能不能，只有你想不想。"

林雾有一刹那的错觉。

好像这话，并不是回答自己的。

又一个转弯，皮卡继续向上爬。

林雾低头，看他在微信里给王野发的信息。那么多条，就是冲着大山喊，都该有个回音，可聊天界面就像一片深海，再多的话扔过去，也是沉没得无声无息。

距离赵里给他打电话说王野去了森林方向，到现在已经九个多小时了。

一个根本没有兽化的觉醒者，能在森林里独自存活多久？

赵里答："五天。"

耳旁突然传来的回答，让林雾怔了一下，然后意识到，是自己不知不觉把心里想的问出来了。

"有水，但抓不到食物，也找不到太多果子，只能啃树叶。"赵里笑了一下，"我坚持了五天。"

林雾愣愣地看着他的侧脸，看着那带了点淡淡自嘲的笑："赵里哥……"

"所以你放心，"赵里伸手拍了下林雾的头，"这还不到一天呢，那小子没事的。"

终于，在经过漫长的盘山路和穿越过几个村庄后，车停在了熟悉的木屋前。

赵里找来的三个熟悉林子地形的老乡已经在木屋里了，三条大狼狗则拴在院子里，见外人来了，趴在地上的狼狗们瞬间蹿起，叫得凶狠，要不是链子拴着，能冲过来扑咬。

葛亮快吓死了，扒住院门死活不敢往里进。

任飞宇本来也怕得全身僵硬，但一看葛亮这样，就忘了害怕只剩好奇："你不是哈士奇吗，咋还能怕狗？"

葛亮说："人吓人吓死人，你听过没？"

所以狗吓狗……

任飞宇顺着思路延展，竟一时无法反驳。

林雾从 SUV 后备厢里拿出装着王野衣物的大包，跟着赵里第一个进院。

听见声音的老乡也从木屋里走出来，是三个皮肤黝黑的中年男人，精壮朴实。

赵里提前和他们说了会带人过来，兵分三路，所以这会儿，他们见人呼啦啦来了，立刻操着吉林口音问："现在整？"

赵里回头问林雾："你们是先休息一会儿，还是……"

"不用。"

"直接开始吧。"

"不用了……"

不等林雾说话，大家就七嘴八舌给定了。

午后的山中，风和天空一样清澈。

林雾看向赵里："就现在。"

赵里准备了十几个对讲机，人手一个，还有富余。

发完，他立刻教大家对讲机的简易操作，同时说明大致安排："你们分三组进入森林，我守在这里保持后方联络，"他严肃叮嘱道，"不管遇见什么情况都绝对不要冲动冒险，一发现不对，马上撤回来，安全第一，其他的我们都可以再想办法。"

林雾将对讲机收好，而后郑重点头："嗯，记住了。"

"那就抓紧时间分组吧，"原思捷出声催促，然后特自然地走到夏扬身边站定，"我俩一组。"

夏扬斜眼看他："别自作多情行吗，谁答应跟你一组了？"

原思捷温柔微笑："那你想跟谁一组？"

夏扬转头环顾全场……葛亮，不熟，江潭，更不熟，李骏驰，食草动物，任飞宇，猛禽，然而战斗力还不如食草动物，林雾，周身愁云惨雾实在让人负担沉重。

"行吧就你了。"夏扬认命。

509拢共仁人，葛亮一看原思捷心有所属，就剩江潭，立刻一个二哈跳，蹦到林雾身边："我跟你，咱俩务必把野哥给整回来！"

林雾："……"

搭档来的，就，挺突然。

李骏驰迅速盘点，人俩俩都一组了，剩他、任飞宇、江潭耍单蹦，总不能把人家509的同学排挤出去，索性带着任飞宇，朝江潭振臂一呼："别独自美丽了，咱仁互帮互助吧。"

搜寻小组迅速分完，众人离开院子，在赵里的带领下穿过木屋周围开阔的空地，来到茂密的冷杉林前。

"就这儿附近，"赵里停下，和三个老乡还有林雾道，"我看着王野往这边来的。"

林雾会意，立刻把王野的衣物拿出来递给三个老乡。

狼狗在老乡身边，明显听话许多，主人把衣物往它们鼻子下一递，它们就知道凑上去闻。

周遭的一切忽然安静下来，只有狼狗嗅东西的声音。

它们先嗅衣物，然后又低头嗅地上，很快，三只狼狗便带着众人往林子里钻。

林雾精神一振，飞快跟上，是所有人里跟得最紧的。

可狼狗在森林里跑了几分钟后，就停下来了，开始重新在地上嗅，在灌木、树干底下嗅，却再也没有嗅出明确的气味方向。

大家等了又等，一个老乡道："别搁这儿耽误时间了，咱们就直接分三个方向走，找到找不到的，就看老天爷吧。"

云杉、冷杉及少许的松树，组成了这片茂密的森林。午后的阳光在林间流淌，却仍显得暗淡，针尖一样的叶子上，夜晚的露珠早已蒸发，只剩一簇簇深沉的苍绿。

森林里比外面还凉，夏扬把帽衫的拉链拉到最上面。

他们已经进入森林不短时间，夏扬早就分不清走到哪儿了，只知道至今仍一无所获。

"王野真在这里？"周围除了树还是树，偶尔到了光线极弱的地方还有点阴森，夏扬无法想象一个人就这么不管不顾地扎进这密林里。

原思捷拨开挡在身前的树枝："林雾说王野在微信里讲过要上山，赵里也说确定看见王野往森林方向来了，两相印证，基本不会差。"

"我说你考虑考虑王野的智商行吗？"夏扬精致的一张脸皱成团，"这地儿怎么看都是有进无回凶多吉少，他图嘛啊往里扎，不想活了？"

"他图什么我不知道，"原思捷说，"但有一点可以肯定，王野做任何决定的时候，危险系数都绝对不在他的考虑之列。"

夏扬道："他是没考虑危险系数吗？他是嘛都没考虑。但凡他多考虑一点，不，都不用考虑别的，就想想林雾得多担心多着急，他都不能走得这么潇洒。"

"这事他干得确实冲动，"原思捷不替王野辩解，但也要客观讲一句，"可是谁都有脑袋一热的时候，尤其恋爱中更容易上头，随便一个什么都能……"

"你给我等等，"夏扬拉住他，"王野谈恋爱了？"

原思捷一脸"这还用问"的表情。

夏扬莫名其妙："和谁？"

原思捷摊手："不知道。"

夏扬问："那你凭嘛一口断定？"

原思捷答："凭我丰富的经验和敏锐的直觉。"

夏扬："……"

他为嘛会答应跟这倒霉催的一组？为嘛？？？

"林雾，林雾，夏扬，夏扬……"对讲机忽然吱吱啦啦响起来，是李骏驰的声音，"我们这边没什么发现，你们俩那边咋样？"

森林某处，李骏驰、任飞宇、江潭正跟着老乡往另一个方向深入。

这里地势低些，灌木丛生，行进起来更艰难。

"嘛都没发现……"对讲机那头，夏扬先回复过来。

然后是林雾，平静里还是流露出一丝低落："暂时还没有发现。"

李骏驰叹口气，意料之中。

刚才他和老乡攀谈，对方就告诉他了，这片林子大了去了，别说他们才走了几个小时，就是走上几天几夜，他们走过的地方对这片森林来说，也只是很小一块区域。

放下对讲机，李骏驰不经意看到身旁的任飞宇。

只见任飞宇神情很不自然，明明眼里都是沮丧，可像是怕被别人看出来似的，脸上一点没耷拉，眼角眉梢都在往上使劲。

李骏驰靠过去，莫名其妙地问："你这是干啥呢？"

任飞宇愣愣地看他："啊？"

李骏驰搭上他肩膀，安慰似的拍一拍："短时间内找到王野的希望不大，我都郁闷了，你不用强撑着。"

"不是，没……"任飞宇下意识否认，"我就是觉得不能老这么负能量，咱们得乐观。"

从任飞宇嘴里说出"乐观"？

李骏驰有点担心地看他："大宇，你没事吧？"

任飞宇咽了下口水，继续使劲振作："没啊，我特别好。"

李骏驰忽然后知后觉，自打进了森林，不管搜寻如何徒劳，任飞宇今天还真一句丧气话都没说过。

视线不经意飘到斜后方。

江潭一直沉默地走在队伍最后，永远和他们保持两米距离，但跟得很稳，绝对不会掉队。

任飞宇的突然"积极向上"，李骏驰找到答案了——恩人面前，不能丧。

森林里的光线随着时间慢慢变幻。刚进来的时候，一束束在枝条间隙穿透下来的光芒还是金色的，此时，已经变成了沉沉的金红色。

黄昏来了。

树林被笼罩进暮色之中，鸟儿停在树梢，低矮灌木里不再有小兽的窸窣声。

静谧的夜晚很快就会来临，而王野，还不知所踪。

踩过松针、杂草，穿过荆棘、树丛，林雾就这样整整走了一个下午。

他一点没觉得累，或者说，他心里已经没有装这些情绪和感受的地方了。

全部都是王野。

他在想王野要在这片森林里怎样过夜，住哪里、吃什么，会不会遇见危险，会不会像赵里哥那样，待上几天，到了极限，就知道出来了。

还是说，一条路走到黑。

森林里的黄昏格外短暂，转瞬，便开始变暗。

林雾的心和夕阳一起往下沉。

前方的老乡停住脚步，开始转身往回走："今天只能找到这儿了，咱们得赶紧趁天黑之前出去，再晚就危险了。"

林雾不想停。

葛亮知道他的心情，因为自己也一样着急，也想分秒必争地找到王野。

但欲速则不达，而且——

"林雾，"葛亮沉声开口，难得正经，"如果王野知道你来了，绝对不会让你大半夜还往森林里扎。"

林雾说："可他不知道。"

葛亮一咧嘴，露出讲义气的白牙："所以我得替他拦着。"

回木屋的路上，林雾才回过味来，纠正葛亮："不是'我'来了，是'我们'来了。"

把王野放心上当真朋友的可不只是他林雾一个人。

葛亮却摇头："你不一样。"

林雾疑惑："有什么不一样？"

他拿我们当朋友，拿你当……

葛亮差点脱口而出，幸亏忍住了。因为王野拿林雾当什么，他其实也说不出来。原思捷那个理论，他还是持保留意见。但有一点可以确定，王野上山，只问了林雾要不要一起，那么，他作为小弟，就有义务在老大不在的时候，把林雾看好……他绝对是被原思捷洗脑了！

至于野哥……

走出森林的葛亮，回头又看了眼黑压压的树影，就一晚上，野哥应该没啥事吧。

晚上八点，三组人陆续回到木屋会合。

天已经完全黑下来了，漫山遍野夜色深沉。

明天还要继续搜寻，赵里带着三个老乡去房间安顿。

剩下七人在另外的屋子里，围坐一炕。

"先和院系请假吧，"江潭第一时间道，"我们应该是赶不上周一的课了。"

"也不一定，"李骏驰说，"万一明天就找到了呢。"

葛亮没好气道："要找到，我先揍他一顿！"

除了林雾，剩下五名同学都缓缓看他，包括江潭。

葛亮认尿："过过嘴瘾也不行啊。"

清晨五点，搜寻小队就再度出发了。

森林还沉睡在朦胧的深蓝色里，天上没有一点亮光，厚厚的乌云压在树梢之上，遮了月亮，也遮了即将到来的昼的微白。

还是昨天的分组，林雾和葛亮跟着三个老乡中最年长的一位。但这次的路线换了方向，三组人马都向着昨天没有搜寻过的新区域进发。

凌晨的风呼号着，在冷杉的枝条间穿梭拍打，在灌木丛里堆叠出一层层翻涌的波涛。

"这天要下雨啊……"年长的老乡把手里一直拿着的王野 T 恤，再次给搜寻无获的狼狗闻。

葛亮和林雾跟着停下脚步。

"不能吧，"葛亮看着周围阴森森的树木，完全不知道这是走到哪儿了，"我看天气预报，没说会下雨啊。"

"山里的天哪儿有个准儿。"老乡说。

林雾一直安静着。

他像头真正的小狼一样，时刻嗅着、寻找着王野的气息。

会下雨的。

体内的野性基因已经感知到了空气中潮湿的水滴。

林雾前所未有地害怕。

他怕下雨就没法再继续寻找，怕雨水会冲掉王野留在森林里的味道。

狼狗好像终于嗅到了一些什么，开始继续往左前方走。

三人连忙跟上，踩过荆棘丛，穿过一棵棵杉树尖尖的针叶，探入密林更深处。

白昼渐渐来临。

可天还是黑压压的，浓云盖住了所有日光，森林成了深沉的墨绿色。

他们在这样的环境里失去清晰的时间感知。

就这样盲目地找寻了不知多久，狼狗突然停下，湿润的鼻子贴近地面，喉咙里发出"呜呜"的低嚎。

紧接着，它爆发出激烈叫声，强壮的躯体猛然跃起，朝一个方向极速奔跑。

"有了！"老乡一嗓子，黝黑的脸都亮堂起来。

精壮的中年汉子极其敏捷，大步一跨就追了上去。

林雾心脏狂跳，身体的启动完全先于大脑，几乎和老乡一起冲了过去。

葛亮道："哎，等等我——"

"轰隆隆——"

惊雷划破沉闷的天空，黑云在强风中流动，森林里的万物像被这突来的风云变幻一刹那激活。草尖狂舞，灌木倒伏，群鸟惊起，飞向泼了墨般的天际。

终于，狼狗停下来，在一个地方不断地打转，叫声急促。

三人气喘吁吁上前。

那是一处遭到破坏的灌木丛，杂草被踩踏得倒伏一片，地上留着乱七八糟难以分辨的痕迹，还有一件撕烂的外套，静静躺在一片狼藉之中，沾着血迹。

王野的外套。

林雾和葛亮都认得。

空气一霎凝固。

狼狗在老乡的喝止下不再叫唤，却仍略显紧张地原地躁动。

老乡蹲下来查看。

"是你们同学的？"虽然狼狗明显嗅到了王野的气息，老乡还是又问了林雾和葛亮。

林雾张了张嘴，却发不出任何声音。

"是，是……"葛亮忙回答，声音已经彻底慌了。

老乡的脸色沉下来，一边继续查看周边的其他痕迹，一边拿出对讲机："我在熊瞎子坡这边发现一件衣服，有血……"

对讲机那边很快传来赵里的回复："王野的衣服？确认了？"

老乡说："就是顺着味儿过来的，俩孩子也都认出来了。"

赵里沉默片刻："那依你看……"

"估计是受了点儿伤，但血不多，应该问题不大，"老乡有点让雇主放宽心的意思，但也不是全没客观依据，"别看这块儿叫熊瞎子坡，早二十年就没熊瞎子了，狼都少见，最多就是野猪啥的，你不是说那孩子体格好，贼能打吗？真遇上山猫野兽啥的只要不是成群结队，应该跑得掉……

"而且我看了周围的痕迹，没有太多……"老乡毫无预警地停住汇报，拨弄草丛的手也跟着僵住，脸色变了又变，瞳孔里先是震惊，然后慢慢变成了恐惧。

林雾离得最近，看得最清楚，他的呼吸甚至都随着老乡的神情变化而渐渐停住了。

"怎么了？"他艰难问出声。

"不可能啊……"老乡难以置信地喃喃自语。

一直在对讲机那边听着的不止赵里，还有另外俩老乡，立刻警觉，追着问。

"老疙瘩，咋了？"

"啥情况啊……"

被叫作老疙瘩的老乡没马上回答，而是在仔细查看地上痕迹后，又起身查看附近的树木，像在找什么似的。

过了会儿，他停在一棵红松树前，粗糙的手掌摸过树干上几道新鲜的爪痕。

然后，林雾听见他凝重的声音："是熊瞎子。"

"啥玩意儿？"对讲机那边的老乡压根不信，"你别给我整事，到底咋了？"

老乡的声音刚断，赵里的声音便在嘈杂的电流里响起："都先别说话，让他讲清楚。"

"地上有脚印，从形状到大小都和熊一样，树上也有痕迹，"老疙瘩抬头往上看，"是个会爬树的大东西，不是熊还能是啥？"

赵里问："你能确定吗？"

老疙瘩说："我就是在熊瞎子跟前捡回一条命的，那时候才十几岁，和我一起的小孩儿脸都被舔没了，熊瞎子啥样、熊爪印啥样，我这辈子都记得。"

不等赵里应话，老疙瘩又道："林子里有熊，咱们这些人谁遇上都对付不了，赶紧……"

"撤"字还没出口，三人背后突然传来异响。

林雾听觉最敏锐，第一个回头，根本什么都没看清，就被一个黑影迎面冲撞了过来。

林雾以极快的反应速度往旁边闪躲，可手臂还是被撞到了，巨大的冲击力刮得他猛地踉跄了一下。

黑影冲过去并没有停，而是继续去冲撞葛亮和老疙瘩。

"熊啊啊啊——"葛亮一嗓子号出了哈士奇的动静。

老疙瘩飞快抓住他用力往旁边一扯，躲掉了黑影的冲击："我看你像熊！"

黑影彻底扑空，险些撞到前面的树上。

林雾这才看清，袭击他们的是一头深褐色的野猪，四肢粗短，背上披着稀疏的针毛，长鼻拱出来，挤着小眼睛，要是没看清还真容易误认成小熊。

停在树下的野猪迅速转过身来，没有就此收兵的意思。

护主心切的狼狗猛地扑上去，一口咬住了野猪的脖子，死活不松口。

老疙瘩拿出随身携带的农用刀，朝林雾和葛亮大喊："你俩上树！"

葛亮脑内立刻闪过那个"你要如何如何，母猪都能上树"的常用句式，瞬间领会猪不会爬树的科学道理，手脚并用抱住最近一棵大树，咔咔就开始往上爬。

咔咔。

再咔咔。

葛亮低头，折腾半天，他的脚最多离地十厘米。

猪不会上树，哈士奇也不会。

同为犬科的林雾倒是凭借人类的那一半运动基因能上树，但还没找到合适的树干，就警觉地听见了更多杂乱的跑动声，而且越来越近。

下意识循声而望。

隐秘的树荫里，一大团正在极速靠近的黑影，逐渐显出它们清晰的轮廓。

"野猪群——"林雾惊叫。

声音未落，野猪群已呼啸而至，少说七八头，它们像被什么惊了似的，不管不顾直冲而来。

老疙瘩多少年没在山里见过这阵势了，一头猪他还对付得了，一群，他也只有保命的份儿："跑——"

林雾大脑一片空白，只剩求生本能，听见老疙瘩喊，拔腿就跑。

狂风呼啸，黑云压得更低了，在阴沉的山林里根本分不清东南西北。

林雾慌不择路，铆足了力气狂奔，几乎调动了丛林狼的全部运动基因。

不知跑了多久，林雾的冲刺力到了极限，肺要累炸了，不得不减速慢下来。这一慢，才发现身后好像没什么声音了。

他一点点停下，上气不接下气地回头。

满目茂密的杉林，再没有野猪，也看不清来路。

大脑开始降温，林雾慢慢冷静下来，然后就知道：糟了。

他第一时间拿出对讲机——为了省电，先前都是通过老疙瘩的对讲机联络，他还没用过自己的——刚一打开，对讲机里就交替传出赵里、葛亮还有另外两个组的声音。

赵里问："你慢点说，林雾怎么了？"

葛亮道："我们遇见野猪群了，他跑没了！"

任飞宇道："林雾，林雾，你能听见吗？"

夏扬喊："林雾——"

林雾长长松口气，感谢现代科技。

虽然迷路了，可通讯在手，心就不慌。

按住对讲键，林雾第一时间报平安："我没事，我现在……"

声音戛然而止。

感受到某种气息的林雾松开按键的手，缓缓回身。

一头成年黑熊，就在他背后。

随着他的动作，黑熊突然直立起身体，硕大的身躯像一座山，将林雾完全笼罩在阴影里。

或许是经历过先前的仓皇逃命，大脑在短时间内提高了应激反应，林雾在这一刻想到的竟然是科属相关课上关于熊科动物的知识点。

2.1.3 野外遇见熊怎么办？

第一，千万不要装死，因为饿的熊不管死活都会啃你，而饱的熊在贪玩天性的驱使下，大概率会拿爪子把你翻来覆去地拍，或者拿充满倒刺的舌头舔你，再或者一屁股坐你身上。

第二，千万千万不要跑，逃跑会完全激发熊的捕猎本性，哪怕你觉醒后比熊跑得快，也要考虑到人类身体对野外的不适应，熊在野外不会被绊倒，但你会。

遇见熊的正确姿势：不要大声叫嚷，面朝熊，慢慢往后退。

慢慢退……

林雾在心里默念，一只脚轻轻抬起，慢慢、慢慢地往后放。

黑熊没有动。

林雾安静地再挪另一只脚。

身体随着撤退的脚步也一点点往后移。

一步。

两步。

三步……

林雾以缓慢却有效的姿态，成功把自己和黑熊之间的距离拉到了五六米。

坚持就是胜利。

林雾屏住呼吸，又后撤一步，可他根本没看见身后已经是一个斜坡。

后撤的脚只有脚尖碰到了一点地面，其余全部踏空。

毫无防备的林雾，身体重心已经随着向后，脚尖的着力点根本不够，脚一下子就滑了下去。

连带着他整个人失去平衡，重重向前扑倒，面朝山体，顺着倾斜的土坡往下滑落。

"这一带叫熊瞎子坡，因为前面有个贼陡峭的大斜坡，还贼隐蔽，早些年熊瞎子多的时候，坡底下隔几个月就能发现摔死的熊瞎子，所以……"

不久前刚进熊瞎子坡一带时，老疙瘩就讲过的。

但现在再来说警惕性不足，悔之晚矣。

极速滑坠中，林雾拼了命地想要抓住什么，可斜坡上只剩了些带刺的藤和灌木，抓住就被扯断，根本撑不住下滑的冲力。

林雾的手抓破了，指甲连着皮肉翻开，却根本抠不住斜坡的硬土和石砾。

短短一瞬间，血淋淋的手指就已经木了，感觉不出疼，只剩和土块沙砾钝感的摩擦。

身体在滑坠中似乎开始变轻。

又或者，人在濒临死亡时，都会有这样的漂浮感，可能是意识在恍惚，也可能是灵魂在出窍。

可是为什么……骨头会代替手指，开始感觉到尖锐的疼痛。

林雾从晃神中，生生疼醒。

他感觉到潮湿的空气进入鼻腔，那是森林、是山岭、是旷野，是一切自由的不受拘束的味道，它们是那样热烈而鲜活，从他的嗅觉蔓延到四肢百骸，涌动着跳跃在胸腔，激活了躯体中新的生机和力量。

林雾的手开始变形。

指节萎缩，毛发和指甲重新生长，在极短的时间内，伤痕累累的手就变成灰色的狼爪。

崭新而锋利的尖爪深深钩住山体，极大减缓了滑坠的速度。

与此同时，他的身体也开始变形。

骨头像折断一样剧烈疼痛，林雾咬牙忍着，可最终还是忍不住，发出了一声疼痛的呼号："嗷呜——"

"扑通"一声，身体终于以不算致命的速度，摔落在坡底。

林雾滚了几圈，才挣扎着爬起。

水平的视线里，都是灌木。

山雨欲来，他现在是一只真正的丛林狼了。

第四章　兽化

电闪雷鸣的天空下，丛林狼挣脱出束缚着身躯的衣物，舒展四肢，灰色的皮毛迎风凛凛。黑云压不住崭新而蓬勃的生命，它仰起漂亮的头颈，发出穿透苍穹的长号。

风声呜咽，远方传来热闹而纷杂的回应。似孤狼在嗥叫，似小兽在低吼，似啮齿类在兴奋地刨土造穴，似飞鸟掠过林间的羽翅拍动。

广袤山岭，万物有灵。

它孕育了多样的生命，也用它的深沉与温柔，接纳所有的住客与归人。

自己，竟然真的变成了一只狼。

初始的天性释放后，林雾渐渐回归冷静，他清晰地感觉到自己的大脑有两个区域，一个支配着狼性的身体与本能，一个仍是人类的认知与思绪。

可这两个区域，又在慢慢交融。

林雾曾偷偷地、忐忑地想过，找到王野的那一刻，会不会看见的是一头凶猛威风的东北虎。可他从来没想过，兽化觉醒会发生在自己身上。

陶其然说，兽化的感觉是无法用语言去描述的，只有置身其中，你才能真正感受到它的奇幻与美妙。

林雾来不及感受，因为就在这个刹那，丛林狼敏锐的嗅觉，捕捉到了风所带来的一丝熟悉的气味。

王野！

兽化的惊奇、思绪的混乱、骨骼的疼痛，霎时都变得微不足道。

丛林狼一跃而起，追寻着气味的方向，竭力狂奔。

风里的湿度越来越大，森林暗得像入了夜。

只见一只丛林狼不管不顾地朝前跑，它的方向坚定，它的速度凶猛，它的追寻急切，可它对山岭又是那样陌生。

它总是不断地被勾连的荆棘绊倒，摔了又起。

它总是不会闪躲尖锐的灌木和低垂的松枝，于是在极速穿行中，灰色皮毛刮出细细密密的伤。

疼吗？

林雾不知道，因为他已经什么都顾不上了。

他没时间去适应新身体，没时间去熟悉大自然，他只知道这气味可能是唯一找到王野的机会，他绝对不能放过，也绝对不要错失！

"轰隆隆隆隆——"

连续的闪电交织成一片明亮的光，雷声久久不歇。

林雾不清楚自己跑了多长时间，但脚下已经开始不稳，急促的呼吸让体内丛林狼的本能在拼命阻止他继续。

林雾不想停，可在又摔了一个狠狠的跟头之后，他却再也爬不起来了。

"啪嗒"。

一滴水落在丛林狼毛茸茸的耳尖。

下雨了。

森林里的雨来得又大又急，短短几秒，雨水就从厚厚云层里倾泻而下。

哗啦啦的大雨打湿了针叶林，也浇透了地上的小狼。

风声，雨声，小狼的喘息声。

全是那样急促。

林雾被冰冷的雨水打得几乎睁不开眼，身体的热度在急剧流逝，身体的力量更是早已在奔跑中耗尽。

他试了几次，才挣扎着勉强爬起，拖着湿漉漉的身体，艰难走到最近的一棵树下。

那是一棵巨大的云杉，树冠如盖，茂密的枝叶层层交叠，恍若一座独立的森林。

丛林狼靠着粗壮的树干，趴下来，灰色的身体微微蜷曲，脸和前肢贴近地面。

"嗷呜……"林雾本能地发出声音，微弱而低落。

失败了。

雨水会冲刷掉一切气味，他再也找不到王野了。

大雨穿过茂密的树冠，落到林雾身上时已变得轻轻柔柔。但在云杉周围，瓢泼大雨如瀑而下，冲进青草和灌木，在地上溅起一片水雾，氤氲了森林的世界。

迷蒙中，林雾忽然一震，半眯的狼眼霍地睁开发亮，原本耷拉下来的耳朵顷刻间竖起，兴奋地抖动。

他再一次嗅到了王野的气息。

在雨水的味道里，在草木的味道里，王野的存在是那样鲜明而接近！

林雾猛然起身，不敢置信却又控制不住地抬起头，向上望。

高高的树冠深处，细密针叶掩映间，一个修长身影骑在最结实的那根树杈上，正低头盯着他。像猛兽盯住猎物，像领地之主盯住擅入者，警觉而淡定，安静而危险。

心脏因狂喜而猛烈跳动，林雾迫不及待去喊王野，可发出的却只有一声声"嗷呜——"的狼嚎。

不行，要赶紧变回人，林雾心急如焚。王野根本不知道他们来找人，再加上自己现在这副模样，就是给王野再多的想象力，他也不可能想到树下的野狼就是林雾。

可任凭林雾如何努力，就是不得其法。

身体还是丛林狼的姿态，怎样才能变回来，他完全没有头绪。

骑在树上的王野直皱眉，看着不知哪儿来的狼崽子冲着他一顿乱叫，叫完又开始在树下转圈，火急火燎得像要挠树。

狼是不会爬树的。

而且就算它真爬上来，王野也不怵，他连和熊干架都不怕，还怕个狼崽子？

底下的小狼停住了，像是终于认命。

然而下一秒，它却抬起头，仿佛抱着最后一线希望，深深看向王野。

王野被一双狼的眼睛俘获了。

又或者，是他自己心甘情愿，走进了那双眼睛里。

雨更大了，水雾也更大了。

那双眼眸里同样有一片充满雾气的森林，温柔、漂亮，一如初见。

王野问："林雾？"

墙上墙下，树上树下，颠倒位置，错换时空，却还是要相遇。

大雾迷离，我低头看见你。

"嗷呜——"小狼在树下发出欢快的号叫，可那喜悦底下，又藏着丝丝缕缕的委屈。

王野一下子从树上跳下，大猫般轻巧落地。

林雾立刻拿头撞过去，他其实还想咬他，可又不敢真下嘴，怕锋利的狼牙真咬到对方的肉。

"嗷呜呜呜——"

林雾烦躁自己这个时候还要替王野想，这头跟着大自然私奔的臭老虎就该一狼爪拍死，拍不死也要踩着他的尾巴，把他的虎须都拔了，额头的

"王"字也拿涂改液蹭没算了！

这家伙肚子上一点柔软的感觉没有，全是腹肌。

小狼顶了半天，给自己脑门顶得生疼，终于不甘不愿地放弃，趴在王野身上气喘吁吁。

如果说王野先前还有一点不确定，那现在什么怀疑都没了。

这世上没有一只狼会扑过来不咬他，除了林雾。

"你咋过来的？"王野一把抓住想要从他身上离开的林雾，坚实的手臂一箍，抱了个满怀，鼻对鼻，眼对眼，"怎么就兽化觉醒了？"

"嗷呜！嗷呜——"林雾挣扎半天，却怎么都脱不开身。人形的时候还能和王野三七开，现在二八都悬，丛林狼这小体格在王野面前太吃亏了。

王野若有所思看了他几秒，忽然勾起嘴角："你是不是还没找着变回人的窍门呢？"

林雾："……"

一到动物领域你这脑袋瓜咋就那么灵光！

王野开心了，眼里的快乐几乎要化作小鸟飞出来唱歌。

林雾有种不祥的预感，四爪奋力抵住王野胸膛，想把身体往后退。

王野哪管他，一把将小狼薅过来，尽情地揉。

"嗷呜！嗷呜——"

毛都湿成这样了还有什么手感啊，你个丧心病狂的动物控！

王野蹂躏得肆意，可那肆意里，又带了一点复杂。

他一门心思想兽化，扎进深山老林里两天无果，林雾一心想毕业再说，现在却和陶其然一样，成了真正的狼。

然而比兽化觉醒更让王野在意的，是林雾找过来了。

在认出这双眼睛的那一刻，他的喜悦盖过了愕然，盖过了羡慕，盖过了他对兽化的所有向往。

哪怕问林雾要不要上山时，王野都没意识到，原来林雾是这样重要。

"你是过来找我的，还是过来陪我的？"王野把头埋进小狼湿透的皮毛里，闷声问。

林雾安静下来，感受着王野身上炽热的温度，却不知道该怎么回答。

他是来找王野的，但他想，王野可能不会喜欢这个答案。

"来找我的吧？"王野抬起头，目光炯炯，"那你现在还想不想回去？想就叫两声，不想就叫一声。"

林雾怔怔地看着王野，他的脸黑了一点，头发长了一点，但模样并没有变。可不知是不是狼看到的跟人不一样，林雾就是觉得王野跟以前不同了，眼里好像多了些别的什么东西。

"问你话呢，"王野着急了，索性举起小狼，跟举着小猫小狗似的，"再不吱声我就暴力了啊。"

去他的野性直觉，这位同学啥玩意儿都没变好吗！

"嗷呜！嗷呜！"林雾就是想回学校，能兽化了也还是想回学校。

现在他变不回人，不然他第一时间就要让王野知道，为他担心的不止自己，还有333，还有509，葛亮，原思捷，甚至那么冷淡的江潭，都为了他这个朋友星夜兼程赶过来，一头扎进了森林山野。

两声。

"想回啊，"王野把小狼放下来，拿鼻尖蹭小狼的鼻头，哄人似的，"那你先变身，变给我看，我就跟你回去。"

雨势不知何时小了。

森林在细细的雨丝里安静下来，天空中乌云正在散去。

变回人就跟他回学校？

林雾的小狼腿左蹬右踹恨不能踩到王野脸上："嗷嗷嗷呜——"

他要知道怎么变身，哪还会像现在这样被王野随便揉圆捏扁！

王野耐心地等了半天，发现小狼除了四爪乱蹬和吱哇乱叫，身体没有任何实质性的变化。

再去看那双漂亮的狼眼睛，里面全是急躁和气恼。

王野微微挑眉，好像有点明白了："变不回来？"

林雾叫："嗷呜！"

王野歪头看了他一会儿，又道："你是暂时变不回来，还是彻底变不回来了？暂时就叫一声，彻底就叫两声。"

林雾继续叫："嗷呜！嗷呜！嗷呜！"

王野皱眉："咋还出来三声了？"

因为他也不知道自己的兽化是暂时性的还是永久性的啊！林雾快让话给憋死了，急得一口咬住了王野的手。

但也没真使劲，就是拿牙齿半咬半含，有点疼但又不会真把皮肉咬破。

王野任由他咬着，也不躲，甚至还乐呵呵地顺势摸摸小狼的下巴，逗弄挠痒似的。

林雾这叫一个来气：我急得上蹿下跳，你搁这儿享受萌宠时光？

还挺舒服。

小狼慢慢松开嘴，微微仰头，享受地眯起眼。

"变不回来，就跟我在这山里待着吧。"王野说。

林雾慵懒地趴到他腿上，不出声。王野摸摸小狼的头，不问了。

小雨还在继续。

但幽深的树林中，光线亮了一些，云杉下几乎感觉不到雨丝了，只有树枝上积存的雨水偶尔滴落。

落在王野的手上，落在林雾的后背。

王野有一下没一下地拿手帮小狼顺后背的毛。

灰色的狼毛被雨水打成一绺一绺的，不经意间，王野忽然发现湿透的狼毛间隙，隐约可见皮肤上细小的伤痕。

不深，像是被树枝之类的东西刮的，划痕已经被雨水冲刷得发白，不仔细看很难发现。

可当王野仔细去看，把小狼从头到脚的毛都扒开，全部检查个遍，就发现这种细小的划伤根本不是一道，而是细细密密地集中在身体两侧，其次就是肚皮上。

林雾根本没反应过来王野在干啥，他安静如狼好好趴着呢，顶多就是借王野的两条腿垫一垫呗，突然就被薅起来各种扒拉，翻来覆去地扒拉。

"嗷呜——"

你在这儿烙饼呢？？？

"别动！"王野按住不老实的小狼，凶巴巴地说了一句。

"嗷呜……"林雾的声音跟着气焰一起蔫下来。

但灵魂不屈。

你给我等着，等回去再说！

王野等不了回去。他直接把林雾在自己腿上翻过来，肚皮朝上，四腿向天。然后发现，最严重的伤既不在两侧也不在肚皮，而在爪子。

肉垫磨破了，趾上全带伤。

"怎么弄的？"从叛逆期开始，王野打架挂彩，或者让别人挂彩，都是常事，更惨的他也见过，可放在林雾身上，就是特刺眼、特闹心。

你还好意思问？不就找你找的！

林雾就尾巴还自由，但使半天劲也甩不到某人脸上。

正锲而不舍呢，整个人，不，整只狼就被王野拎起来放上了肩膀。

林雾吓了一跳，前爪连忙搭住王野后背，后腿靠在王野前胸，腹部紧贴王野肩膀，就这么挂在王野肩头上了。

王野带着林雾起身，大步流星往树外走。

林雾叫："嗷呜——"

这是要带他去哪儿？

王野说："不许叫。"

林雾叫："嗷呜嗷呜（我偏叫）——"

王野："……"

林雾叫："嗷嗷嗷（不带揶耳朵的）！"

　　冒着小雨，踏着泥泞，穿过一棵又一棵松树与杉树，王野将林雾带到一处土坡之下。和林雾先前滚落的熊瞎子坡不同，这里有许多大块的山石，经年累月的风化与侵蚀，使这里形成了山洞。

　　直到被王野带进山洞的前一秒，林雾还坚信，王野的"上山"是风吹雨打、荒野挣扎。

　　结果山洞里一片暖意，地上的火堆虽已熄灭，但依稀可从树枝残骸判断其当初熊熊燃烧的模样，远离火堆的石壁脚下，还堆着不少折断的备用松枝和一个半人多高的登山包。

　　王野把林雾放到地上，然后就开始翻包。

　　东西塞得太满，想找底下的，只能一件件往外拿。

　　衣服、罐头、矿泉水、牙具、毛巾、剃须刀、绳索、斧头、五金工具箱……

　　林雾："……"

　　他错估了王野的冲动，低估了王野的求生欲，以及，那把闪着寒光的大斧头绝对是到了山下才买的，不然这一路都过不了安检好吗！

　　翻到包底，王野总算找到了想要的东西。

　　林雾看着对方把野战急救包拿出来的时候，大脑已经彻底放空了，爱谁谁吧，王野现在就是从包里拿出个铁锅炖大鹅，他都会一叫不叫，淡然自若……

　　"噢呜！"

　　一个黑影从天而降，林雾吓得本能嚎了一声就要往后蹦。

　　王野眼疾手快拦住他。

　　黑影落下，盖住林雾的耳朵和头，干燥而柔软。

　　是一条毛巾。

　　尖尖的狼耳抖了抖，林雾放松下来。

　　王野拿着毛巾给小狼擦毛，不算温柔，但遇见有伤的地方，动作还是不自觉地变轻了。

想到自己翻包时小狼看呆了那样儿，王野忍不住又伸出手拨弄了一下那两只可爱的狼耳朵："是不是没想到我准备得这么周全？"

林雾让他弄得直痒，飞快地甩了甩头，跟狗狗抖毛似的。

王野越看越喜欢，手根本控制不住，又摸上去了，欠欠地撩闲："现在知道我不是脑袋一热就来了吧。"

林雾叫："嗷（君子动口不动手）——"

耳朵都让这家伙摸热了，然后那热又顺着毛细血管传到全身，最终汇聚到心脏，鼓噪着、跳动着，砰砰的。

将林雾身上的雨水擦干，王野才打开急救包，给林雾的爪子上药。

应该是疼的。

可王野握着小狼的腿，握得特别用力，手掌的炽热和根本无法忽视的力道，彻底分散了林雾的注意力。

等最后一条腿被松开，林雾才意识到，药上完了。

这家伙绝对是故意的。

故意那么使劲，故意声东击西，故意……怕他疼。

虽然四个爪子被包成了馒头，林雾还是艰难挪过去，仰起了脖颈。

"嗯？"王野低头。

小狼毫无预警地蹭了蹭他的脸。

王野先是一愣，继而整个人都洋溢着快乐，像仙人掌开了花："是不是忽然发现我特重要？发现没了我不行？"

林雾又想咬人了。

果然对这种家伙就不能采用"鼓励教育"，不然就会像现在这样，嘚瑟到月亮上去。

把小狼无声的抗议当成默认，王野低头更凑近林雾一点，问："既然我这么重要，为什么不跟我一起来？"

林雾忽然很庆幸，他现在是丛林狼，不用回答。

"其实这儿真挺好的，"王野定定地看着那双带着雾气的眸子，半哄半骗的语气堪称温柔，"有山有水有松果，有鸟有兔有小鹿，啊对，还有熊。"

林雾："……"

你对"挺好"的概念是不是过于宽泛了！

总自说自话也没啥意思，而且蜷在地上的小狼看起来也很疲惫了。

王野拿了一件柔软的抓绒外套铺平当垫子，把林雾放到上面，又摸了摸他的耳朵，说："行了，你眯一会儿，等下不下雨了，咱们再找路回去。"

林雾困得已经半眯的眼睛，闻言忽地睁开，愣着不确定地看王野。

这是答应和他一起回去了？

王野道："睡吧，睡醒了才有精神变身。"

林雾："……"

雨声滴答。

新燃的火堆，把山洞烘得温暖干燥。

丛林狼睡着了。

比大多数狼都要小的身体，让它看起来像小狗，睡着了更像。

王野守在火堆旁，不时往里面添树枝。

山洞里很静。

在树枝燃烧的噼啪声中，王野忽然希望雨别停。

这样他就能一直把林雾扣在这里，扣在只属于他的领地里。

林雾太累了，在沉沉的睡眠中，精神仍无法完全放松，杂乱的梦境争先恐后找上他。

有父亲，有母亲，有童年的美满快乐，有破碎的无措悲伤，这些过往以无序、错乱，甚至是荒诞的形式，在他的梦里交错成一个蒙太奇般的迷宫，林雾拼了命地在里面走，却怎么也找不到出口……

可是后面，他不知怎么就出来了。

梦境突然变得清晰，好像前面那些乱七八糟的经历都只是无关紧要的序曲。

画面里是王野，在湛蓝的天空下，他扛着那面大旗，在运动会的看台上为他打气。

梦里的林雾跑了第一，颁奖时，天忽然黑下来，绚烂的烟花照亮夜空，还有又大又圆的月亮挂在天上，就像去年的十月一日。

林雾把得到的奖牌挂到王野脖子上，非要让赛场的校报记者帮他俩合影。

照相机"咔嚓"一声响，运动场和王野都消失了，四周变成荒野，林雾成了一只孤狼。

每一帧梦境都是那曾看过的纪录片里的场景，他的狼群不要他，他只能去试着靠近每一个遇见的新狼群。

无数次的被拒绝后，终于有狼群愿意接纳他，可他又拒绝了。

纪录片里，小狼转身，走入旷野。

梦境里，林雾转身，走向王野。

林雾这一觉睡得很长，饶是王野用前所未有的耐心守着，眼看就要到傍晚，也有点坐不住了。

小狼受着伤呢，他得先把林雾送回赵里那边。

"起床啦。"两手各捏住小狼一只耳朵，王野出声道。

小狼睡得迷迷糊糊呢，低低呜了一声，极不情愿地睁开眼睛，下意识地抖了抖耳朵。

"别赖床。"王野咕哝一句。乍听凶巴巴，实则很宠溺。

林雾叫："嗷呜（谁赖床了）……嗷呜嗷呜（这是抗议）……"

王野问："爪子还疼？"

林雾叫："嗷呜嗷呜（谁跟你说爪子了）……"

王野说："知道你着急，我早收拾完了，这就带你走。"

林雾："嗷呜（算了）……嗷呜（雨停了吗）——"

王野问："你想再试试变回人？"

林雾叫："嗷呜嗷呜嗷呜嗷呜（你要听不懂'狼言狼语'就说听不懂，能不能不要自己瞎理解）！"

看着急得嗷嗷直叫的小狼，野哥摸着下巴陷入了凝重的沉思。

果然，还是应该好好学一门外语的。

林雾喊累了，四爪伸展瘫在地上。

一人，一狼，他就是号出来东北音也没用。

"这么着，"总耗着也不是办法，王野把收拾好的登山包往地上一蹾，蹲到小狼面前，"我说，你听，要是不同意就叫唤。"

林雾："……"

王野道："说话啊。"

林雾叫："嗷呜（不叫唤就代表我同意啊）——"

"我现在带你去找回去的路，天就快黑了，咱们得抓紧时间，"王野正色起来，"如果能回到赵里那儿最好，到时候联系兽控局的人，看有没有办法让你变回来。但要是天黑之前还没找着路，你就得再跟我回这里……"

如果找到路，成功回去了，你会跟我下山吗？

小狼一声没吭，只乖乖地望着王野，那双眼睛里像有一片幽静的湖。

一根火腿肠忽然被塞过来。

饿了一天的林雾本能地张开嘴巴，"嗷呜"吃掉。

王野满意地摸摸他的脑袋："其他的以后再说。"

等小狼将火腿肠全部咽下去，王野背上登山包，正要弯腰去抱林雾，外面突然传来了不甚清晰的交谈声。

"这儿好像有个山洞。"

"进去看看……"

林雾警觉地竖起耳朵，飞快起身，结果忘了自己四爪都被王野包成了馒头，一个不稳，"啪叽"又摔趴了回去。

没承想下个瞬间却眼前一暗，身体腾空。

原来是王野就着铺地上的抓绒外套，直接把他兜起来了，捂得严严实实抱在怀里，不掀开衣服根本看不清里面是小狼。

交谈声消失，脚步声却越来越近。

王野静立不动，但身体正在积蓄力量，像一头凶猛的东北虎，随时准备朝进入领地的不速之客发动致命攻击。

篝火摇曳，山洞内的石块、杂草、松枝，所有影子都在晃动。

三个人踏入火光的范围内，一女二男，身形模样渐渐清晰。

王野有点意外，浑身的劲儿卸了大半。

三人里两个都是认识的——

周漫，女，科属：雪豹。

许朔，男，科属：北极狐。

所属单位：野性觉醒兽化分类风险预防控制管理局，简称，兽控局。

二位今天都没兽化，周漫穿了防雨的户外服，许朔套着雨披，全是进山的装备。

跟在他俩身后的年轻男人似乎就没准备周全，体型健壮的他穿着明显小两号的运动服，湿透的头发还在往下滴水。

八目相对，许朔长长舒出一口气，一副苦尽甘来的样子："可算找着你们了——"

可还没高兴两秒，他就发现了不对，环顾山洞："怎么只有你，林雾呢？"

话音刚落，就听一声细微的、闷闷的："嗷呜……"

众目睽睽之下，王野怀里那团抓绒外套动了又动，终于顶出来一个毛茸茸的小狼脑袋。

这下是十目相对了。

许朔愣愣地看着冒头的丛林狼，眼里写满问号。

周漫头疼："林雾也变了？"

王野听得莫名其妙："什么叫'也'？"

周漫闻言微怔，看看王野，又看看小狼，决定先捋一下整件事："赵里告诉我们，你和林雾都在山里失踪了，而你很可能已经兽化。"

"我也想，"王野郁闷地扯了一下嘴角，"没成。"

得亏没成，不然这山里可太热闹了。

佛系如许朔，都为此庆幸，但也心累："你们不好好念书，总往山里跑干什么？"

随时掌握兽化者和关联者的情况是他和周漫的工作之一，最近事情多，还全赶在一起了，他俩就没太管王野和林雾这边。结果就是今天接到赵里电话得知，俩熊孩子全来长白山了，一个孤身冒险，一个带着一帮同学凌晨搜山，人没搜着，林雾还把自己搭里头了。

王野不想解释，也没时间说那些有的没的，低头看了一眼怀里的林雾，说："他受伤了，而且不知道怎么变回人，你俩有办法没？"

"受伤了？"周漫上前，掀开外套想查看小狼，结果王野抱得那叫一个紧，"你先把他放下，"周漫无奈极了，"我又不能把他偷走。"

王野连同包着的外套，重新将小狼放到地上。

林雾有点不好意思地蜷着身体，连毛茸茸的狼尾都乖巧服帖地收着。

王野一边眉峰微微挑起，林雾对着自己的时候可不是这样的，那小牙尖尖的，那小爪灵活的，那小尾巴不安分的，这会儿装得倒像是好学生了。

周漫看着林雾那被层层包扎的四爪，不用想，洞里就两人，还能是谁的杰作。

"你包粽子哪？"嘴上吐槽，可她手上的动作却无比温柔，一圈圈解开纱布，让小狼带着伤的四爪重见天日。

许朔凑过来，借着火光看，直皱眉："怎么弄成这样的？"

"先变回来吧，"周漫说，"变成人再处理。"

这些只是看到的伤口，或许还有看不到的呢，动物没办法告诉你都有哪里疼。

"他现在就是变不回来。"王野说。

周漫点头："第一次都会这样，没关系，慢慢适应就好了。"

"第一次都这样？"王野疑惑，"他小舅好像没吧？"记得在陶其然的讲述里，就是自己觉醒，又自己变来变去的。

"陶其然是例外，"周漫缓缓地摸小狼的后背，"不是每个人都像他那么清楚自己想要的是什么。"

林雾在周漫的安抚中一点点放松下来。

然后他听见周漫说："你现在闭上眼睛，想象一个令你感到安心的地方，一张你熟悉的床，你每天都会在这张床上醒……"

"等一下。"王野的声音横空插来。

周漫刚营造的松弛氛围一瞬坍塌，有些不满地抬起眼。

林雾也从地上抬起头，茫然地看王野。

没等看清，一件极宽大的防风外套就从天而降，蒙头盖脸地把他全身罩住。

视野刹那黑暗，但隔着防风外套，明白了王野意图的林雾还是感觉到了羞赧的燥热。

他要是现在这模样变回人，那都不能叫走光了，那根本是全身都光……哎？等等。

林雾在一片漆黑里眨巴眨巴眼睛，既然知道他变回来就会光溜溜的，那王野先前还好意思说"你先变身，变给我看，我就跟你回去"？？？

周漫不清楚虎狼两位同学先前的互动，确认王野对于保护措施满意了，便重新开始："林雾，你现在闭上眼睛，想象……"

在衣服底下甩甩头，林雾重新趴好，闭上眼睛。

他想象的是 333 宿舍，那里有他最熟悉的床，最亲密的兄弟们。可罩住他的外套上都是王野的味道，像一张网把他困住，困在大年初一的公寓，困在长白山顶的木屋，困在他们一同睡过的床上、火炕上，困在王野身边。

林雾将狼的身体摊开，在王野的气息中，他感觉到了前所未有的安宁和勇气。

骨骼开始改变，疼痛像海啸一样袭来。

"嗷呜——"

衣服底下发出一声长长的、痛楚的号叫。

王野心一沉，不自觉上前半步，又被周漫的眼神阻止。

覆盖在外套下的身躯，渐渐成了人的轮廓。最终，小狼变回林雾，抓着外套探出头，脸色有点白，在微微的喘息里，鼻尖挂着汗珠。

王野把早就准备好的 T 恤、长裤都丢给他，然后转过身，盯着周漫、许朔和那个从头到尾都没说过话的健壮青年。

三人默默向后转身，给林同学留出私人空间。

林雾飞快穿上衣服，结果王野的衣服裤子在他身上都大一码，宽松得直往里灌风。明明看着也没有比他高很多嘛，喊。

"好了……"终于能说话了，林雾迫不及待地开口，却发现嗓子有点哑。

王野转过身来，先抓起他的手看。

掌心全磨破了，指甲翻开好几个，比狼爪的时候看着更严重。

"没事，早就不疼了。"林雾着急地想把手抽回来，可王野用力抓着他的手腕，根本不放。

见林雾变回来了，周漫总算放下心，和许朔道："联系赵里，就说两个都找着了，我们会安全把人送回去。"

"赵里哥肯定担心死了，"林雾转头有点着急地和周漫道，"还有夏扬原思捷他们，也得告诉他们我……"

"放心，"周漫说，"我们一来就让他们回去了，现在都和赵里在木屋里等消息呢。"

兽化觉醒的事，知道的人越少越好，况且他们当时以为兽化的是王野，这要一群热心同学加三个当地老乡搜出来一头东北虎，他们这趟短差就可以直接改为常驻了，在村里设个兽控局分所都有可能。

"夏扬、原思捷?"林雾口中冒出的名字让王野措手不及。

"还有葛亮、江潭、李骏驰、任飞宇，整个 333 和 509 都一起出来找你，"林雾没好气道，"够有牌面吧。"

王野："……"

许朔把随身携带的医疗箱递给周漫，然后拿着对讲机到洞口和赵里连线。

周漫打开医疗箱，又看一眼王野迟迟不愿松开的手，叹了口气："撒开吧。"

刚才那眼神跟要吃人似的，这幸亏是大自然弄的，这要是有个罪魁祸首，王野估计能找上门报仇。

相比王野，周漫对外伤的处理水平专业得多，干净利落地处理完一只手，纱布的包扎也最大限度兼顾了手指的活动，没让"馒头"重现。

"另一只手。"周漫说。

林雾乖乖把手递过去，感觉自己此刻还是一只犬科动物。

两只手都被包好，林雾问周漫："赵里哥啥时候联系的你们？"他实在好奇，"你们咋过来得这么快？"

"我们正好在附近出差。"周漫简短道。正好在附近？

林雾惊讶，但一想到兽控局的出差，估计又是保密内容，便生生压下了刨根问底的冲动。

"搞定了。"许朔从洞外走回来，跟周漫汇报，"我和赵里说这边还需要一点时间，晚些才能回去，具体的没在对讲机里说，但我估计他懂。"

周漫点头，已完成双手包扎的她，又低头看林雾的脚。

林雾还没来得及穿袜子穿鞋呢，脚上的伤同样明显，但伤势比手轻多了，毕竟滑落熊瞎子坡的时候脚还穿着鞋，所以脚上的伤基本都是后面循着气味奔跑时，被沙砾和荆棘弄的，没大碍，也就王野，一视同仁地给包得那么厚。

"这个不用，"怕周漫不信，林雾伸脚丫活动得那叫一个精神抖擞，"你看，啥事没有。"

王野不轻不重地扫了他后脑勺一下："别嘚瑟。"

林雾撇撇嘴，把活泼的脚丫收回来：好狼不跟虎斗。

周漫彻底放心，看起来也的确不用怎么处理。

其实更让她松了口气的是林雾的心态，通常刚兽化觉醒的人都会有一段的"混乱期"，在这段时间里，无论是生理还是心理上都会剧烈波动，生理上不适应新的身体，而对新身体的不适应又会加重心理冲击，这种恶性循环是最让他们头疼的。

但林雾的心理建设可能在陶其然兽化的时候就完成了，轮到自己身上时就相对坦然。

林雾以为王野最多也就是带了几件衣物、几双袜子，结果人家连多余的鞋都有。

衣服是大一码，鞋是大了两码还多。

林雾抬起脚晃一晃王同学的篮球鞋，这是踩了个船啊。

王野盯着从头到脚都穿着自己衣服的林雾，真是怎么看都顺眼，除了手上的纱布。

"到底咋弄的？"这事到现在王野也没闹明白，山里找个人，又不是攀岩，还能把手搞成这样？

说到这个，林雾真的是又气又后怕，后怕的是如果他没落下熊瞎子坡，可能真就成了黑熊的盘中餐，气的是王野，对，他不气黑熊，就气王野，这家伙要不跑山上来，他也不会遇见熊瞎子！

王野道："你瞪我干啥？"

林雾气呼呼地刚想说话，忽然发现旁边的周漫和许朔把工作手机拿出来了，就是上次给他们录信息签保密协议的那部手机。

"要重录信息吗？"林雾问。

"当然，"许朔说，"你之前是兽化知情者，现在是兽化觉醒者，所有的数据都要更新。"

周漫的工作系统也登录完毕，但因为需要先把林雾已有的基本信息从"知情者数据库"调整到"觉醒者数据库"，所以两人又在系统中操作了半天。

林雾等待片刻，突然想到了什么，又不便打扰忙碌中的周漫和许朔，便来到那个健壮的青年旁边，低声客气道："能问一下现在几点了吗？"

青年从进到山洞到现在，就跟个木头桩子似的杵着，如果不是身材实在令人难以忽视，这位的存在感基本就和空气差不多。

他显然没料到会被林雾突然搭话，吓了一跳，然后才说："我……我没带手机。"

青年中气十足，但说话时总让人觉得有些紧张，眼神左右飘忽。

没问出时间，林雾只得往洞口方向多走了一段距离，拐过一个小弯，终于看见了洞外的情景。

雨基本停了，从树影间隙透下的阳光，成了淡金的红色。

黄昏，夕阳。

林雾转身，背后不知何时多个人，距离近得两张脸差点蹭着。

心跳猛然漏掉一拍，要不是眼前这张脸还算帅，林雾感觉自己三魂七魄都得飞。

"你走路敢不敢有点声？"他迟早得让王野吓死。

王野理直气壮："老虎都这样。"脚步有声还怎么捕猎、怎么逮狼？

林雾没好气地瞪他，会猫步了不起啊。"你过来干啥？"

王野反问："你干吗呢？"

"我怕一会儿天就黑了。"林雾的神情严峻起来。

返回洞内，林雾见周漫和许朔还没弄完，便出声道："要不咱们还是先回木屋吧。"

周漫抬起头，问："你很着急？"

"不是，"林雾说，"天就快黑了，再晚回去不安全，这山里可是有熊的。"

周漫一愣。

许朔也停住手上的操作，抬眼看过来。

"真的，我的手就是遇见熊的时候伤的，"怕他俩不信，林雾又拉上了王野，"他也遇见了，我能找到他就是因为发现了他被熊攻击的痕迹……"

说到痕迹，林雾后知后觉想起来，当时地上还有一件王野被扯烂的外套，带着血。

思及此，林雾也顾不得和周漫、许朔说话了，飞快地从上到下检查王野："你伤在哪儿了？"

王野莫名其妙地问："什么伤？"

林雾说："你落在那儿的外套上有血啊。"

王野总算弄清楚林雾在说啥了，大手拍上他的脑瓜顶，按住，说："听好了，我没被熊攻击，我是和熊搏斗，我也没受伤，受伤的是熊。"

林雾："……"

王野问："还有问题吗？"

林雾答："有。"

王野道："说。"

林雾问："你和熊，谁先动的手？"

空气安静了两秒。

王野说："不重要。"

林雾、周漫、许朔皆无语。

好吧，至少王野没事，结局是好的，但既然知道有潜在危险，总还是应该提前预防。

林雾重新转向周漫和许朔："所以咱们还是应该趁天没黑，赶紧先回去。"

"放心吧，"周漫意味深长地看了健壮青年一眼，"不会再有'熊出没'了。"

林雾微愣。

王野敏锐地捕捉到某种指向，顺着周漫的视线，目光锁定健壮青年，凶猛而危险。

许朔在王野和青年两人之间看了几个来回，果断站队东北虎，朝健硕青年语重心长道："我劝你还是自首吧。"

林雾手上的伤还历历在目，自首，顶多被护食的东北虎揍一顿，要是被东北虎主动破了案，那就不是揍一顿的事了。

不合身的运动服、湿透的头发、从进山洞就没有做过任何兽控局的工作，再加上周漫和许朔现在这微妙的态度和言语……林雾重新打量健硕青年，终于捋出来大概的逻辑了。

王野则更直接："别告诉我那熊是你。"

健硕青年本来就心虚，还有被百兽之王留下的阴影，这会儿让王野凶神恶煞的气势再一压，哭的心都有。"不是我干的，我站在原地动都没敢动，是他自己没看后面，一脚踩空掉下去的。"

"掉下去？"王野没想到还有这么一段，立刻问林雾，"从哪儿掉下去？"

"就熊瞎子坡，然后往下滑嘛，我就想抓点什么，手就这样了……"让气场全开的王野一盯，林雾也有点压力，声音越来越小，"后面可能求生欲太强，就兽化了……"

"你的意思是如果没兽化，你就完了？"王野的声音越来越沉。

林雾道："也不是……"

王野说："不是什么？"

林雾道："是。"

丛林狼偷偷看了黑熊青年一眼：你的锅，自己背吧。

王野缓缓看向健硕青年，开始活动手腕关节。

青年瞬间想起了一只弱小黑熊被人类支配的恐惧。

"我没想到会遇见他，我当时真的什么都没干，我怕他害怕，还举双手投降了——"

林雾："……"

许朔扶额，一只熊直立起来举双手，谁能明白你在投降啊。

"王野，"周漫开口，"他才兽化没几天，是迷迷糊糊跑上山的，遇见你和林雾纯属意外，而且他也的确没有攻击行为，"她问林雾，"对吧？"

"嗯。"这个林雾得承认，"他当时就站在那儿没动，我慢慢后退想溜，结果脚下一滑……"

"他四天前兽化，刚开始一直处于'混乱期'，昏头昏脑就跑山里来了，"周漫索性全摊开说了，"我们这次过来就是找他的，没想到你和王野也在这儿，还觉醒了一个。"

说到这里，周漫忽然停住了，有些不放心地看王野："你确定没兽化吧？"

王野沉默片刻，忽然问林雾："你兽化的那个什么坡来着，在哪儿？"

林雾瞬间警惕："你要干啥？"

"试一下。"王野说得特自然。

林雾磨牙："你想都别想。"

周漫、许朔无语，这家伙对兽化是有多执着！

虽然黑熊害得林雾跌落山坡，但也因此促成了林雾兽化，再加上兽控局的人帮着解释，王野最终还是放了对方一马。

黑熊青年在逐渐缓和的气氛里，由衷地钦佩老祖宗的智慧。

熊明明比老虎个头大，比老虎力量猛，为啥从古至今老虎都是百兽之王？那是有深刻道理的。

林雾的觉醒者信息录入终于开始，山洞内陷入了紧张的忙碌中。

王野坐在旁边地上，黑熊青年挪啊挪，最终落座的地方和东北虎能隔着一个太平洋。

许朔的工作主要在前半段，完成之后，剩下的便交给了周漫。

王野看他闲了，"求知欲"立刻上线："林雾为什么会兽化？"

"这个就难说了，"许朔挠挠头，"可能和血缘有关系，也可能是逼到绝境，兽化基因就觉醒了。"

王野无语："说了等于没说。"

许朔叹息，想拍他肩膀，忽地回忆起他先前散发的凶猛气场，刚抬起的手又果断放下了："同学，听没听过'欲速则不达'？有些事情你越想成，就越不容易成，兴许哪天你不想了，反而它就来了。"

王野皱眉："我都不想了，来了有啥用？"

许朔："……"竟一时无法反驳。

不经意间又看到黑熊青年，王野忽然想到另一个事："你们以后最好提高点效率，像他这样的，是命好遇见我了，要是遇见坏人，直接就把他当熊杀了，他冤不冤？"

许朔都不知道该吐槽"命好"的定义，还是王野同学把自己和"坏人"区别开的这种对自身定位的严重误解。

"这一片山林再过不久就是自然保护区了，"兽化的人在逐渐增加，王野都能想到的事，兽控局当然也想到了，"兽控局的定点区域，兽化觉醒者都可以过来度过混乱期或者体验兽化生活，想像陶其然那样的就留下，不想的回家接着生活，只要严格遵守保密协议，别弄出乱子就行。"

许朔抬起头，看着被火光映亮的石壁，目光却飘得很远。

"以后这样的保护区会越来越多。"

黑熊青年一直没敢插话，直到看他俩聊完了，才小声和许朔说："呃，我现在说这个可能有点晚……"

许朔疑惑："什么？"

"就是，"黑熊青年一点点挪到许朔身边，"我感觉这个山里可能还有兽化者。"

"还有？"许朔立刻正色道，"具体说说。"

"是一头银灰色的狼，"黑熊青年道，"不在这一带，在另外一片林子里，我刚进山的时候遇见的，它的眼神和普通动物不一样，就是那种带着人味儿的，你知道吧……"

许朔太知道了。

"那个的确是觉醒者，信息已经在数据库里了。"

王野安静听着，知道他们说的是陶其然。

不过，已经在另外一片林子了吗？

看向还在录信息并没有注意这边交谈的林雾，王野琢磨着要不要把这个情况告诉他。

或者再说直白点，要不要告诉赵里。

一只离家——如果木屋算家的话——越来越远的狼，赵里还要等下去吗？

周漫这边终于录完了"林雾"的信息，干净利落收工。

林雾错愕："不用录'狼'的？"

他记得陶其然当时是录了兽化前后的两份信息，苔原狼的外貌、虹膜、嚎叫的声纹等等一个不少。

周漫问："你现在这样怎么录？"

林雾低头瞅一眼自己手上的纱布："呃，这样变回狼，问题应该也不大吧……"

周漫收起手机，下班的轻松让她难得语带调侃："这个比身份证照片跟着你的时间还长呢，你确定要现在录入？"

比身份证照片如影随形的年头还长？

一只两爪裹着纱布的丛林狼？

林雾猛摇头，再不能比此刻更坚定了："不录了。"

周漫莞尔："放心，等你伤好，我和许朔会尽快来找你完成后续录入。"

月明星稀，雨后的山林有一种别样的寂静与清新。

周漫和许朔将两人送到距离木屋一百米的杉树丛，给赵里打电话知会了一声，便带着黑熊青年离开了。

林雾和王野走向木屋，还没走到院门口，院子里就拥出了六位宿舍兄弟。

老乡已经回了村里，赵里愣是没挤过六位同学，落在最后。

先前刚离开山洞往回走的时候，林雾就用周漫和许朔的对讲机跟木屋这边联系了，结果一群以为他俩凶多吉少的兄弟在对讲机那边哭得稀里哗啦，弄得林雾也眼睛发酸，嗓子眼发紧，一个劲儿深呼吸才能继续说话。

王野很看不上这帮家伙的大惊小怪，结果自己拿过对讲机，一句话卡壳三次，末了以一句"行了行了"狼狈结尾。

"你俩可算回来了——"葛亮冲在最前面，来不及套外衣的他只穿了里面那件荧光橘的短袖 T 恤，像夜色里一颗滚滚而来的大橙子。

他的身后，是带着笑的原思捷、被厚厚帽兜罩住半张脸的江潭、眼睛红红的夏扬、眼睛彻底肿了的任飞宇、捂着胸口终于放心的李骏驰……

迎接的阵势就像林雾说的，很有牌面。

可真见到了，王野才发现，比隔着对讲机还让他接不住。

都过来干啥？就不能老老实实在学校里认真听讲天天向上！

脚步微顿的一瞬间，葛亮已经扑过来了，张开双臂就要抱他俩。

心里热腾腾归热腾腾，王野还是毫不留情地将人拦住了："注意点儿。"

葛亮这才看见林雾手上包着纱布，急忙上前问道："受伤了？严重吗？"

"没事没事，"林雾赶紧举起手，借着周漫给绑的灵活包扎，各种动手指头，"你看，活蹦乱跳。"

王野一巴掌拍他脑袋上："别瞎动。"

林雾撇撇嘴，不甘不愿地放下活泼的小手。

葛亮服气了。

合着不让外人抱，完了你自己怎么拍人家脑袋瓜都行，大写的"双标"啊！

不过也侧面说明，林雾的伤应该问题不大。

至于王野……葛亮从上到下，再从下到上打量——这位在山里待了两天两夜的大哥，身上没伤，气色健康，看着比他们这些寻人寻了一天半的人都活力四射。

还有没有天理了！

"救援队呢？"原思捷的视线往两人身后探寻。

这是他们给兽控局打掩护的说辞，林雾连忙道："给我俩送回来，人家就走了。"

"就走了？"厚厚的帽兜底下，江潭的声音冷淡却毫不客气，"自己乱跑最后还要救援队帮忙的这一类情况，费用就该完全自理。"

被撑了一脸的王野："……"

先前对讲机里那个难掩焦急的江潭果然是幻觉里的。

夏扬本来也想跟着撑两句，但一琢磨，找王野这事是林雾自愿的，林雾都不计较，他这种编外人员也确实没啥立场说什么，可不说点啥又憋得慌，最后只能迁怒地瞪了原思捷一眼。

王野的锅就是 509 的锅，都别想跑！

原思捷完全理解夏扬的心情，坦然地照单全收，并回以春天般的笑容。

就让我的温暖融化你心头的怒火，并在火焰烧过的地方开出更美丽的花儿。——《原思捷人生感悟 100 句》

夏扬："……"

为嘛他好像从对方奇怪的笑容里读出了更奇怪的千言万语？？？

"人没事就好，"赵里总算逮着说话机会，"赶紧回屋休息，今天太晚了，明天一早再下山。"

"下山好说，回去怎么办？"夏扬发现了问题，"我们那车可是七座，现在八个人，"他瞟了王野一眼，"你准备坐谁身上？"

自动被归入"多余者"的王同学："……"

"不要局限在车内，"江潭另辟蹊径，悠悠道，"车顶有行李架。"

又从"多余者"沦落为"行李"的王同学："……"

林雾憋着笑，差点憋出内伤。

换别的时候，王野哪有这么好脾气，被撑第一句那脚就能踹过去。无奈现在兄弟们都套着"旷课寻人"的buff[1]，简直自带防御光环。

"回去的事不用担心，"赵里道，"剩下的人坐我的车。"

离他最近的李骏驰一愣："我们说回沈阳。"

赵里点头："我送你们回沈阳。"

大家皆是一怔，这可不是两三个小时，长白山、沈阳一来一回最少十四个小时，就为了送他们？

众伙伴纷纷看向林雾，你这赵里哥也太够意思了吧！

"赵里哥，不用，"这也太折腾了，林雾连忙拒绝，"我们分出两个人坐火车或长途汽车……"

"没事，我也正好回沈阳取点东西。"赵里说完，立刻招呼大家进屋，摆明这事就这么定了。

林雾可以确定取东西什么的就是个说辞，赵里只是单纯找个理由替他们解决超载的问题。但林雾很清楚，赵里不是对他够意思，自己只是沾了小舅的光。

小时候还住在姥姥家那会儿就是这样，赵里哥护着小舅，也护着和小舅一起玩的他。

夜风微凉，大家往木屋里回，感到两天来久违的松弛和踏实——

任飞宇问："你咋还换了一身衣服？"

葛亮说："哎？这衣服是野哥的啊。"

夏扬说："王野的？我就说怎么大一号……"

原思捷说："男友风都这款式。"

———————
① buff：游戏用语，指增益效果。

夏扬说："嘛？"

原思捷说："没什么。"

李骏驰问："林雾，你手机真找不回来了？"

林雾说："找回来也没用，都被雨泡了。"

李骏驰说："那你就赶紧联系银行，该挂失挂失，该冻结冻结，还有各种 App 客服，该解绑解绑。"

葛亮说："哎我去，你提醒的这个很重要啊。"

李骏驰说："金融安全，我是专业的。"

原思捷问："王野，你手机没丢吧？"

王野说："没丢，但早没电了，咋了？"

原思捷说："明天充好电，记得给辅导员回个信息。"

王野问："回啥信息？"

葛亮说："我们请假的时候说这次旷课外出夜不归宿，是你带头的。"

王野："……"

真是一个美好的夜晚。

黑熊青年遇见陶其然的事，王野是在后半夜才找到机会和林雾说的。

那时大家都睡了，一群人不好意思占赵里的房间和陶其然的画室，就挤在唯一的客屋睡了一炕一地，好在天还不冷，又累又困的同学们也不挑地儿，挤着也睡得很香。

唯独在山洞睡了一天的林雾，精神十足，简直想夜游，最后翻来覆去实在躺不住，悄悄起身离开房间，到院子里呼吸夜间空气。

不承想王野一起出来了。

夜凉如水。

静谧的月光照着树丛，灌木里不时有黑影闪过，一阵窸窣——夜行性小动物们出来活动了。

昼的山林睡去。

夜的山林却已悄然苏醒，别样热闹。

"他见到我小舅了？"篱笆院墙下，林雾惊讶得语调提高，又赶紧压下，"然后呢？"

"没然后，"王野说，"他就看见了一眼，在另外一片林子。"

林雾微怔："另一片……是什么意思？"

"就是他已经越跑越远了。"王野直截了当道。

林雾沉默下来，不自觉地看向赵里屋子的窗户。

王野随着他一起望过去，耸耸肩膀："有的等了。"

等待并不可怕，然而……

"赵里哥还等得来吗……"林雾喃喃自语，像是在问王野，又像在问此刻不知已经跑到哪里的陶其然。

王野双手插袋："谁知道。"

遥远的另一片山林，传来兽类低嚎，似狼非狼，听不真切。

林雾忽然有些难过："也许赵里哥就不应该上山……"

卖房卖店，赵里是断了一切后路来的。

"这是他自己的决定，"王野把林雾揽过来，揉揉他的脑袋，跟摸毛似的，"他要真后悔早跑了。"

"可……"林雾还要说什么，嘴忽然被王野捂住。

下一秒他就敏锐地捕捉到了院外的响动。

月光照着篱笆院墙，投射出大片阴影，两人就站在墙根的黑暗里，阴影掩住了他们的存在。

那声响是朝着木屋来的，而且越来越近。

王野眼底泛起警惕而危险的光。

一头银灰色的苔原狼，静静顶开虚掩的篱笆门，悄然进入院内。

林雾瞪大眼睛，几乎要喊出声，可嘴还被王野捂着。

王野也诧异，他怎么都不会想到，才被他说过已经去了另外一片林子的陶其然，就这么回来了。

陶其然和赵里之间的事，王野并不关心，但林雾在意。那正好趁这个机会，看看到底是个什么情况。

王野示意林雾别出声，确认林雾收到信息，才慢慢松开手。

林雾也冷静下来，目不转睛地盯住陶其然。

只见月光下的苔原狼直奔赵里房间，或者说他和赵里的房间。

一愣神，苔原狼就消失在了房门口，可林雾和王野根本没看见门板打开。

两人愕然，轻手轻脚上前，来到赵里房间门口，才发现在这间屋子的门板下方，有一块特制的门板是可以里外摆动的，这样一个出入口，俨然就是为苔原狼量身定制的。

林雾不知道这门是什么时候改造的，事实上如果不是木板还在轻微摆动，他和王野现在都很难注意到。

陶其然的画室，陶其然的专属狼用出入口……

赵里是怀着什么心情在等陶其然回来呢？

明明知道王野说得对，这是赵里哥和自己小舅之间的事，与外人无关，可林雾还是觉得心里涩涩的，有点苦。

抬起眼，林雾发现王野正透过门边的窗户，看着房内。

林雾直起身，也跟着看进去。

月光透过玻璃，在屋内洒下一片清澈如霜的光。

赵里躺在炕上，胸膛随着呼吸起伏。

苔原狼的两只前爪搭在枕头旁边的炕沿上，撑起上半身，安静地凝望睡着的人，像守着最珍贵的宝贝。

第五章　风筝

一只不知从哪儿飞来的夜鹰轻盈地落在窗上屋檐，发出"塔、塔、塔"的鸣叫，像夜的精灵闯入静谧黑暗。

屋内的苔原狼，闻声望过来。

林雾和王野想跑已经来不及了。两位暗中观察的同学就这样隔着玻璃，和苔原狼的目光对个正着。

空气突然安静。

林雾下意识地拉着王野往后退，一点点远离窗户，那步伐和节奏都跟遇见熊的时候如出一辙。

随着距离的拉远，窗内情形也看得越来越模糊。

在屋里景象彻底消失在视野前的最后一秒，林雾好像看见苔原狼叼起了放在炕上另一边叠得整整齐齐的衣服。

不多时，房门从里面打开，变回人形的陶其然走出来，就穿着那套衣服。

所以赵里哥不仅把门改造了，还将自家小舅的衣服随时准备好，方便他回来就换？

林雾净想这些有的没的，等回过神，陶其然已轻轻将房门关好，来到他的面前。

"你俩怎么在这儿？"陶其然疑惑地歪头，看林雾和王野的眼神，就好像他俩是凭空冒出来的。至于被偷窥，倒是完全不计较。

"不光我俩……"林雾神情复杂地看了一眼客房方向，"那边还一屋子呢。"

陶其然从不委屈自己的好奇心，登时转身走到客房窗户外，脸贴着玻璃往里看，和刚才的林雾、王野不同，他偷窥得那叫一个光明正大、坦坦荡荡。

待看清一炕一地的同学们，陶其然迷惑地转回身："怎么回事？"

他的声音很低很轻，显然并不想惊动任何人，无论是哪间屋子里的。

林雾有些为难地瞥了王野一眼，实在不知道该跟陶其然从哪儿讲起："这事吧，说来话长……"

"没什么话长的，"王野无所谓道，"我先自己跑过来的，"往林雾和客房两个方向扬扬下巴，"他们过来找我。"

陶其然眨眨眼，继而乐了："你人气还挺高。"

王野惊讶于对方淡然的反应："这就完了？"

不拘小节如他，都知道自己刚才那话简直笼统得不能再笼统。这可是八个人放着学校的课不上，突然来长白山，是个人都得好奇来龙去脉吧？

陶其然被王野的反问弄愣了，过了会儿，了然地点点头："那现在找到你了，你们是打算在这儿住段时间，还是尽快一起回去？"

是让你往深挖，不是让你问后续。

王野眉峰微挑，第一次意识到陶其然身上与他人微妙的不同。

与其说这个人像狼，不如说更像风，一个轻盈自由的存在，你不知道他会往哪儿吹，你也永远抓不住他。

"我们明天就回，"林雾说着，想起赵里的等待，忍不住问，"小舅，你这次回来会在木屋待多久？"

陶其然朝他顽皮一笑："如果不是看见你们，我现在已经走了。"

"现在？"林雾愕然，"你不是才刚回来……"

"待太久会被发现的。"陶其然一本正经。

林雾彻底茫然了："小舅，你到底在干什么？"

"你怎么变笨了，"陶其然眉心微蹙，弯下的眼睛里却都是宠溺和包容，"玩失踪，这都看不出来？"

林雾问："可是为什么要这样？"

陶其然煞有介事地叹了口气："只有这样，你那个一根筋的赵里哥才能下山。"

林雾有点生气了，可能是太心疼赵里，也可能是生气自家小舅的任性："那你当初干吗答应让他上山？"

哦，当初答应得好好的，现在想自己投奔森林了，就要把人一脚踹下山？

王野本来不想插话，但听到这儿，也觉得陶其然舍近求远。"你想让他走，直接和他说不就得了。"

陶其然的笑意淡了，眼里宁静下来，像笼着纱的月色。

"如果我说话管用，他连山都不会上，现在应该在咖啡店里继续过自己的生活。"

王野和林雾双双愣住。

这话是什么意思？难道陶其然也不赞同赵里撒下一切上山？所以才越来越久地不归，想以此让赵里离开……

两人忽然意识到自己可能进入了一个思维误区。

因为赵里迟迟兽化不成，所以他们想当然地把赵里定位在了"求而不得"上，再说白点，一个陶其然跟从自己内心行动下的被牵连者。

然而也许从一开始就错了。

做决定的是赵里。

不是陶其然把他绑在这山林、这木屋中，相反，赵里才是扯着陶其然无法彻底归入山林的那根唯一的线。

远处的山林忽然传来某种兽类的吼叫，惊得林间休憩的飞鸟"扑啦啦"飞起。

陶其然连忙抬头眺望，向飞过天际的鸟群竖起食指压到自己唇上："嘘——"

这举动带着天真的孩子气。

别说离着十万八千里，就是那些飞鸟在他们头顶，也没可能听陶其然的话。

可当飞鸟远去，山林的回音渐渐消散，陶其然满意地点点头，浅笑着的眼角眉梢，如月光一样温柔。

这个瞬间，林雾忽然生出了奇异的羡慕。

陶其然是真的把自己融在了这片山岭中，他从不担心自己的语言鸟儿能不能听懂，他就是这广袤林海的一部分，是狼，是鸟，是森林，是溪水，是自然本身。

温柔之下，他的信念如深海。

明明自己也已经能兽化，然而林雾依然很迷茫，他多希望自己也能有这样一天，清楚地知道自己想要什么、想追寻什么，并为此头也不回，执着向前。

夜风重归寂静。

陶其然远眺的目光，重新落回林雾和王野身上。

"让林雾省点心，"他先是和王野说，故意绷起脸，低低的声音里带着一点不满，"别一冲动就到处乱跑。"

"……"王野的眉头都快打结了，感觉每个字都需要反驳，但一时又没法理直气壮。

唠叨完爱惹事的，陶其然才转向林雾，神情一霎柔和，甚至带了点楚楚可怜："千万别和赵里说我回来过。"

林雾很想点头，但——

他的视线越过陶其然的肩膀，望向赵里屋的方向，眼神渐渐复杂。

陶其然眉心一皱，就知道完了。

"跑不掉了。"他叹息似的呼了口气，缓缓向后转身。

主屋门口，赵里沉默地站在屋檐下，没人知道他出来多久了。

他定定地望着这边，眼里的光比夜还沉。

月亮像被白天的雨水洗过，格外清澈。

赵里那一贯沉在眼底深处的浓烈情绪，几乎要冲破夜色。

陶其然却在转身之间悄然藏起所有真挚的、沉甸甸的、不舍的情绪，就像他从来没有守在床边过，从来没有将谁当成过珍宝。

"你怎么睡觉这么轻，一点动静都要醒。"对上赵里，陶其然的脸上只剩下任性的埋怨。

"我要不醒，你打算什么时候告诉我？"赵里开口，嗓音带着一丝阴郁的沙哑。

"嗯？"陶其然装傻，无辜的眼睛一眨一眨的，"告诉什么？"

王野算是知道林雾装无辜这招和谁学的了。

赵里看了林雾和王野一眼，显然并不想和陶其然公开讨论。"进屋说。"

陶其然一时没应，脚下也没动。

赵里神情未变："你如果决定现在跑掉，就再也别回来了，偷偷回来也不用。"

陶其然最终跟赵里回了屋。

院子里只剩林雾和王野两个人的时候，林雾忽然一拍脑门："兽化的事我忘说了！"

王野看向已经进去了两个人却依然乌漆墨黑的主屋，耸耸肩："他俩现在顾不上咱们，明天再说吧。"

主屋之内，赵里站在阴影与月色的交接处，一半光明，一半黑暗，说不清是即将全部被夜染黑，还是正在从暗夜中冲进光明。

陶其然希望是后者，他不想做赵里的夜。

然而赵里从来不会按照谁的想与不想走，无论是以前还是现在。

五年前。

陶其然：我要留校了。

收到这条微信时，赵里正在刚装修好的咖啡馆里，准备开启自己事业的第一春。

距离开业庆典还有一个小时，请来的钢琴师已经就位，所有店员都在忙碌着做最后的准备。

赵里简单嘱咐了几句，便上了二楼。

那里有一个空置的房间，很宽敞，预备给毕业回来的陶其然当画室。

当老师？——赵里倚靠着空荡荡的房间的墙，回复信息。

陶其然：嗯，留校任教。

赵里：知道了。

陶其然：就这样？

赵里：？

微信那边这一次安静的时间长了些。

然后，陶其然才回过来信息：你不想来北京吗？

赵里：你会一直留在北京？

陶其然：应该吧。

赵里：不去山上画画了？

陶其然：去啊，当然要去，我同意留校的最大原因，就是当老师有寒暑假。[得意地笑.jpg]

赵里：等我赚够了钱，你就不用当老师了，可以一年四季都在山上画画。

陶其然：你不要总给我画饼，我会当真的。

赵里：就怕你不当真。

赵里：[照片][照片]我的店就要开张了。

陶其然：你还真开店了？

赵里：我说了，会努力赚钱。

陶其然：……那你应该弄烧烤啊，我就没见过几个咖啡店能赚钱的。

赵里：不靠咖啡店，靠房价。

陶其然：？

赵里：门市值钱，按照现在的房价趋势，买到手里每年稳步增值，比大部分买卖都赚钱。

陶其然：所以咖啡店只是个……爱好？

赵里：装饰，以免将来"旺铺出售"的时候看着名不副实。

陶其然：[你果然还是有钱.jpg]

赵里：养你不够。

陶其然：……

赵里：二楼给你留了间画室。

赵里：不管你什么时候回来，我都在这里等你。

这一次微信那边安静的时间更久了。

每次陶其然不知道该怎么回复的时候，就这样。

很多人在不知道该怎么回复信息的时候，都会选择岔开话题、故作调侃或者干脆绕圈子，这样既不让对方难堪，也不让自己尴尬。

但陶其然不会。

以至于赵里完全可以从回信速度的快慢，精准掌握对方的心情波动。比如现在，他已经可以想象出陶其然对着聊天界面一脸苦恼的模样了。

距离开业庆典还有十分钟，店员都有些着急地上来喊他这个老板下楼就位了，陶其然的信息才终于回过来——

陶其然：你不必做到这样。为我，更不值得。你应该有你自己的生活，就像我，画画、考美院、留校，我都是为我自己。

放下手机，赵里转头和仍在等待的店员道："你照应一下吧，我不下去了。"

"老板，今天是开业。"店员小张错愕。开业第一天老板就消极怠工，他对自己这份工作的前途十分担忧。

赵里朝他点了一下头："你可以做好的。"

小张从老板的眼神中读出了信任，以及令人安心的定力和从容。

但他实在好奇，到底是什么重要人物能让老板放着开业庆典不露面，就为了聊个微信。"老板，你这是……跟谁聊天呢？"

赵里的眉头淡淡皱了下。

小张瞬间后悔，完了，太八卦果然惹老板不高兴了。

赵里的手机忽然在这时振动了一下。

陶其然：怎么没声音了？

陶其然：生气了？

陶其然：算了，我收回上面的话。

陶其然：[超时再后悔来不及撤回怎么办？急，在线等 .jpg]

陶其然：[刷屏大法 .jpg]

陶其然：[长长长长图 .jpg]

陶其然：[长长长长长长……图 .jpg]

小张只看见老板又拿起了手机，然后看着看着，眉间平展开来，再看着看着，干脆笑了。

老板居然会笑。

万年平湖终遇风，吹起涟漪浪荡——小张默默在心里给自家老板此刻的状态进行了形神兼备的总结。

"你刚才问什么？"赵里毫无预警地抬头。

小张被问得措手不及，一紧张不假思索就道："我问老板你跟谁聊天呢……"

"一个任性的画家。"赵里脸上的笑意更深了。

小张愣愣地看着，第一次发现原来面无表情真的能封印颜值，笑起来的老板也太迷人了吧！

至于"画家"这种听起来完全不接地气的答案，细一品，好像也很合理。

开咖啡馆的和搞艺术的，绝配啊。

小张消失在楼梯口，二楼重新安静。

赵里才拿起手机：刚刚在和店员说话。

陶其然：……

陶其然：那你不早说，浪费我那么多表情包。[心疼.jpg]

赵里看着那些放飞的表情，就像看见陶其然以前恶作剧时的各种鬼脸，心里像被风吹过，清凉又舒服。

可发过去的信息，一点不拖泥带水地回了正题。

赵里：我不是为你。就像你选择了画画、考美院、留校，我也选择了开店，留间画室给你。你负责你的选择，我负责我的，很简单。

陶其然：哪里简单……

赵里：不是我给你留了画室，你就一定要用的，你完全可以一直不回来。

陶其然：你在那儿，我怎么可能不回来！

赵里的心被风填满了：我知道。

陶其然：……信不信我回去揍你？

赵里：你先打得过我再说。

那一天，咖啡店就在没有老板现身的奇怪局面里，完成了开业庆典。

好在也并没有邀请什么亲朋和友商来助阵，顾客奔着开业优惠或者新店尝鲜而来，只关心咖啡和甜点，不关心老板。

而赵里，一直到日暮时分，都待在二楼的画室里。

赵里：想好这个假期去哪里了？

陶其然：[照片][照片]

陶其然：长白山，美吧？

赵里：嗯。

陶其然：这里离天池很远，连村庄都很少，特安静，特漂亮，照片是我老师冬天去的时候拍的，我想这个暑假去完，下个寒假再去一趟，最好能把山里的四季都体验一遍，都看看，都画下来，一定特别棒。

一说到画画，说到大自然，陶其然就高兴。从初中开始就这样，没有人比赵里更清楚了。

所以是北京还是沈阳并不重要，任何城市对陶其然来说都只是临时的落脚点，一有机会，他就会扎进深山、扎进林野。

赵里从没想要困住陶其然，他只是和陶其然一样，都在追寻着自己的心。

七个月前。

陶其然：我们学校要开始进行觉醒科属普查了，你那边有动静吗？

赵里：社区过来统计了，下星期应该就能排上。

陶其然：你怎么一点都不兴奋？

赵里：看和谁比。

陶其然：……

陶其然：我表现得那么明显吗？

赵里：就差脑门上贴个纸条写"我终于可以混入飞禽走兽"了。

陶其然：[傻笑 .jpg]

陶其然：就是很奇妙，上周末去雾灵山，和以前每次去的感受都不同，明明对那里我已经很熟悉了，闭着眼睛都能画出来，可这一次我就像是到了一个新的地方，你知道那种感觉吗？山上所有的一切都是崭新的。

赵里知道。

虽然他没有艺术家的敏感细胞，虽然他也没上过什么雾灵山，但他看过陶其然最近的画。

一花一草一丛一木，全都带着和往日不同的勃勃生机，鲜明又热烈。

风景没变，变的是画家的感受和心境。

陶其然：你觉得自己会是什么科属？

赵里：无所谓。

陶其然：怎么无所谓，万一我们是天敌怎么办？

陶其然：我看见有研究说，野性觉醒先是改变身体，慢慢就会改变性格甚至生物本能，如果我们是天敌，说不定有一天我就会欺负你，甚至是伤害你！

赵里：首先，目前还没有任何官方研究证明野性觉醒会改变性格和生物本能，不信谣不传谣，少看营销号的假新闻。

赵里：其次，就算我们是天敌，在食物链上层的、会欺负人的，也不一定是你。

陶其然：我不是跟你说过了，豺狼虎豹，我一定是其中一种。

赵里：你说的不算。

陶其然：我有依据的！

赵里：就因为你现在运动神经发达、体能有了改善、晚上不睡白天不醒，并且爱上了在有月亮的夜晚唱歌？

陶其然：你要不总结，我都不知道我的证据链这么完整。

赵里：是就是吧，不管什么科属，我知道你是你，就行了。

陶其然：……

赵里：你要真是特别希望我和你一样兴奋，我也可以配合的。

陶其然：[你走开 .jpg]

天气渐寒的夜，气呼呼的陶其然再也没搭理他。

但赵里知道，这人气不了多久，又会开心起来。因为从那场大雾出现以来，从所有人发现自己身上产生了动物性的变化以来，甚至野性觉醒还没有被官方确认时，陶其然就已经凭借敏锐的感知，有了某种隐隐的直觉，并为此提前开始快乐，一直到现在。

然而赵里高兴不起来。

陶其然离自己想要追寻的世界越近，赵里就会离陶其然越远。

五个月前。

那是一个寒风凛冽的周末午后，咖啡的香气和暖意让进店的客人不断，店员忙不过来，赵里亲自上阵给一杯杯咖啡做拉花。

他的手机放在二楼，结果小张上楼取东西路过画室，听见他的手机在响，等小张把手机拿过来，还没下楼，电话就断了。

小张仍是第一时间把手机交给了赵里，作为老店员，他太清楚这位一到寒暑假就在店内闪现的来电者的重要性："老板，刚才陶老师给你打电话。"

赵里手上一顿，马上就要收尾的拉花，做坏了。

"你再重做一杯。"交代完小张，他才接过手机，走向楼梯口。

可还没等上二楼，陶其然的信息就过来了：*你在店里吗？*

赵里眼中闪过疑惑，迈步上楼梯，同时回拨了电话。

那边秒接，背景杂音很大，像是在外面，但仍盖不住陶其然声音里异样的急切："赵里。"

赵里神情一凝，脚下停住了："怎么了？"

陶其然问："你在店里吗？"

赵里答："在。"

陶其然说："我现在过去找你。"

赵里诧异："现在？你在沈阳？"

陶其然说："刚下高铁。"

一小时不到，迎客风铃便随着推开的店门清脆响起。

陶其然裹着严严实实的长羽绒服，带着旅途的风尘仆仆，也带来了外面的寒气。

店内顾客闻声很自然地看过来。

然后发现对方好像并不是来喝咖啡的，直接往里走就上了二楼。

赵里一直等在画室。

陶其然不会无缘无故回来，一定有事。

"赵里。"陶其然声音先到，人才进来，一进来就又转身把画室的门关严了。

开店的几年下来，陶其然已经把这间画室当成了自己的地盘。

赵里喜欢这样，但眼下他更在意陶其然本人："到底怎么了？"

陶其然把帽子放下来，飞快脱掉羽绒服，一路赶过来让他的鼻尖冻得通红："你接下来可能会看到很……特别的事，你要做好心理准备。"

特别？

赵里以为陶其然这样着急回来，一定是遇上了什么"严重"的事，可对方却用了一个算是中性的形容词。

并且，他从陶其然的眼睛里看不到任何严峻的情绪，只捕捉到了压抑不住的惊喜和期待。

对于即将让他看到的事，陶其然自己也在……期待？

赵里被彻底搅乱了，可面色不变，等着陶其然的下一步动作。

不承想陶其然又把里面的衣服脱了，一件一件，到最后就像初生的婴儿一样，躺到画室的床上，一点点蜷起自己的身体。

窗外寒风呼啸。

画室里却静得听得见彼此的呼吸。

渐渐地，又多了第二种声音，是骨骼在变化，是皮毛、利爪在生长。

赵里看呆了。

他只觉得周遭的一切都开始变得模糊，唯有视野里的这抹银灰色，清晰、真切，重重撞击着他的胸口。

陶其然变成了一头真正的苔原狼。

赵里难以置信地上前，朝床上伸出手。

银灰色的狼静静地看着他，一双眼睛清澈漂亮，像初春雪融后的山涧。

赵里的手摸上他的后背。

苔原狼温顺地趴下，尾巴却难掩顽皮，甩过来拂到了他的手。

"怎么回事？"赵里不自觉地发问，问句脱口而出的瞬间，他也不知道自己是不敢相信，还是不愿相信。

苔原狼不会说话，只会发出低低的"嗷呜"声。

"你还认识我吗？"赵里不确定现在的陶其然还有没有"人"的意识，"听得懂我的话吗？"

苔原狼短促地"嗷呜"一声，像是不满，下一秒就回头叼住了赵里的手，磨牙。

轻微的疼痛里，赵里悬着的心一下子放下了大半。

还是陶其然，那就好。

苔原狼重新变回陶其然，已经是五小时之后的事了。

这是陶其然的第二次兽化，第一次是昨天，在长白山上，后来他足足用了一整夜时间才变回人形，清晨立刻下山直奔火车站，第一时间跑回来告诉了赵里。

对于在兽形与人形之间切换，他还很生疏。

但不妨碍在这五小时内，苔原狼窝在自己的床上美美地睡了一觉。

陶其然重新穿好衣服的时候，天已经黑了。

北方的冬季，夜总是早早地降临。

"我也不知道是怎么回事，"陶其然困惑道，"昨天忽然就发生了。"

赵里问："变身之前，没发生什么特别的事？"

"我也不知道这样算不算，"陶其然看向赵里，"我就是突然不想画画了。"

赵里愣了："不想画画？"

"对，"陶其然认真地点头，"我这几天都在长白山，你知道的，可是昨天画到一半的时候，我看见一只野兔蹦蹦跳跳进了森林，突然之间，我就不想再画画了。"

随着回忆，他的眼中流露出欣然的向往。

"我已经野性觉醒了，我的身体里活跃着苔原狼的基因，我为什么还要用画笔来描摹山林呢？我完全可以像那只野兔一样亲自去探索，去融入，去全身心地拥抱那些美好……"

赵里静静地看着他："你进了森林？"

陶其然收回飘远的目光，却收不回兴奋和向往："那里真的很美。"

赵里问："后来呢？"

"我不知道，"陶其然说，"等我回过神，已经变成了一只狼。"

赵里问："还在森林里？"

陶其然说："嗯，一直在森林里。"

"身体有什么不舒服吗？"赵里问。

"骨头疼，"陶其然的脸皱成一团，"特别疼。"

"现在还疼？"

"一变身就疼，但是过段时间就好了。"

"害怕吗？"

陶其然愣住了，茫然地眨了下眼睛："嗯？"

"身体变成这样，你害怕吗？"赵里放缓声音，又问了一遍。

这次陶其然想了很久，末了摇摇头，眼里闪烁的点点兴奋，融化成如水的温柔，像清风、像云朵。"最初有点惊讶，然后就是开心，我不管不顾地在森林里奔跑，像是穿越到了自己的画布里，可下一秒我就知道那是真正的森林，因为画布里的风景根本不及大自然美丽的十万分之一……"

陶其然诉说着，像是回到了昨日的情景，周身洋溢着快乐和幸福。

"赵里，"他忽然想到了什么，眼里泛起更亮的光彩，"你说有没有可能我只是一个开始，就像野性觉醒也有先有后一样，说不定不久的将来，所有人都会变成我这样。"

赵里设想了一下那样的场景："动物世界？"

"说不定哟。"陶其然乐得像个先偷吃到糖的孩子。

"也可能全世界只有你一个人这样。"赵里毫不留情地戳破他的幻想泡泡。

陶其然果断摇头："我又没什么特别的，为什么会是我？"

因为只有你，在遇见这种事的时候最先感到的不是害怕，而是快乐。赵里有些无奈地想。

他也说不清现在的自己是怎样的心情。看着陶其然开心，他也开心，可一想到这种身体变化可能有潜在的危险，他就又开始担忧。

"以后你打算怎么办？"赵里问，"这样还能回学校教课吗？"

"回是能回，从昨天变回来到现在，我都没有失控过，身体的变化应该是可以自主掌握的。"

"那就好。"赵里点头，"等假期过完，你应该比现在还……"

"可我现在不想回去了，"陶其然轻声打断他，"赵里，我不想回学校了。"

那你想去哪里？

这话就在嘴边，可赵里最终也没问出口。

因为根本不用问，答案太明显了。

和陶其然认识了这么多年，早在看见对方变身的那一刻，赵里就隐隐有了某种预感。

"我想去山里生活，不是像人那样，而是像一头真正的狼那样。"陶其然将自己的向往毫无保留地摊开在赵里面前，像是单方面的倾诉，可看着赵里的眼神，却带着他自己都没察觉的忐忑与在意。

如果赵里否定，陶其然在来的路上不止一次想过，自己还能否坚持这样的选择？

答案不太乐观。

他真的没有信心不动摇。

可赵里什么都没说，在漫长的沉默后，他只问了一句："你想清楚了？"

陶其然安静地看了他很久，像要把他刻进眼底，最终郑重点头。

那之后，陶其然回了学校，提交了离职申请。

正值寒假，走流程的速度虽然比平时慢，但也因为教学工作还没开始，在工作交接上方便不少，最终在校领导再三挽回无果后，陶其然顺利完成离职。

办完最后的手续那天，刚走出美院校园，陶其然就接到了赵里的信息。

赵里：我也去。

没前言没后语，就直愣愣的三个字。

可陶其然一瞬间就懂了。

那是个晴朗的冬日，往来车流和熙攘人群仿佛在刹那间静音，世界骤然安静，陶其然耳边只剩自己擂鼓般的心跳。

陶其然：去什么去！你一个正常人往哪儿去！

赵里：[大美长白山.jpg]

陶其然：我以为我们说好了。

赵里：说好一起去？

陶其然：说好我自己去，你还和以前一样在你的咖啡店里好好过日子！

赵里：哦，咖啡店卖了。

陶其然：？

赵里：房子也卖了。

赵里：钱赚够了，等你会合，一起上山。

校门口的寒风冻得陶其然手指僵硬，回信息总是按错键盘，可站在严冬中的他浑然未觉。

陶其然：赵里，你知道你在做什么吗？

赵里：你知道你在做什么吗？

陶其然：当然知道，我在辞职之前就已经想得很清楚了。

赵里：我只会比你想得更清楚。

陶其然怔怔看着赵里的话，良久，深呼吸，让凛冽的寒气充满胸腔，驱散眼底酸胀的热。

陶其然：你就好好待在店里，像五年前那样，留一间画室给我，行不行？

赵里：不行。

陶其然：为什么？

赵里：五年前的你会回来。

陶其然呆愣在冬日的天空下，太阳很大，却很冷。

赵里远比陶其然自己更了解陶其然。

时光回到现在。

夜色笼罩的木屋里，陶其然离赵里很远，像是捣蛋被抓现行，怕被对方教育的熊孩子。

"就没什么想和我说的？"赵里终于开口。

陶其然很想要横，无奈实在没什么气势："你不是都听见了……"

"你觉得你一直不回来，我就能走？"赵里的语调轻微上扬。

陶其然在晦暗不明的夜色中，疑惑地眨巴了一下眼睛："你没生气？"高兴是肯定谈不上，但听起来，赵里的情绪好像也没他想象的那样糟糕。

"气过了。"赵里道。

陶其然问："然后呢？"

赵里走过去："准备和你讲讲道理。"

陶其然下意识往后，结果刚退，后背就贴到墙了，可赵里已经来到面前。

"喂……"陶其然慌忙出声。

赵里总算停住，微微低头。

陶其然紧张地咽了下口水："讲道理需要离这么近吗？"

赵里："太远了怕你听不懂。"

陶其然说："这和距离有关系吗？"

赵里说："五年前隔着手机和你讲的道理，很明显你到现在还没懂。"

陶其然："……"

五年前？

陶其然的全部注意力都在赵里身上，实在分不出大脑调取过往记忆。

好在赵里也不需要他回溯。

"五年前我就和你说过，你负责你的选择，我负责我的，很简单。如果你还不懂，那我今天就说得再明白一点，我不干涉你，你也不用替我操心。"

陶其然就讨厌他这一点，如果什么事情都能说清楚、做明白，世上就没烦恼了。"我怎么可能不替你操心？"

赵里问："所以你就一边假装不回来，一边偷偷溜回来看我？"

陶其然说："我是……我是看你走没走。"

赵里问："我走了你真的高兴？"

陶其然语塞，好半晌，才真心道："一开始可能会有点失落，但时间长了，我还是会替你开心。"

赵里说："替我操心，替我开心，为什么你总想着替我？我就从来没想过替你。"

陶其然说："你不替我想，你干吗卖房卖店陪我上山？"

"我不想松手，"赵里低头，声音轻得像呢喃，眼睛却一瞬不瞬地盯住他，"因为一松手，就再也抓不住你了。"

翱翔在千米高空的鹰，也能把地面上的猎物看得清清楚楚，一旦锁定，便如利箭般俯冲而下。

云遮了月，屋内再没有一丝光。

黑暗中，陶其然再看不见赵里，只剩极近的、温热的呼吸。

"你可以去抓别人。"他说。

赵里似是想了想，然后道："算了，怕你伤心。"

风筝在天上飞，飞得再高，飞到白云里，也总有一根线扯着它。

如果有一天线断了。

人们只看得见风筝自由地飘远，却看不见，它最终总会在风停处落地，落进杂草，落进淤泥，再也没有线牵着它回家。

翌日清晨。

因为担心自家小舅和赵里，林雾辗转反侧了一整夜，旁边的王野倒是睡得很沉，一点没有夜行大猫的尊严，快天亮的时候还不知道梦见了什么，蹬了他两脚，差点又给林雾蹒下炕。

终于挨到了天亮，林雾第一个起床，伸手把王野身上的被子往上一拉，报复似的将他连头蒙住才扬眉吐气，下炕蹑手蹑脚地绕过睡在地上的兄弟们，离开房间。

不料陶其然已经在院子里了，正拿着一个不知道从哪儿淘来的扫帚打扫小院。

林雾跟看见新大陆似的瞪圆了眼睛。自家小舅向来是把画室搞得一团乱之后立刻逃之夭夭且毫无心理负担的人，日常劳动更是无从谈起，啥时候变这么勤快了？

难道说……

昨天晚上被赵里哥教育了，被罚义务劳动？

"起床了？"抬头看见林雾，陶其然立刻丢了扫帚，快步走过来。

林雾："……"敢情是打发时间用的。

不过看陶其然精神奕奕的样子，昨天和赵里的交流……应该还顺利吧？

"赵里哥呢？"

"在厨房做饭，"陶其然往客房瞥一眼，"不然怎么喂你们这么多张嘴。"

林雾道："怎么说得跟我们嗷嗷待哺似的。"

陶其然说："脑袋一热就往山上跑，你以为你们多成熟。"

林雾说："那你脑袋一热还归隐山林了呢。"

陶其然说："我是经过深思熟虑的。"

林雾道："哦。"

陶其然说："你敷衍得太明显了。"

林雾本来想说你要真深思熟虑，就不会现在还拿赵里哥没办法了。但转念就想到了王野说的，这是小舅和赵里哥两个人之间的事，他们没必要掺和，也掺和不明白。

算了，只要小舅和赵里哥都好好的，就行了。

思及此，林雾咽下那些没用的情绪，想直接告诉陶其然自己兽化的事，不料没等张嘴，陶其然先把他拉出了院子。

待到院外的雪松之下，别说周围，连远处都没有一个人，陶其然才正色问道："你也兽化觉醒了？"

看来赵里哥已经全都跟他说了。

林雾点头："找王野的时候，我突然掉下了山坡，怕得要死一着急突然就变了。"

陶其然问："见过周漫和许朔了？"

林雾答："嗯，信息都录完了，不过觉醒的原因，他俩还是说不清。"

晨风掠过，吹落几根松针。

一根落到陶其然鼻尖，他索性拿下来衔到嘴里，跟小鸟衔树叶似的："我这样，你也这样，分明就和血缘有关吧。"

林雾说："但是周漫说也有很多觉醒者之间根本没有血缘关系。"

"但愿吧。"陶其然咕哝了一句。

声音很小，但林雾听清了，只是不太懂。

啥叫"但愿"？但愿的确和血缘无关？还是说，无关了，赵里哥才有机会也觉醒……

"你以后打算怎么办？"陶其然的询问，拉回了林雾的思绪。

"以后？"林雾愣了一下，才明白陶其然的意思，挠挠头道，"先回学校吧，归隐山林什么的我还没想好。"

"傻瓜，"陶其然宠溺地摸摸他的头，"你是在生存危机的时候觉醒的，又不是真的向往大自然，谁说一定要归隐山林。"

林雾说："可是王野那家伙想上山啊。"

陶其然呆愣了两秒，乐了："他的想法对于你，原来这么重要啊。"

"也不是……"林雾本能地否认，感觉不这样好像就要被带到什么深坑里，可否认完了，又编不出什么支撑的论据。

因为他真的就是很在意王野啊。

不然谁会一听说一个同学跑了，放着课都不上，大老远奔过来逮人。

陶其然没说话，只笑眯眯地看着他。

林雾总觉得自己无力的否认已经被看穿，但直到院子里传来兄弟们起床的嘈杂声，陶其然也没真的戳破，只温柔道："你还小呢，有的是时间把一切想清楚，不急。"

兄弟们起床后，赵里的早饭也弄好了，一群人呼啦啦吃完饭，又风风火火地收拾下山的行囊，林雾根本找不到没人的机会单独和王野说，自己已经跟小舅沟通过兽化的事。

直到江潭和赵里去找停在附近的两辆车，林雾和两宿舍的兄弟背着书包行囊在院外等，不经意间回头，才发现王野还站在院内树下，倚靠着树干不知在想什么。

趁众伙伴不注意，林雾悄悄回到院内。

见他又折回，王野抬头，眼带询问。

林雾来到树下，认真看了他半晌，终于问出了一直悬在心里的担忧：

"你是不是根本不想回学校？"

他们一厢情愿地来，一厢情愿地寻找，一厢情愿地认为找到了就可以理所当然地把人带回，但其实，王野从来都没说过想回去。

林雾一直知道，却从昨天拖到现在才问。

像是洞悉了他的想法，王野不满似的挑起一边眉毛："车都在外面了，现在才来问？"

林雾恼羞成怒："到底想不想，你给我个痛快话。"

王野答："回。"

"你要不想……"林雾忽地顿住，不太相信地看王野，"你刚才说什么？"

王野上半身微微前倾，凑近林雾："我说回，"一字一顿，"从现在开始，你到哪儿，我到哪儿。"

林雾莫名其妙感觉到了巨大压力："那倒也不必……"

王野说："跟着你学习兽化觉醒。"

林雾说："你以后说话能不能不要大喘气。"

"林雾，王野，你俩干啥呢——"院外传来葛亮洪亮的呼唤。

"来了——"林雾应着，赶紧小跑出去。

得到了王野干净利落的肯定回答，林小狼同学的步伐都轻快了。

王野跟在后面，走得很慢，慢到可以拿出今早刚充电开机的手机，再看一遍那些迟到的信息。

林雾：你说运动会要给我摇旗呐喊的……

…………

林雾：你说家里有事，过几天就回来。

…………

林雾：你自己数数，你放我几回鸽子了？

…………

林雾：公寓的事我知道了。

林雾：你是不是傻？

…………

林雾：你就是傻，没有比你更傻的了，我现在知道你为啥这么帅了，拿脑子换的。

…………

林雾：你说你想让我陪你一起上山，那你知不知道，我也想让你陪我一起毕业。

…………

林雾：[333&509 联合抓虎小分队 .jpg]

林雾：有能耐你就别让我们逮着，否则……

王野翘起嘴角，本事大了，敢给他发恐吓信了。

不过上山这事，他想，的确是自己冲动了。

几天前，他毫不犹豫地选择了离开，可在森林里见到林雾的那一刻，王野就知道，如果时光倒流，他恐怕再也下不了那样的决心了。

第三卷

新世界

第六章　王爷

　　山路蜿蜒，和来时一样，赵里开着皮卡在前，江潭开着大七座SUV在后。不同的是现在比来时多了一人。

　　林雾、王野、葛亮坐赵里的车，剩下四人坐江潭的车，陶其然在山上留守，因为今早刚得知他回来的兽控局两位，要在安顿好黑熊青年之后，再返回来和他聊聊下一阶段在附近建立自然保护区的事，如无意外，陶其然很可能就是保护区纳入的第一位兽化觉醒者。

　　下午四点多，两辆车终于进入了沈阳，待333陪着509的兄弟们将租的车还完，回到学校时，已经傍晚。

　　才离开三天不到，可校园好像哪儿哪儿看着都不一样了。

　　到处装点一新，红色的条幅拉了起来，缤纷彩带绑了起来，路灯全套上了"华彩新衣"，连教学楼入口的承重柱都裹上了亮丽的绸缎。

　　"什么情况？"葛亮蒙了，这再贴个喜字分分钟①成了大型婚宴现场。

　　"校庆，"李骏驰晃晃手机，"你们都没看学校公众号？"

---

① 分分钟：地方词，发展为网络流行语，形容用时短暂。

七个伙伴："……"

谁会在找寻失踪同学归来的路上看学校新闻啊！

说话间，迎面走来一群人形萌宠，浩浩荡荡足有几十个，穿着全套兽装，跟游乐园花车巡游似的，有狼有虎、有猫有狗、有羊有鹿、有兔子有熊……关键不只动物齐全，还风格各异，有雄壮的、有妩媚的、有活泼的、有羞涩的……

"这又是什么啊？"葛亮感觉自己被打开了新世界的大门。

"一个新社团给校庆准备的节目，"校园小百科李骏驰再度上线，"花车创新，野性巡游。"

"有点意思……"夏扬看着那一套套精致打造的兽装，颇为感兴趣。

兽装同学们渐渐走远，大家收回注意力。

"现在去哪儿？"葛亮言归正传，"先回宿舍还是先吃饭？"

原思捷无力地看着没心没肺的室友："先去辅导员办公室听训吧。"

葛亮呆愣，返校的快乐总是这样短暂。

任飞宇抱着最后一丝侥幸心理看夏扬、林雾和李骏驰。

负责外联的李同学拍拍他肩膀："一样，想想怎么跟老高解释吧。"

环境和机械两个学院的楼离得很远，但不妨碍两位辅导员隔空默契地对自家旷课外出的学生进行同样"春风化雨"的教育。

王野虽然还在请长假期间，且是家人出面给请的假，但辅导员还是一视同仁，一个不能少。

好在江潭和林雾在各自辅导员那里还是有点品学兼优的滤镜的，意识到赶不上周一的课，又主动联系辅导员请了假，最终两个宿舍都只是被口头批评了，没有真的记过。

王野他们是先被辅导员放行的，但走出院系楼的时候，天也早黑了。

坐了大半天的车，又挨了一晚上训，钢筋铁骨也顶不住。

葛亮疲惫地打了个哈欠："回宿舍吧。"

原思捷看他："不去食堂了？"

"没力气，"葛亮眼皮直沉，"点外卖算了。"

王野掏出在辅导员办公室里就一直振的手机，看了两眼，便抬头道："你们先回吧，我还有点事。"

葛亮和原思捷一惊，连江潭脚下都顿住了。

葛亮说："你不是又要跑吧——"

"跑你个头，"王野没好气地给了他一脚，"家里的事。"

野哥又踹自己了！

葛亮高兴得想哭。会踹人野哥才是真正地回来了，再不用担心闹奇怪的脾气往深山老林里扎了。

原思捷不知道王野和家里发生了什么事，但先是请长假，又闹长白山这一出，想也知道内情不会简单。

"别冲动。"他也只能说这些。

王野朝他点一下头，刚转过身，一直安静的江潭忽然出声："凡事多想，想透了、想定了，再做。"

王野回头看他，片刻，勾起嘴角："定了。"

校门口附近的露天停车场。

王野的越野车早不在了，打王锦城的那天就被他爸没收了，他来这里，是找蒋天文的车。

蒋天文坐在车里，已经等待多时了。从王野逃出家，王总就让他派人在这里盯梢，今天下面的人一汇报王野回来了，他第一时间就赶了过来，不想电话打得通，就是一直没人接。

好在，几分钟前王野回了他的信息。

但是蒋天文怎么都没想到，出现在他面前的，会是这样一个王野。

背着登山包，头发长了一点，脸被太阳晒得黑了些，周身都显示着户外旅行的风尘仆仆，可你要去看他的眼睛，那里没有任何疲惫，甚至比蒋天文上次在王家看见他时，还更亮些。

"蒋叔。"王野来到车前。

蒋天文下车，虽然跟了王海辞半辈子，虽然王野叫他一声叔，他却很清楚自己的身份，不可能让王野站着，而自己坐在车里和他说话。

待到都在车外面对面站着，蒋天文才道："王总让我接你回去。"

王野眼里闪过一抹嘲弄："是接我还是抓我？"

人来得这么快，王野用头发丝儿想也知道是怎么回事。

蒋天文叹口气，缓声劝道："小城已经出院了，身体没大碍，你回去和你父亲认个错，再……"

"还有再？"王野被逗笑，"再什么，再给王锦城道歉？那傻×是嫌上次被揍得不过瘾是吗？"

"大野。"蒋天文的声音沉下来，眼角眉梢的皱纹都充满浓浓的不赞同。

王野一脸无所谓地卸下登山包，在里面找了半天，翻出一个钱夹，打开，把里面除了身份证外的所有卡，统统拿出来递给了蒋天文。

蒋天文眉心深深皱起，没接。

王野索性走到车前，顺着打开的车窗全丢了进去。

蒋天文心累，说："大野，你这是做什么？"

"蒋叔，就是你看到的意思，"王野扯了扯嘴角，"所有的卡我都在手机上解绑了，不会背地里偷偷刷的。"

蒋天文疲惫。父子没有隔夜仇这种话，对着王野他是讲不出来的。公寓的事只是这么多年中的一件，他是看着王野和王锦城长大的，再清楚不过王野都经历了什么，甚至很多时候，他也是帮凶。

因为他替王海辞卖命，他也只能站在王海辞这边。"别闹小孩子脾气。其他的不讲，单说以后的学费生活费，你怎么解决？"

王野说："那是我的事。"

蒋天文摇头："你在逃避我的问题。"

王野愣了下，嗤笑一声，向蒋天文走近一步，认真和他对视："蒋叔，你真觉得我在逃避吗？"

轮到蒋天文愣了。

那双二十岁的眼睛里，有讥讽、有嘲弄、有决心、有桀骜，唯独没有怯懦和逃避。

到最后，蒋天文只能给出连自己都觉得无力的陈词滥调："就听蒋叔一句吧，回去认个错，一切都可以重新开始。"

王野干脆乐出了声："重新？多久之前是新，从我刚出生那天算？蒋叔，这话你自己信吗。"

蒋天文沉默了，因为知道，说再多也无益。

王野已经铁了心。

蒋天文当年愿意死心塌地跟着王海辞最重要的原因，就是王海辞言出必行，说过的话就一定会做到，无论多难。

王家父子都是虎，可在跟了王海辞半辈子的蒋天文看来，王野身上那股狠劲儿，甚至超过了他的父亲。

这天晚上，和王野在一个宿舍住了快两年的兄弟们，第一次看见他从柜子里拿出了数位板。

三人根本不知道那玩意儿是啥时候进的王野柜子，但葛亮比那俩还好点，至少他曾偷偷看见过野哥电脑里那些令人惊艳叫绝的素描画。

现在葛亮知道那些既瑰丽浪漫又充满机械艺术的画作是怎么来的了，但他不明白王野都消极怠工两年了，不，说不定更久，咋又突然想要继续搞艺术？

王野旁若无人地将数位板连上电脑，而后坐到桌前，开始调试笔触。

原思捷实在忍不住了："王野，你在干吗？"

王野试着画了几笔，感觉还行："先赚钱，养活自己。"

"赚钱？"葛亮彻底迷惑了。

原思捷却听出另外的重点："先？那养活自己之后呢？"

王野画笔不停。"攒钱娶媳妇儿。"

娶媳妇儿那么远大的人生理想先放到一边，葛亮现在就想知道："野哥，你家破产了？"

"那倒没，"王野说，"但我'净身出户'了。"

空气安静。

葛亮半张着嘴呆愣。

原思捷错愕。

江潭手里的书直接掉了。

王野不卖关子："内部矛盾，不可调和，一拍两散。"简明扼要十二个字，概括完成。

葛亮还在消化巨大的信息量。

原思捷心中的种种疑惑，却在这里找到了答案。为何王野突然请长假、突然跑到长白山，为何毫无预兆翻出数位板说什么要开始养活自己……

王野还是从前那个王野，内心强大，行动力迅猛。

可从长白山回来之后的王野，又不是从前那个王野了，他不再不管不顾，会想得更多、想得更远，也想得更认真。

葛亮总算从汹涌的信息浪中艰难突围，大概明白王野是和家里决裂了，"净身出户"这一条就足以显示其决心。

到底发生了什么？

葛亮第一次意识到，王野好像从来没讲过自己家里的事，就连他是高富帅，家里贼有钱，都是自己高中的时候听别的班的同学说的，上了大学则是校内论坛的八卦人士反向输出回机械院的——当然，高、帅其实不用。

因为王野"不愿多谈"的态度明晰可见，于是在他高度精练的十二字后，509就彻底陷入了微妙的静默。

"王野，你真打算拿画画赚钱？"原思捷把话题转回王野的"致富之路"上，"你有画好的没，我们也帮你参谋参谋风格路线。"

他没看过王野机械制图外的作品，说实话，有点担心。

"好像存过几张，"王野没多想，点击鼠标在文件夹里翻找起来，"很早以前的了……"

过了会儿，王野终于找到尘封的文件，点开其中一个，放大。

正是葛亮曾见过的其中之一。

一艘在汹涌海浪之中的机械巨舰，舰身由机械装置构成，每一部分都充满想象力和机械美感，虽然只是素描的草稿，却好似那舰头破起的滔天海浪就在眼前。

原思捷直接跳下床走到王野的电脑跟前，江潭也起身过来，待看清电脑屏幕，眼中都有惊讶，甚至是一丝惊艳。

连江潭都情不自禁参与到"创业谋划"中来："商稿的话，素描肯定不行，你有上过色的吗？"

画是肯定画过，但存没存王野就记不清了，只得把所有文件都翻了一遍，终于在最后翻出一张彩稿。

最后一个凑过来的葛亮愣住，这是他也不曾见过的。

阴霾的天空下是一片荒凉的机械废墟，像废弃破败的未来城市，又像巨大迷幻的机械坟场，色彩用得不多，几乎都是冷色调，可层次细腻，明暗光影精准流畅，萧索冷冽的末日感扑面而来。

"重新注册个微博吧，就当画手号，"原思捷果断道，"几个知名的插画网站也都注册上，开专栏。"

啥也不用说了，有王野这技术，还犹豫什么啊，这样的天赋还不赶紧创作简直是对艺术的最大不尊重。

王野想的也是在公共平台上发表作品，继而接活，当下直接行动，一秒不耽搁，打开网页先注册微博。不过不算重新注册，因为他本来就不玩微博，没号。

结果刚在用户名那儿输入"王野"，就被俩室友拦住了。

葛亮说："哪有用真名的，你得想个拉风的ID①。"

王野问："王野不拉风吗？"

原思捷说："拉，但是肯定有重名，你得在名字后头跟个后缀，什么333、509……"

王野："……"

葛亮道："想个作者名吧，以后这个水印要加在你的每一张画上的。"

"这玩意儿我不在行，"王野往椅子背上一靠，大方让权，"你们来。"

葛亮说："以你这个实力，未来肯定火，粉丝嗷嗷往上涨，ID绝对要慎重，最好是高端洋气又朗朗上口，好听、好记又不失内涵。"

王野道："说这么一堆，名儿呢？"

葛亮说："米达拉。"

王野："……"

葛亮说："米开朗琪罗、达·芬奇、拉斐尔，文艺复兴美术三杰啊！"

王野："……"

原思捷说："太刻意了，我觉得还是要从心出发，你画画是为了什么？"

王野答："娶媳妇儿。"

原思捷："……"

王野瞥向一直沉思的江潭："给点意见？"

江潭道："我觉得王野挺好。"

看，他就说吧。

王野满意，转回电脑前面，开始填写注册信息。

葛亮撇嘴，原思捷摇头——无趣。

---

① ID：账号名称，此处指微博名。

"嗡。"

王野桌上的手机忽然震动，屏幕随之亮起。

林雾：今天的夜课你还上吗？

王野是不太想上的，才从长白山回来，被辅导员训了半天，又出去见了蒋天文，他现在一点都不想动，但拿过手机，对着林雾的询问还是毫不犹豫地回复：上。

林雾：那行，下课还一起去食堂吃饭呗。

王野：好。

不知是不是感觉到了王野回复的简练，过了几秒，林雾又问：你在忙吗？

王野：没，宿舍待着呢。

林雾：葛亮他们呢？折腾了一天，都累了吧。

王野：还行，也都待着呢。

在王同学身边站了一圈，两分钟前还在热火朝天帮他出谋划策，并且天真地以为短暂回完信息可以继续讨论的葛亮、原思捷、江潭都无语了。

王野：对了，问你个事。

林雾：嗯？

王野：我注册个微博，你觉得用什么 ID 比较好？

林雾：你还没有微博账号呢？

王野：没。

林雾：那就和你校内论坛一样呗，王爷 -509，还挺有特点的。

王野：你咋知道我的号？[你是不是在偷窥我 .jpg]

林雾：同学，你这 ID 就差把"王野"俩字儿顶脑门上了，认识你的都能认出来好不好。

王野抬头，环顾仨室友："能吗？"

葛亮、原思捷都道："嗯。"

江潭点头。

目送王野低头继续聊天，江潭才回过神似的皱眉，葛亮则和原思捷面面相觑——他们为什么还要站在这里？还那么配合地给王野当场外观众！

王野：你觉得这个好听？

林雾：[说不上为什么反正就是萌萌的.jpg]

"那就这个。"王野愉快地宣布。

手机放到一旁，回到电脑界面修改注册信息，填写后续，注册验证，一气呵成。

小透明画手王爷-509诞生。

关注0，粉丝0。

绞尽脑汁替王同学想出美术三杰这么优秀的ID的葛亮看向另两位室友，烈焰般的眼神能说话——以后再在这个重狼轻友的家伙身上浪费本人的聪明才智，我就是狗！

江潭："……"

原思捷："……"

夜，教室灯火通明，一派欣欣向荣的学习景象。

"哎，"旁边的人在课桌底下捅林雾，小声提醒，"老师可看你好几眼了。"

不知怎么就开始发呆的林雾一个激灵回过神，抬眼望讲台。

正赶上老师神情不郁地再次看过来，两人的视线彻底撞上。

这可是全系最严格的老师之一，没人敢在他的课堂上走神的，林雾心里开始敲鼓。

老师没点名，估计是看在他成绩优异平时课堂表现也很好的分上，重新把目光转回课件PPT，语气不快道："都注意听讲啊……"

课堂的空气又恢复了平静有序。

旁边刚才提醒林雾的那位是生态班的，此刻仍带着好奇，时不时偷瞥林雾一眼，不明白向来上课最积极、最专注的环工班学霸，今天怎么像不在状态似的。这不，才刚认真听讲几分钟，注意力好像又有点飘了。

别人不明白，林雾自己却很清楚。

都怪王野！

从傍晚回校两个宿舍各自去学院办公室到现在，他和王野已经分开五个小时了。

对于才在长白山上下来的他们，五小时很短，短到夜风从敞开的窗户吹进教室时，他下意识还觉得应该是微寒的山风，结果拂到脸上，都是初夏的温热。

然而对有不良前科的王野，五小时足够他逃跑一次了。

哪怕晚上发信息的时候那人还要注册微博，临上课之前还在微信里约着等下零点一起去食堂吃饭，可林雾就是怕王野反悔，怕他一想先前的糟心事又烦了，一看教科书又闹心了，怕下课铃一打，自己走出教学楼，却看不到那个跳跳的身影。

一朝被虎咬，十年怕虎跑。

他都让王野整出 PTSD（创伤后应激障碍）了！

下课铃又一次响起，距离午夜零点，只剩最后一节课了。

课间休息，林雾终于可以拿出手机发信息：[下课啦，别睡啦.jpg]

另一教学楼的某教室里，懒洋洋趴在桌上的王野看着新收到的信息，怀疑林雾在这间教室里安了监控器。

我是夜行科属，大晚上睡什么睡。——王野回得理直气壮，哪怕他依然像大猫一样慵懒地在课桌上摊成"猫饼"。

对面秒回：你大晚上是不睡，但大晚上上课除外。

"……"实在无话可驳，王野迅速在表情库存里翻找，准备"以图服人"。

翻着翻着，他忽然顿住，终于觉出奇怪来。

王野：你咋了，一晚上老给我发信息？

林雾：谁老给你发了。

林雾：我是下课太无聊。

林雾：打发时间。

林雾：[月有圆缺亏盈，不要自作多情.jpg]

王野逐渐迷惑，这断句、这频率、这表情包，分明大型"此地无银"现场。

王野：你到底咋了？让人欺负了？

王野：你在哪个楼，我现在过去找你。

王野：？

王野：人呢？

林雾几次想输入，又被王野催命似的新信息给打断，总算磕磕绊绊把信息回过去了：你得给我打字的时间啊！

微信里终于安静了，林雾松了口气，开始飞快琢磨怎么编一个比较合理的说辞，否则王野指不定还能脑补出什么大戏。

不料手机突然又振起来：还没打完？

林雾："……"他就知道指望王野有耐心是天方夜谭！

不编了，林雾放弃，老实交代：看你还在不。

王野：活蹦乱跳，生龙活虎。

林雾：……

王野：[你的问题迷惑得恰到好处以至于我不知道你是关心还是诅咒.jpg]

林雾：我问的是"在不"，不是"健在不"！

王野终于悟了：怕我又跑了？

林雾半天没回。

王野的心情莫名其妙好起来：我要再跑了，你准备咋办？

林雾牙痒痒，竟然还敢想这个：拉黑没商量。

王野：你不能。

林雾：我凭什么不能？

王野：拉黑我就没人罩着你了。

熟悉的字眼让林雾心里酸了一下，像又回到了收到王野告别信息的那一刻。

林雾：有人说以后都不罩着我了，让我自己支棱点。

王野：哪个王八蛋说的？

林雾：……

林雾：忘了，反正是一个脾气特别差、性格特别冲动、脑袋特别容易发热的人。

王野：[这么优秀肯定不是我.jpg]

林雾：不许装傻！

王野：你现在用谁的手机呢？

林雾一怔，这话题转换的速度能把人甩飞出去。

从辅导员办公室出来，他就第一时间去学校附近的24小时营业厅补办了手机卡，又买了一个便宜的低配机。

林雾：刚买的，咋了？

王野：以前的微信聊天记录还在？

林雾：没……

相册都从云空间下载回来了，但微信全空了。

王野：那就不算。

林雾：什么不算？

王野：那个脾气特别差、性格特别冲动、脑袋特别容易发热的人，说过的废话。

上课铃响。

同桌回来，就看见林雾脸上那还没来得及收的，冒着傻气的笑。

完了，他想，环工班的第一名可能要易主。

上课走神、下课发呆，究竟是什么让人这样无心学习？

午夜零点，王野准时出现在林雾上课的教学楼门口，混在一群等待女朋友下课的男同学之间，除了身高和颜值，其他方面毫无违和感。

林雾每次都怀疑他是提前几分钟溜出的教室，不然为啥无论两个教室相隔多远，王野总能先一步到他楼下？

"腿长，走路快。"王野每次都有充足的理由。

林雾说："同学，你只比我高一点点。"

王野说："五厘米。"

林雾："……"

王野问："哎，你跑什么？"

林雾说："腿长不够速度来凑！"

枝繁叶茂的林荫大道，两人一前一后，月光里，树影摇曳。

再次和王野坐到食堂吃饭，林雾安心，日子终于回到正轨，就该这样。

王野的心境却和从前全然不同。

走之前，他是拿林雾当朋友的，一个让他很在意、很舍不得，但又没去想过为什么的朋友。

现在不一样了，单是面对面吃饭，他的眼睛就没从林雾身上移开过，看哪儿都和以前不同，都比以前好看，怎么都看不够。

来自东北虎的目光直接得让林雾食不下咽，他终于忍不住了："你老看我干啥，我能下饭啊？"

王野一脸纯良："你吃你的，不用管我。"

林雾说："你这么盯着我，我咋吃？"真的是"虎视眈眈"。

王野乐了，很满意自己给小狼造成的影响力。

后半段林雾终于能踏实下来吃饭了，快吃完的时候，发现王野又一次拿出手机划拉了两下。

王野几乎不会在吃饭的时候玩手机，但今天晚上，林雾看他鼓捣好几回了。

"你看啥呢？"林雾问。

王野说："微博。"

"哦，"那就难怪了，刚注册嘛，新鲜劲儿还没过呢，"有啥新闻？"

"新闻？"王野说，"没注意。"

林雾往嘴里塞了个肉丸子，一边脸颊鼓得像小松鼠。"那你一直刷啥呢？"

王野说："看涨了多少粉。"

林雾心说一个小号要啥粉丝，忽然发现仍在刷手机的王野，眉宇间是难得的认真。

匆忙咽下肉丸，林雾感觉自己可能犯了个错误："你不是注册个小号随便刷刷八卦新闻？"

王爷 -509 的粉丝，经过几小时的发酵，从 0 变成了 3，每一个看着都像是系统自动分配的僵尸号。

"刷什么八卦，"王野收了手机，"赚钱的。"

赚钱？

林雾想问王野拿过手机看，发现对方收回口袋了，索性掏出自己的手机，在微博里搜索"王爷 -509"。

一幅画用作头像，简介是：画手，接活。关注：0。粉丝：3。截至目前一共发了五条微博，都是作品，四幅素描，一幅彩绘。

"这些都是你画的？"林雾这是第二次见王野的画，但和咖啡店那次的不同，那次王野只是拿铅笔随便画画，到最后也没真正画完，微博里放着的这几张却都是完成品。

透过这五张图，林雾仿佛窥见了一个宏大而又不失细腻，硬核又不失瑰丽的世界。

王野的世界。

忽然，林雾发现每张画的右下角都有签名，和微博水印几乎在一个位置，所以大部分都被挡住了，但仔细看还是能看出明显的手写体，龙飞凤舞的，应该是画手直接写在画上的签名。

林雾努力忽视水印，辨认了半天，认出来一个王，一个5，一个9。

王爷-509。

林雾顿时心情复杂："你问我 ID，是要当正经作者名？"

王野好整以暇地看他："还有不正经的吗？"

林雾说："现在这个就不怎么正经！"

他要知道王野是干这个用，怎么也不会随口说个什么 509 啊。

"我觉得挺好，"王野伸筷子夹走林小狼盘子里最后一个肉丸子，塞进自己嘴里，"够酷够特别。"

林雾半信半疑地瞟他："真的？"

王野一边嚼肉丸子一边点头。

林雾："……"怎么看都没有半点可信度！

饭基本吃完了，见林雾还在刷微博，王野闲得无聊，索性又把手机拿出来随便刷了两下，意外发现，自己的粉丝从3涨到了4，还有5个转发。

点进去，新增加的粉丝头像是一张满分试卷，用户名：学习真快乐。关注：79。粉丝：12485。

再进入"学习真快乐"的微博，最新的五条都是转发——

画手好厉害 [惊讶]//@ 王爷 -509：[图片 1]

真漂亮！//@ 王爷 -509：[图片 2]

[酷]//@ 王爷 -509：[图片 3]

学习之余，陶冶一下艺术情操 [比心]//@ 王爷 -509：[图片 4]

[大拇指]//@ 王爷 -509：[图片 5]

王野看着那熟悉的大拇指："……"

"帮你涨涨粉，"林雾嘚瑟得像在森林里撒欢的野狼，"我粉丝贼多。"

一万多粉丝，对网红来说肯定不算什么，但对普通人来说绝对不是小数了。

王野好奇地往下滑，想看看林雾是怎么吸粉的……

学习真快乐：背单词的方法都在长图里了，这是我自己总结的，不一定对每个同学都适用，如果能对你们有一些帮助，那就太好了！[图片]

学习真快乐：很多同学说对高数真的没辙，我的经验是，如果真感觉自己没有办法入门、听懂、系统地学进去，不妨退一步，采用"死记硬背"法，记公式，背类型题的解题方法，最好可以把前几届的期末考试卷子都拿过来做一遍，因为很多题目都是换汤不换药，换题干不换题型，只要你套对解题方法，就不会出大错，毕竟期末不挂科是我们的首要任务……

看了两条，王野就有点撑不住了，本来集中的注意力咻咻咻地往外飞，最后就剩个没有灵魂的空壳。

凭借最后一丝意志力，他点开其中一条的评论区。

热一评论：呜呜呜，学习真的很快乐。[泪流满面]

热二评论：拜学神不挂科，真的灵！[虔诚][虔诚]

王野："……"

这边林雾转发完，又切回王野的微博界面，再次看向简介里的"接活"俩字儿，心里渐渐升起疑惑。

王野好端端的怎么突然就要画画赚钱了？

毫无预警，王爷-509和学习真快乐的微博同时显示多出一条转发。

正在刷手机的两人，不约而同点进去查看。

学神是我偶像：啊啊啊第一次看见偶像发和学习无关的内容，偶像还比心了！[震惊]三分钟之内，我要这个王爷的全部资料！//@学习真快乐：学习之余，陶冶一下艺术情操[比心]//@王爷-509[图片4]

"林雾！"

夜间食堂嘈杂的空气里，突然传来熟悉的女声。

林雾抬头，发现自家班长邓茶茶正快步朝自己走过来，身旁还跟着另一位同班同学，邹凯，也就是班长大人的男朋友。

"你们怎么在这儿？"大半夜的，一个梅花鹿，一个黑犀牛，时间不对啊。刚分昼夜班那会儿邓茶茶确实跟了一段时间夜课，但最近都没再跟了。

"我俩过恋爱纪念日去了，"说话间，邓茶茶已来到林雾面前，随意地挥挥手，"但不重要，可让我逮着你了。"

邹凯跟在后面差点暴躁掀桌。咋就不重要了！

只有林雾捕捉到了班长大人一闪而过的羞赧，平白吃了一嘴狗粮。

"周末班会你没来，"邓茶茶迅速进入正题，"主要是校庆准备节目的事。"

林雾周末还在长白山呢。"校庆节目？咱班要准备吗？"

"每个班都要准备，"邓茶茶说，"学院下发的任务，最后再择优参加校庆晚会。"

这是正事，林雾认真起来，发现邓茶茶还站着呢，想让她坐，可桌上是自己和王野吃完还没收的餐盘，最后他干脆起身，挑了附近一张干净的桌子，和邓茶茶道："来这边。"

两人落座，这回终于可以面对面探讨了。

林雾问："那咱班准备出啥节目？"

邓茶茶答："话剧。"

搞笑话剧是学校晚会上最喜闻乐见的品类了，舞台效果最好，但对大家的要求也高，从剧本到表演都得跟上。

"我能做什么？"林雾主动请缨，作为班级一分子，义不容辞。

邓茶茶说："剧本。"

"啊？"林雾万万没想到上来就是最高难度，"我没写过啊，而且我也没什么幽默细胞……"但一想到是为班级，林雾心一横，答应得掷地有声，"我可以学。"

邓茶茶十分感动但是还要拒绝："那倒不用，剧本是其他同学写，你帮忙翻译就行。"

林雾疑惑："翻……译？"

邓茶茶说："我们要做一个英文动物童话幽默剧。"

林雾："……"你这定语也太多了吧！

这边林雾和邓茶茶讨论得火热，那边王野和邹凯各占一桌，一个东北虎，一个黑犀牛，一个眼神不爽，一个黑面黑脸，全都直直地盯着讨论中心。

走过路过的同学，本来没注意的，也要在骤然而来的寒意中，脚步一顿，然后小心翼翼躲过这俩低压云团。

为啥躲？

别问，问就是野性直觉。

"聊得差不多得了。"终于，邹凯第一个忍不住了。

王野也举起手机朝林雾晃晃，示意道："快上课了。"

邹凯瞥过来一眼。

此刻是午夜十二点四十，距离下半场夜课足足还有一小时二十分钟。

感受到身旁视线，王野转头看他："你瞅啥？"

邹凯答："瞅你咋的？"

刚因为呼唤看过来的林雾和邓茶茶："……"

一分钟不到，两位好斗分子被分别带离现场。

让这些事情一搅和，林雾到最后也没问王野为什么突然就想赚钱了。

可是等翌日清晨，下课回来的他躺在宿舍的床上，蓦地想起当时通过苏啸拜托盛南时，对方打听到的王家发生的事。

王野把王锦城打到住院，接着被自己父亲关在了家里反省，最后愣是从十几个人眼皮子底下跑出来了，把看守的人撂倒一片。盛南那个聊天群截图的原话是"一家三口都要气吐血了……"

一家三口，爸爸、妈妈、王锦城。没有王野。

忽然之间，那些疑惑都有了答案。为什么从长白山回来，明知道王家也在找他，王野却绝口不提回家的事；为什么开始那样认真地要用画画赚钱；

为什么夜里在食堂比平时少要了一个荤菜，还夹走自己一颗肉丸子。

心里闹腾得厉害，林雾翻身侧躺，晨曦照在脸上，微微发烫。

睡了吗？——他忍不住给王野发信息。

过了会儿，那边才回过来：本来睡着了，又让你振醒了，咋了？

林雾：没事，骚扰一下你。[龇牙乐.jpg]

王野：皮痒是吧？

林雾：[来打我呀.jpg]

王野：算了，打完还得我自己心疼。

林雾：……

林雾：我终于知道这个表情包该怎么用了。

王野：哪个？

林雾：[人间真善美，土味兄弟情.jpg]

王野：……

林雾：行啦，你睡吧。

林雾：[月亮哥哥给你唱歌.jpg]

五分钟后。

王野：歌呢？

林雾：……那只是一个代表晚安的表情！

509里，王野带着迷惑入睡，虽然到最后也没闹明白林雾是干啥突然找他睡前扯淡，但这不影响他带着没来由的愉快心情跟着迷惑一起入梦。

333里，林雾抱着手机睡着了，在梦境深处，他变回了一头小狼，趴在不知哪里遇见的一头小老虎身边，"嗷呜嗷呜"嚎个不停。梦境的画面是带兽语字幕的，小狼每嗷呜一句，那字幕就及时跟上：以后我养你嗷呜、跟着雾哥有肉吃嗷呜、你要乖乖的哟嗷呜、不许咬我嗷呜嗷呜嗷——

傍晚，333兄弟们下课回来，就看见林雾同学斜躺在上铺呼呼大睡，被子早被他踹到地上，再晚几分钟，估计他能把自己也蹬下来。

林雾听见关门声，迷迷糊糊地睁开眼："回来了啊……"

夏扬把地上被子捡起来拍拍灰，丢回他床上："梦见嘛了，大闹天宫？"

林雾呆呆的，完全是半睡半醒的样子，咕哝着："不知道，不记得了……"

任飞宇把给他带的饭放到桌上："赶紧下来吃饭，一会儿凉了。"

李骏驰是最忙活的一个，从进门就开始换衣服，俨然还要再出门的架势。

"你要出去？"林雾悠悠地打了个哈欠，终于彻底醒了。

"去学生会，"李骏驰说，"我找了一个宣传部的哥们儿，做背景板一绝！"

宣传部？背景板？

林雾一脸蒙，感觉自己好像落了好几节课，完全跟不上进度。

任飞宇见状，贴心解释道："是咱班的话剧，周末班会咱们都没去，校庆要表演节目，邓茶茶说李骏驰认识的人多，看他能不能找人帮忙'置景'。"

原来如此。

林雾终于懂了："英文动物童话幽默剧，这个'置景'是有难度。"

刚洗了把脸回来的夏扬闻言惊讶道："你知道？"

"班长大人半夜就找我了，"林雾说，"我负责翻译剧本。"

夏扬说："好嘛，全民总动员。"

全民？

林雾看向他俩："你和大宇也有任务？"

任飞宇说："我负责剧务。"

夏扬说："我负责演一个话痨茶壶。"

林雾："……"

——无数经验告诉我们，班会一定要准时参加，否则你就只能演大家挑剩的角色，而最大的不幸是，你还和这个角色莫名其妙地契合。

"行了，我先闪了。"李骏驰收拾完毕，眼看着就要出门。

"哎，你别走，"林雾赶忙叫住这匹即将奔驰的骏马，"先帮我关注个微博。"

333 四人都玩微博，但夏扬和任飞宇就是网上冲浪用的，账号和现在的王爷 -509 基本一样透明，只有林雾和李骏驰有点粉丝，一个靠学习，一个靠生意。

"行，"李骏驰二话不说把手机拿出来，"ID 是啥？"

林雾说："王爷，杠，509。"

李骏驰一边搜索，一边随口问："你的新号啊？"

林雾答："王野的。"

"王野？"李骏驰刚把账号搜到，不太确定地将手机屏举给林雾，"画手接活这个？"

夏扬和任飞宇本来就有点好奇想掺和，再听李骏驰这么一说，果断拿出自己手机也搜索起来。

分分钟，王爷 -509 就涨了 3 个粉——"李骏驰万事屋""跳到世界尽头""好运来那个好运来"——粉丝数量终于突破了个位数。

"这些都是王野自己画的？"任飞宇很快刷完王爷 -509 仅有的几条微博，吃惊不已。

夏扬也一样："他还有这技能？真人不露相啊……好嘛，跟他一比我的手就是后配的……"

见兄弟们都关注了，林雾索性得寸进尺："你们再帮着转发转发，宣传宣传？"

"赚钱的事，必须的啊！"李骏驰第一个响应，绝对的真情实感，咔咔转发还不忘回头和林雾道，"你帮我和王野说一声啊，恭喜他终于找到人生的正确方向。"

夏扬不太赞同："正确的人生方向就是赚钱？"

李骏驰毫不犹豫："当然。"

夏扬说："金钱不是衡量幸福的唯一标准，行吗？"

李骏驰深深凝望室友："不，它是。"

夏扬："……"

林雾："……"

任飞宇："……"

——当一个财迷有了信仰，他将无坚不摧。

"啧，这样不行啊，"转发完了，李骏驰又切回王野的微博，职业病上线，"简介咋能这么写呢，起步阶段就该有起步阶段的自觉，你这高冷得跟大神似的，谁找你。"

论学习，林雾行；论赚钱，必须看李骏驰。

"那你觉得该怎么弄？"林雾立刻虚心请教。

当天晚上，午夜食堂，林小狼循循善诱不成，威逼利诱失败，最后只能撒泼打滚加卖萌，终于让王野心不甘情不愿地把微博重新打造了一番。

王爷 -509，关注 4，粉丝 10。

简介：小透明画手，业务广泛，价格从优，商务可私信或联系邮箱……

置顶微博：胸中有沟壑，下笔有乾坤，立足微博，心怀宇宙。承接一切合法绘画业务，包括但不限于头像、封面、插画、定制物料……

林雾也曾犹豫过，觉得这样是不是有点俗。

他当时问李骏驰："画手的微博，还是应该有点格调吧？你这整得跟营销号似的。"

李骏驰缓缓摇头，一双眼睛仿佛看透了人生："俗话说，先成家后立业，先赚钱后装。"

林雾："……"

接下来的两周，全校所有人几乎都在忙碌中度过，为了即将到来的校庆。

一场暴雨过后，天气没凉，反而愈发闷热。

真正的夏天来了。

而在学校之外，时隔半月，蒋天文又一次到了王家。

半月前，蒋天文没有成功带回王野，只带回了一堆卡，一堆王野还给王家的卡。

蒋天文以为王海辞会发怒，然而没有，听到他转述的王野那些和家里决裂的话，王海辞只是笑。他觉得那是一种他打从心底看不起，连一句轻蔑的评价或者嘲讽都配不上的，最幼稚可笑的行为。

隔天，王海辞便因为集团的事出国了，但把蒋天文留在了国内，让他继续留意王野的情况，以便王野脑子清醒了，知道没了家里做依靠他什么都不是的时候，能灰溜溜地找回来。

可是现在王海辞都从国外回来了，王野却没一点回来的意思。

今夜无风，空气格外闷热。

王家别墅里却门窗紧闭，空调全开，温度低得像深秋。

蒋天文站在王海辞的书房里，将王野半月来的情况一一汇报。其实也没有太多可说的，无非就是他没像王海辞预想的那样，清醒了、后悔了、回头了。

王海辞听着，脸上表情没什么变化："他一直待在学校？"

蒋天文答："是的。"

王海辞问："没有再动过那些卡里的钱？"

蒋天文听得出老板已极度不悦，无奈只得硬着头皮据实回答："是的。我一直在定时查那几张卡，再没有过消费记录……"沉吟了两秒，蒋天文还是补了句，"我上次跟您汇报过，大野明确表示已经解绑了那几张卡，他从小就是说到做到的性子……"

王海辞淡淡抬眼，眼里一片阴沉。

蒋天文立刻止住话头，不敢再多嘴。

虚掩的门外，田蕊端着一盅厨房阿姨刚炖好的补品，想给丈夫送进去，结果发现王锦城正扒着门缝偷听呢。

"你这孩子……"田蕊压低声音，顾不得手上的补品，先将王锦城带离。

王锦城不情不愿地跟亲妈回了客厅，才敢出声："妈，你干啥啊，我就听听……"

"你这孩子,"田蕊看似批评,实则宠溺,"大人的事,你能听懂什么。"

王锦城没正形地躺进沙发:"什么大人啊,说王野呢。"

田蕊刚要再去端补品,闻言一愣:"你哥?"

"对啊,"王锦城撇撇嘴,"说他半个月没花卡里一分钱。"

田蕊沉默,对于王野的倔强,说意外,又好像不意外。

"喊,"王锦城不屑地哼,"要我说听他吹,还以后不花家里一分钱,不花钱他吃啥、喝啥!等着吧,过不了一个月他就得回来。"

一个月或许有点短。但田蕊也认为,大儿子最终总还是要回来的,思及此,她又想起王锦城被打住院时的样子,连心疼带生气,恨不得对小儿子耳提面命:"你给我省点心,别再闹事,以后整个集团都是你的,就算你哥想跟你争,你爸和我也不会同意,你还总招惹他做什么。"

王锦城不说话,自出院回来他已经被轮番教育好几次了,知道顶嘴也是给自己找罪受。

但心里七个不服八个不忿。他闹事?他都被王野给揍进医院了,被打的时候他真以为自己要死了,现在白天睡觉还总做噩梦,这事绝对不可能就这么算了。

以为儿子不再犟嘴是终于把自己的话听进去了,田蕊很欣慰,端起补品,再次去往书房。

进门的时候,书房内的空气明显凝固了,王海辞的脸色阴沉得厉害。

田蕊想也知道是因为什么,就算没有王锦城的偷听,最近一段时间能让他们家阴云密布的,也只有王野了。

"别气了,不值当,"她将补品放到桌上,柔声劝,"就当我们白生了这个儿子。"

"你懂什么,"王海辞的语气淡淡的,声音却很冷峻,"这是脸面问题,我连自己的儿子都管不好,让别人怎么看?"

田蕊沉默。

的确，对他们这样的家庭，子女教育和生意一样，都是身份和脸面的象征。王锦城已经离优秀十万八千里了，但至少没闹出格，而且很孝顺，在生意场上那些朋友的子女里，比上不足比下有余。但王野不一样，如果他真的和家里脱离关系，传出去，王家可要彻底没脸了。

"那现在……"参不透王海辞的想法，蒋天文只得询问。

"再等等，"王海辞看向窗外的夜色，目光冷然，"我倒要看看他能坚持多久。"

同一时间，正在上夜课的王野终于接到了事业生涯第一单业务。

我是一只火烈鸟：喜欢你的画风，我想画头像，报个价。

对饭卡就要见底的东北虎同学来说，这条私信就像及时雨。倒不是说一个头像能赚多少钱，主要是万里长征终于迈出了第一步。

对方是一个解说游戏的 UP 主 [1]，私信聊了几句后，就加了王野的 QQ。

换了聊天工具，沟通效率一下子高起来。

王爷 -509：你想要什么风格？

小火哥：高端！洋气！有格调！

王野手上停顿两秒，继续敲字：别给概念，说具体的。

小火哥：像你微博里发的那几张画那样。

王爷 -509：那些和头像是两码事。

小火哥：怎么就两码事了？

王爷 -509：头像，头像，你得有个头。

小火哥：……你什么语气，你这种态度咋个做生意嘛。

小火哥：就那几张画那样风格的头像。

王爷 -509：……

小火哥：哎哟，你搞艺术的拓展一下想象力嘛。

---

① UP 主：网络用语，指在视频网站、论坛等平台上传视音频作品的人。

王野这一次停顿的时间更久，久到足够他吸口气，再缓缓呼出。

王爷-509：类似的头像，你有图吗？发一个。

小火哥：不行，你容易先入为主，到时候画起来带着别人的影子，就不是独一无二的了嘛。

小火哥：算啦，我再说具体一点，就是英俊中带一点神秘，斯文中带一点不羁，邪魅中带一点温暖，柔情中带一点硬核，懂了吧？

坐在王野前桌的同学，忽然听见背后有活动指关节的咔咔声。

鉴于机械班王同学长了一副标准的不好惹的样子，同学愣是浑身紧绷，没敢回头。

如果不是隔着网线，王野真想把这只火烈鸟一脚踹回地中海沿岸。

王爷-509：不懂，你找别人吧，删了。

小火哥：？

小火哥：你这什么态度嘛。

小火哥：我要回微博挂你！

王爷-509：随便。

小火哥：……

小火哥：你是猎豹吗？脾气这样暴烈。[咦，这是谐音梗.jpg]

小火哥：哈喽？

小火哥：哈喽？

小火哥：你这样做生意不行的，我是甲方，提要求很正常嘛。

小火哥：你再考虑考虑？我真的很喜欢你的画风。

小火哥：我都这样低姿态了，你给个回应嘛……

王野懒得看，已经进入界面了，点一下就能删除好友。

可在最后关头，他又停住了。

在长白山上答应林雾回学校的那一刻他就在心里想定了，以后遇事不要再冲动，别脑子一热，就什么都不管不顾了。

但眼下，凭借自我意志力实在压不住火。

果断切回手机桌面，点开浏览器，王野沉吟两秒，开始搜索……

几分钟后，终于在某知名问答网站搜到了一条有帮助的话题——你有过想揍甲方的时候吗？通常这种时候，你会怎么办？

点赞最高的回答：

作为一名资深设计狗，想揍甲方这种念头，不是有过，是天天有、时时有、刻刻有。

我总结的方法就是，在想动手的时候，心里默念三遍我做这份工作的理由或者动力。如果我的理由或者动力有足够的支撑力，通常都会很有效地消解我对甲方的怨念，如果支撑力不够，那这工作也没什么意思，别克制了，揍他！

理由？

王野将信将疑地皱眉，在心里默念：赚钱，赚钱，赚钱。

旺盛的心火，无动于衷。

吃饭，吃饭，吃饭？

亦然。

生存，生存，生存？

屁用没有。

娶媳妇儿，娶媳妇儿，娶媳妇儿？

王野："……"

几秒后。

王爷-509：在？

小火哥：回心转意了？

王爷-509：明天给你初稿。

小火哥：突然这么痛快？

王爷-509：[为我们的友谊干杯.jpg]

小火哥：……

第七章　决裂

第一笔生意接单成功，背后是王爷 -509 近半月来稳扎稳打的用心经营。

在李骏驰的指导下，林雾不只手把手教王野改了微博简介和置顶，还将微博背景从大众模板换成了王野自己的画，还不是随便换上就完事，而是将画幅尺寸调了又调，只为换上后达到最好的界面视觉效果，既漂亮又有吸引力，又不会显得杂乱，对微博内容喧宾夺主。

除此之外，微博还要保持每天有更新，如果暂时没完成新作品，那就把正在创作中的情况拍一些小视频，经常性地和大家分享，保持一个热情创作者的积极形象，而在视频中不经意露出的未完成稿，也会让大家对成品有所期待。

王野画画都是在宿舍，录视频的工作自然就落到了 509 的兄弟们身上，通常是谁有空，谁就帮忙录一下。

江潭还好，他上阵基本就是一个沉默地录，一个沉默地画，虽然完成的视频往往让人误以为自己开了静音，但过程总归自然平顺。

葛亮和原思捷就不行了。

一个总想为野哥打造亲民人设——

葛亮一开口："我要开始拍了，野哥你这个侧脸绝了，这鼻梁，这完美的下颚线，哎野哥你笑一下，就微微抬头看着电脑屏幕，沉浸在艺术陶醉中那种笑，这样显得特别有亲和力……"

"啪！"

野哥一脚踹过来，拖鞋飞到了摄影师脸上。

一个总想满足自己的艺术追求——

王野问："还没开始？"

原思捷道："再等等，现在光线不好，达不到最完美的光影效果。"

五分钟后。

王野不耐烦："还不行？"

原思捷答："行了行了，来，你把身体微微往左偏一点，15度，对对，就这样不要动。"

王野道："不动我怎么画？"

原思捷道："你太不懂粉丝心理了，你都在视频里露脸了，画还重要吗？这条微博的话题我都帮你想好了：心有猛虎，细嗅蔷薇，明可靠脸，偏要靠才华……"

"啪！"

野哥触控笔一拍，不干了。

纵然如此磕磕绊绊，王爷-509的粉丝还是有了稳步增长。

最开始一天十几个，大多是从林雾的微博过来的，待到王野发了第一个由江潭拍摄的小视频，当天粉丝的增长量直接突破一百，评论全是"这背影我可以！""你敢不敢回个头""敢挑战寸头的必须是帅哥啊，爱了……"

林雾现在除了每天上课，还要跟随班级排练话剧以便随时调整剧本，时间排得满满的，却仍是一有空就刷王野微博。

看见王野终于发了视频时，先是欣慰——李骏驰的指导思想得到了落实，结果一刷评论，全是夸王野背影帅、身材好的。

林雾闷闷地看了半天，末了转发——

学习真快乐：感谢 po① 主分享创作过程，期待成品！[撒花]//@王爷 -509：[视频]

转发王野的微博已经成为"学习真快乐"的日常，学神的粉丝们也习惯了，但今天，敏锐的他们嗅到了一丝异常，毕竟除了热爱学习的主动技能外，他们还无差别地拥有一个被动技能——在线吃瓜。

图书馆占座是狗：只有我一个人觉得学神这条转发有点敷衍吗？（超小声）

呆毛酱：之前都是 [比心][哇][超级棒]，今天这个 [撒花] 没有灵魂。

屋里挂柯南想挂科都难：以前都叫人家神仙画手，现在叫人家 po 主。[心酸 .jpg]

999 考试灵：是不是吃醋了？我看原 po 底下一堆喊帅哥回头的？

全校停电真快乐回复 999 考试灵：盲生，你发现了华点②[推眼镜 .jpg]

林雾转发完就没管了，结果忙完再拿出手机一刷评论……

这都什么奇奇怪怪的脑回路！

但不知是不是让评论影响了，林雾看着自己那条，也觉得好像有点敷衍。

等到过了两天，王野发了第二条视频微博，在葛亮的掌镜下露出了侧脸，粉丝数量又迎来一波增加，林雾替王野高兴之余，心态也从"你们不要总看脸，看他的才华好不好"，转变为"王野是挺帅，但也没帅到惨绝人寰吧，评论里你们是不是太夸张了……"

---

① po 主：网络用语，指微博博主或论坛楼主等。
② 网络流行语，指对方发现了常人没有看到的东西。

尽管心里嘀咕，但落到转发上——

学习真快乐：人帅，画更帅！ [惊叹][打 call][转圈圈]//@王爷-509：[视频]

然而最终，热评第一是：只有我一个人觉得学神有点用力过猛吗？

林雾：“……”

以后“只有我一个人觉得”这种句式可不可以禁掉！

等到原思捷追求光影追求角度的第三个视频发上来，完美的画面效果，将王爷-509单日吸粉数量推到了最高峰。

林雾看见那条微博的时候，脑子里什么都没想了，满心满眼只有视频里的王野，他拿着触控笔，认真勾勒每一处线条，目光坚定，下笔更坚定，完全彻底地沉浸在自己的世界里。

等他意识到自己干了什么，微博已经转发出去了。

学习真快乐：专注的男人最帅！//@王爷-509：[视频]

林雾原地懵圈，第一反应就是赶紧删，可就在这短短时间里，下面的评论就已经刷起来了。

学渣007：这是……官宣了？

屋里挂柯南想挂科都难：一般这种不带表情的，那就是走心了。

学神是我偶像：这几天我都没敢评论，我以为学神和王爷感情破裂了，原来没有，真好！[喜极而泣.jpg]

林雾：“……”

你们这些秒回的是住在微博里吗！

想来想去，林雾最终没删，怕多此一举再被解读出奇怪的含义，同时安慰自己，夸自己哥们儿帅又不犯法，嘁。

万万没料到，当天傍晚，下课回来的专业指导李骏驰就面色凝重地拿着手机找过来了：“林雾，你俩怎么不按套路来呢？”

才睡醒的林雾完全茫然：“啥？”

李骏驰一脸担忧："虽然我说过，现阶段吸粉涨粉是首要任务，但你俩不能兵行险着啊，这种路线确实吸粉快，可风险太高了。"

"……"林雾躺平回去，静静凝望天花板，对这个线上线下都喜欢进行奇怪脑补①的世界绝望了。

"我去？"又刷了一下手机的李骏驰，发出惊叹，"王野可以啊。"

听见了王野的名字，林雾总算又强撑起了一点精神，转头问："可以什么？"

"营销啊，"李骏驰没想到一向抗拒营销的王同学，在这条路上不只无师自通，还十分专业，他把手机举到林雾眼前，"我现在忽然觉得你俩可以在这条路上走得更远。"

林雾凑过去，定睛一看。

王爷 -509：你的。//@ 学习真快乐：专注的男人最帅！//@ 王爷 -509：

[视频]

王野的生意成功开张，林雾还是通过微博知道的。因为这阵子大家都忙，除了午夜下课一起吃个饭，其余时间两人很少打照面。

这天清晨回到宿舍，林雾照例刷王野微博，发现他放了一张新作品，就是三段视频里一直画的那张，已经完成了。

比之前的作品更细致、更成熟，也更有冲击力，机械的美感在冷色调的大环境里，呈现出一种迷人的妖冶。

微博下的评论也开始回归到作品本身，有专业讨论画技的，也有表示"我不懂画我只会给大佬跪下"的，还有人开始替王爷 -509 鸣不平"这么棒的画手怎么不红呢"。

王爷 -509 目前的粉丝刚刚突破 2000，林雾一般都会把评论从头看到尾，没承想就在一片和谐的讨论中，看见一条有点特别的。

_____

① 脑补：网络用语，脑内补充某些情节的意思。

我是一只火烈鸟：啊啊啊啊我要差评，你给我画的头像和你这张图的质量差十万八千里！[生气][生气][生气]

评论是半小时前留的，但下面已经有了16条回复。

林雾全点开，结果前12条居然是两人直接在评论里对上线了。

王爷-509：这种图缩小之后就是一片糊，你拿来当头像？

我是一只火烈鸟：你在讽刺我什么都不懂吗？

王爷-509：把吗去掉。

我是一只火烈鸟：你什么态度！

王爷-509：你还要约图？

我是一只火烈鸟：啊？没啊。

王爷-509：那就是这个态度。

我是一只火烈鸟：你之前还为我们的友谊干杯！

王爷-509：[饮酒有害健康.jpg]

我是一只火烈鸟：枉我还跟我朋友安利①你，让他也找你画头像。

王爷-509：[但小酌怡情.jpg]

我是一只火烈鸟：……

后4条是围观群众。

菠萝罐头：真是双标得坦坦荡荡，但为啥我居然get（体会）到了画手这该死的魅力。

瓜田的猹回复菠萝罐头：学神也超级迷人，姐妹快过来跟我一起嗑糖！

菠萝罐头回复瓜田的猹：？？？

瓜田的猹回复菠萝罐头：指路@学习真快乐，不甜不要钱！

林雾现在看到这些冒着粉红泡泡的评论，已经淡定了，爱咋咋的吧。

把王野和火烈鸟的那一段聊天截了图，林雾切出微博，将图直接发到王

---

① 安利：网络流行语，指分享、推荐。

野微信上，知道对方这个时间肯定还没睡。

　　林雾：[截图]

　　林雾：你给人画头像了？

　　果然，王野很快回复：嗯。

　　林雾抱着被子侧躺，蹙着眉打字：你咋没跟我说。

　　王野：没多少钱。

　　林雾：不是钱的问题。这是开张大吉，你告诉我我还能跟你一起高兴。

　　微信那边安静了一会儿，才回来信息。

　　王野：本来想说，后面一生气忘了。

　　林雾疑惑：生气？

　　王野：网线救了他。

　　林雾：……

　　不用多问了，自从知道王野要画图赚钱之后，林雾就上网了解了一下画手们的工作日常，完全能脑补王同学的暴躁。

　　林雾：不管怎么说，你还是成功交图了。

　　林雾：[摸摸头，辛苦了.jpg]

　　王野：自我调节一下就行了，没多难。

　　林雾回去看了一眼王同学掐火烈鸟的截图……确定没多难？

　　林雾：你咋调节的？

　　王野：想你。

　　林雾：……咱俩私聊你就不用营业了！

　　王野：觉得烦？

　　林雾：那倒不是。

　　王野：那就行了。

　　林雾眉头打结，总觉得有一种自己掉到坑里的微妙感觉。

　　习惯性地切回微博再刷了两下，发现就这么一会儿工夫，王野的粉丝数又涨了二十几个，最新那张作品下的评论也在持续增加。

林雾蓦地有点骄傲，就像自己家的金子终于被人发现在闪闪发光了。

509 里，王野刚放下手机，准备洗把脸去把风扇开开。

不料又一声"嗡"。

林雾：你有时间也给我画一张呗，随便画什么都行，你自由发挥。我不白要，这算是找你约稿，不然等你以后红了，再找你就贵了。[噼里啪啦打算盘.jpg]

王野挑了下眉，嘴角往上。

晨风吹进 509，驱散闷热，带来一阵凉爽。

王野倚着窗边，回复：你打算给多少稿费？

林雾：你说，我绝对不还价。[金主的自信.jpg]

王野：找个没人的地方，觉醒一小时让我揉一揉。

林雾：……

王野：不行。

林雾：你也知道不行啊！

王野：至少三小时。

随着校庆临近，气温也一天比一天升高，正午走在没有林荫遮挡的路上，看远处都是微微模糊的，那是地面蒸发的水汽晃动了视野。

好在林雾大多是傍晚才出门行动，班级的话剧排练也告一段落——没有进入学校晚会的节目单，但学院表示，这个节目从舞台到表演、从内涵到格调都比较优秀，浪费实在可惜，遂决定提前纳入下学期的环境院迎新晚会节目单。

不管怎么说，全班的努力也算有了圆满的结果，作为编剧之一，林雾很开心。

他这边是闲下来了，可王野却愈发忙碌，约稿一个接一个，虽然还都是头像或者简单物料那样的"小"作品，但"不积跬步无以至千里"——这话是李骏驰引用的，一到赚钱上，李同学的知识储备就无穷无尽。

今天周末，夕阳似火。

林雾早了一小时起床，去食堂吃完饭，刚回宿舍，就收到了信息。

王野：吃饭没？

林雾：……刚吃完。

王野：哦。

林雾：我以为你还是在宿舍吃。

王野：刚画完一个，正好出去透透气。

林雾：这就对了，我早就想说，罗马不是一天建成的，画也不是一天画完的，你该休息就休息，别给自己太大压力。

王野：早就想说，你咋没说？

林雾：……

林雾：不是怕影响你的创作积极性吗！

王野：以后心疼我这种事，及时说，再有延迟扣钱。

林雾：扣钱？我是在你那儿有存折啊，还是跟你绑定了银行卡啊？
[喊，你就吹吧.jpg]

王野：稿费。

林雾：啥？

王野：画画的稿费。

林雾：你的稿费和我有啥关系？

王野：以后都是你的。

王野：？

王野：人呢？

林雾：[你能不能正经说话.jpg]

王野：[我不正经吗？.jpg]

林雾：[哪里正经！.jpg]

王野：你知道上一个发这个表情的是谁吗？

林雾：这种表情还能撞？

王野：你一个铁粉，在你评论区，说我不正经，影响你学习。

林雾：……然后呢？

王野：现在真香①了。

晚上林雾躺下刷微博的时候才反应过来，他就多余担心王野"有压力"，一个连他铁粉在他微博底下说什么都能发现的人，这得刷手机刷得多勤？再多压力也都纾解了好吗！

一夜悄然而过，林雾准备入睡，李骏驰的手机铃声却骤然响起。

"我赚钱啦赚钱啦，我都不知道怎么去花……我坐完奔驰开宝马，没事洗桑拿吃龙虾……"

动感节奏让李同学霍地睁眼，瞬间一个鲤鱼打挺，满状态起床。

"喂，景哥……对啊，周末没课，你那儿又缺人了？"

通常给李骏驰打电话的除了外卖员就是雇主了，尤其到周末，李同学业务更繁忙，林雾他们早习惯了。

就是今天这个时间也太早了吧，林雾瞥了一眼手机，好嘛，跑早操正合适。

"啊？我去，这什么人啊……"李骏驰的语调突然气愤。

夏扬和任飞宇被吵醒，迷迷糊糊循声而望。

不料前一秒还"同仇敌忾"的李骏驰，又多云转晴了，还不是普通的晴，是艳阳高照："没问题啊，你不是看过他的画吗？和你这个风格简直太契合了，你放心，我和他一说准行……哥啊，弟弟我还不知道你吗，差啥都不差钱，最重要的是得把活给你干好！得嘞，你就放心吧，一敲定了我马上给你电话！"

画？

---

① 真香：网络用语，指发誓不做某种事最终还是去做了。

林雾别的没注意，就捕捉到这一个字儿，完全是出于本能。

还没等他问，放下手机的李骏驰就兴奋地看向林雾："赶紧联系王野，我给他接了个大活儿！"

夏扬凑热闹："别介，我先问问，多大？"

李骏驰说："这是一个开密室逃脱的小老板，富二代，不差钱，最近新弄了个蒸汽朋克风格的密室，马上要开张了，之前谈得好好的一个画宣传海报的，结果画得完全不是他想要的，让修改吧，直接撂挑子了……"

"好嘛，说那么热闹就一海报，"夏扬转头问林雾，"是不是海报没多少钱？"

"看哪种，"林雾也是王野靠画画赚钱了，才慢慢了解这一行，"如果弄点元素简单设计设计就行，那没多少钱，如果全原创绘画，那就等于画一幅插画……"

李骏驰问："五千，咋样？"

林雾瞪大眼睛："五千？"

李骏驰说："一口价，行不行？"

林雾说："太行了。"

"具体的我也没细问，但是他说将来要彩喷巨幅海报的，所以让原始画稿的尺寸就得画大点，层次细节多点，不然扩成巨幅海报的时候图就糊了……我也不懂，估计就是画的时候挺费工夫吧，"李骏驰噼里啪啦说了一堆，然后催林雾，"反正你就联系王野吧，他要愿意接，到时候再自己和那边细谈，这些专业的他肯定都明白。"

"行。"林雾二话不说，直接给王野发了语音邀请。

那边秒接："咋了？"

"李骏驰帮你接了个活，一个密室逃脱，画蒸汽朋克风格的主题海报，五千。"林雾一口气把事直接说全了，一个要素没落下，兴奋得就像自己要日进斗金了似的。

王野也很意外，刚熬夜画了整宿有着各种奇奇怪怪要求的定制物料，一度以为赚钱之路就要这么走下去了，没想到竟然来了个蒸汽朋克生意。

那是最能体现机械风格的主题之一了。

林雾说："李骏驰说那个小老板不差钱，但是和上一个画手合作不太愉快，然后要做巨幅海报，所以说画幅得大，细节得多点什么的……"

"明白了。"王野说，"是李骏驰跟那边谈，还是我直接谈？"

这就是接了。

林雾立刻隔空朝李骏驰点头。

李骏驰指指自己的手机。

林雾会意，和王野说："李骏驰先给那边回个信，具体的看对方安排。"

王野道："行。"

从509下到三楼，再经过一段走廊来到333门前，需要几分钟？

野哥给的答案是：49秒。

林雾看着站在333门口的王同学，心说你是飞过来的吗！

李骏驰正好结束跟景老板的通话，看见王野已经到了门口，乐了："我还打算去找你呢，赶紧进来。"热情洋溢地把人招呼进来，李骏驰很是欣慰，"这就对了，咱们在赚钱上就得有这种行动力！"

自长白山之行后，333和509两宿舍的友谊就有了质的飞跃。比如校内碰见，双方会自然寒暄，有一次食堂人满为患，任飞宇、夏扬偶遇已经独自落座的江潭，对方竟然破天荒地主动说可以拼桌。再比如现在，王野不请自来，谁也不觉得有什么奇怪的，哪怕是刚被吵醒没多久，依然迷迷瞪瞪，完全不知道兄弟们一早上在忙活啥事的夏扬和任飞宇。

"那边咋说？"一进门，王野便问李骏驰。

"让你今天有空的话，直接过去，"李骏驰说，"一个是当面聊聊，一个是实地看看他那个密室。"

"行，"王野干脆道，"几点？"

"越快越好呗，"李骏驰说，"现在正好是夜场结束，白天场还没开始的

193

时候。"这也是对方一大早就给他打电话的原因。

"我随时能出发，"王野本身穿的就是能出门的衣服，回头看林雾，"一起去？"

当然，林雾想也不想就点了头。

然而在赚钱这件事上，没有人能追赶上李骏驰的效率，于是当阿拉伯马同学整装完毕，丛林狼同学才刚刚开始洗脸。

"林雾，你快点儿！"李骏驰忍不住催，"你现在浪费一秒，未来王野就晚交稿一秒，那稿费就晚到账一秒，你现在浪费的是时间吗？不是，是真金白银的利息！"

刚往脸上扑了一把水的林雾甩着水珠猛回头："信不信我让他拒接你这个活儿——"

李骏驰不信邪地转头看王野："你听他的？"

王野说："看情况。"

李骏驰问："赚钱的事也听他的？"

王野说："那这个是。"

"……"李骏驰心口疼，贼疼。

任飞宇和夏扬交流了半天，总算搞清了来龙去脉，十分羡慕李骏驰广阔的人脉，但也好奇，毕竟李骏驰的业务范围一般都在本校和兄弟院校内。"这个景老板你咋认识的？"

李骏驰说："前一阵业务少，我找兼职，就找他那儿去了。"

"在密室逃脱里兼职？"任飞宇瞬间充满向往，"应该很有趣吧？"

"那可太有意思了，"李骏驰陷入回忆，露出谜之笑容，"之前有一个客人被我追着跑，好家伙，都快跑飞了，绝对是鸟类科属。"

任飞宇蓦地咽了下口水，弱弱地问："你负责啥啊……"

"在恐怖主题密室逃脱里当女鬼。"李骏驰一脸骄傲。

清晨刚过，强烈的日光照在柏油马路上，明亮晃眼。不多时，洒水车行过，总算给炎热的空气里带来片刻凉爽。

三人抵达密室逃脱场所的时候，一个三十岁左右穿着清爽的男人，正在店门口仰头看门面招牌。

"景哥——"李骏驰离得远远的就热情呼唤。

男人闻声转头，一看是李骏驰，立刻走几步迎过来："你小子挺速度啊——"

是个爽快人。

林雾稍稍放心，应该能和王同学沟通到一个频段去。

"这就是王野。"李骏驰先介绍他俩，"这是林雾，我一宿舍的哥们儿，也想过来看看。"

"欢迎。"景老板很客气，但也不整虚头巴脑的，直奔主题，指着招牌上方一大块空墙面道，"这就是我打算挂海报的地方。"

李骏驰仰头看了半天，总算对所谓的"巨幅海报"有了明确认知："这可真够大的啊。"

景老板看向王野："能画吗？"

"没问题，"王野说，"就是慢点儿。"

这可比一般的插画都复杂，因为细节必须更多，才能在放大再放大的时候，依然有内容。

"最好能尽快，"景老板说，"我密室都好了，就等着开张呢。"

"密室在哪儿？"王野没急着应，"先去看看。"

三人在景老板带领下，进了蒸汽朋克主题密室。刚装修好的各个房间都是崭新的，陈设和机关很精致，场景氛围既有十九世纪工业革命的古典机械感，又充满了后现代的瑰丽浪漫。

而且密室明显考虑到了不同科属的破坏力……呃，发挥空间，在场景的建造和机关的设置上，无不更高更快更强，更坚固更复杂更扛击打。

这个密室绝对是用了心、下了功夫的。

李骏驰说:"景哥,你这回请的设计团队厉害啊……"

对于密室的精妙,林雾和李骏驰只会感叹,王野却会认真观察每一个房间的每一个角落,遇上装置或者机关,还要停下来凑近研究半天。

景老板一开始还滔滔不绝地介绍,后来就不吱声了,因为很明显王野也没咋听。

一直到第三个房间,他有点忍不住了,问王野:"你不用拍点照片回去当素材?"

王野总算看了他一眼:"你这不是密室吗?照片流出去就等于剧透,谁还过来玩儿。"

景老板万没想到还让一个学生替自己的生意操心了,连忙爽快道:"没事,你随便拍,我信得过你。"

"别了,"王野不假思索,"这玩意儿你就得从源头杜绝。"

景老板:"……"

莫名其妙有种被人教育了的微妙感。

李骏驰看出了景老板的担忧,低声替他问王野:"就这么拿眼睛看,你画的时候不会忘了吧?"

王野抬头,目不转睛地观察屋内装饰最烦琐最复杂的一面墙:"记的不是实景,是感觉。"

李骏驰不太能跟上艺术创作者们缥缈的思路,有点担心地瞟景老板,怕他觉得王野不靠谱:"景哥,我这个同学吧,他就是……"

"就是这样,"景老板高兴得不得了,全然没注意李骏驰,和王野说,"我跟上一个画手就讲了,要实景的话我直接拿个高清照片彩喷好不好,保证细节清晰,但那样不对,我要的是一种高于实景的艺术感,要让海报第一眼就给人以美的冲击力!"

李骏驰:"……"

你俩真是完美甲乙方。

林雾全程安静,看完一个场景,剩下的时间就看王野。

他没这样直观地见过认真的王野。专注、沉默，因为心无旁骛，给人一种难以接近，更不敢打扰的压迫感。

但又格外有魅力，有另一种更迷人的帅气。

这几天气温突然陡峭升高，仿佛一列原本匀速往酷暑去的列车毫无预兆地提了速，白天像烤箱，晚上像蒸笼，在宿舍里根本待不住。

同学们的学习积极性前所未有地提高，有课的上课贼积极，没课的也找空教室自习或在图书馆里扎堆，总之，哪里有空调哪里就有人。

但还是有人例外。

林雾：他没出去？

葛亮：嗯呐，还搁那儿画呢，连姿势都没变，我怀疑他从昨天晚上坐那儿到现在就没挪过窝。

因为景老板催得急，王野从接了活就开始埋头苦画，这一阵林雾怕打扰他，自觉减少了聊天频率，可又想知道他的情况，只好从侧面打探了。

林雾：你们宿舍不热？

葛亮：咋不热，我半夜热醒好几回。我是真服了，真的，就野哥这毅力，干啥能不成啊，别说画个画，就是他说要上天给人摘月亮，我都不带当比喻听的，那就是行动方案。

林雾让葛亮逗乐了，回：你野哥上天也是要和太阳肩并肩，才不干摘月亮这么文艺的事。

葛亮回：那你可说错了，摘月亮这个事野哥贼上心，要不是还有技术难关，我估计他已经下手了。

林雾：让他放过月亮吧。[扶额.jpg]

葛亮：我说没用，他要送人，说有个朋友一看见月亮就开心，也不知道是谁。[摊手.jpg]

林雾：……

大早上的太阳就像火焰喷射器似的，333里，李骏驰极不情愿地醒来，向外翻身抹了一把脸上的汗水，然后就看见林雾躺在那儿举个手机，像是想发信息，又犹豫着不动。

李骏驰见怪不怪了，他给无数这样状态的同学打过工，太了解这种一颗心全被另一个人占满的情形。当然，这个比喻对林雾和王野可能并不合适，因为据李骏驰观察，这俩人的兄弟情只会更深。

擦掉脸上又冒的一层汗，李骏驰起身、下床。

听见动静的林雾看过来："醒了？"

"嗯。"李骏驰一边往洗漱池走，一边和他说，"王野画得挺顺利，你不用太担心。"

林雾一愣，这才想起自己屋里还有一个跟甲方有关系的呢。"景老板说的？"

"嗯，"李骏驰点头，"昨天景哥找我下礼拜过去顶两天女鬼，顺带说了两句，说王野初稿已经给他看过了，就是他想要的样，根本不用怎么改，修几个细节就让王野继续画了，还一个劲儿跟我说王野有才，好家伙，都快夸出花了……"

林雾听得认真，心情不住地往上飞扬，自己被夸的时候都没这么骄傲过。

李骏驰说："总而言之一句话，我这回可真是给他帮了大忙，找的人太对了，除了脾气硬点儿，没别的毛病！"

脾气硬？

林雾的心一下子提起来："王野跟景老板发火了？"以王野的性格，如果景老板让他反复改图的话，还真有可能暴躁。

"那倒没有，"刚拧开水龙头把脑袋伸过去的李骏驰在哗哗水声里提高了音量，"就是说王野和他聊微信的时候从来不发表情——"

林雾："……"

景老板你是玻璃心[1]吗！

同一时间，509里王野放在桌上的手机忽然振动起来。

此时葛亮已成功进入回笼觉深处，睡得呼呼的，原思捷在刷牙，早一步洗漱完毕的江潭拎着打包的垃圾袋往门口提，路过王野背后，见他手机还在桌面上振动，而戴着耳机画画的王同学全然无觉。

江潭伸手过去，用指关节叩叩王野书桌。

王野回过神，一下子摘掉耳机，以虎的速度把电话拿了起来。

从江潭的角度正好看见亮起的屏幕——**闹铃8:30，备注：说晚安**。

这是……事项提醒？

江潭自大一就开始用手机给全天设定作息表，十分善用闹钟加备忘录加便笺等各种功能提高每日效率，对这个太熟悉了。

但是王野？

这位同学可是期末考试都不带设定起床闹铃的。

迷惑归迷惑，江潭向来缺乏好奇心，提醒完之后本打算走了，奈何王野同学这回竟然不打字，直接发语音了："睡没？"

江潭加速离开现场。

333宿舍里，林雾正在跟夏扬探讨白天在哪里睡觉效果更好，宿舍里有床，但太热，教室和图书馆里有空调，但趴桌子上睡不舒服，还影响周围刻苦的同学。

后来任飞宇也加入了，三人正聊得热火朝天，林雾的手机传来一声"叮咚"。

"睡没？"王野的声音带一点疲惫的沙哑，但也因为这样，难得显出些许温柔。

---

[1] 玻璃心：网络用语，指人易被打击，多带调侃意味。

夏扬和任飞宇对视一眼。

任飞宇问:"咱这个讨论是不是就算结束了?"

夏扬撇撇嘴:"能不结束吗,信不信晚回一秒那东北虎都能杀过来?"

任飞宇用力点头,他太信了。

"李骏驰,"夏扬忽然喊骏马同学,"你接不接活?"

"哟,"聊这个李骏驰可不困了,"你要给我介绍生意?"

夏扬道:"给我物色个对象,别的嘛要求没有,就要乐意跟我聊天的,那话怎么说来着,点灯说话儿,吹灯做伴儿,清早起来梳小辫儿!"

李骏驰:"……"

没睡呢。——林雾打字回复。宿舍兄弟都在,实在不好意思发语音。

可能是看他打字了,王野也改成文字:这几天咋样?

林雾:如果热不算问题的话,就没问题了。

王野:白天别在宿舍睡,找个有空调的地儿。

林雾:有空调没床,睡不踏实。

王野:那就是你还不够困。

林雾:……

很好,和夏扬、任飞宇一早上没讨论出子丑寅卯的问题,人家王同学一句话解决了。

王野:初稿昨天弄完了。

林雾:[撒花.jpg]

王野:[你还能再敷衍点吗.jpg]

林雾:[用一颗真挚的心向我最亲爱的伙伴撒下漫天花雨.jpg]

王野:……

林雾使坏得逞似的勾起嘴角,心想谁说王野不爱发表情,和自己斗图的时候用得可溜了。

王野:行吧,再让你蹦跶两天。

林雾：初稿完了就是上色？

王野：勾线，再上色。

林雾：等海报出来我一定要去自拍合影。

王野：一个商稿，有啥好拍的。

林雾：同学，你以后就靠这个赚钱了，你告诉我你哪张不是商稿？

王野：困没？

林雾：你这换话题的速度能把人腰闪着……

林雾：困啦。[火柴棍撑眼皮.jpg]

王野：想好去哪儿睡没？

林雾：不出去了，就在宿舍，你在宿舍画画，我在宿舍睡觉，咱俩一个战壕。

林雾：不对，一个火炉。

王野：[给你唱个摇篮曲.jpg]

林雾看着那可可爱爱的表情，完全没意识到自己一脸傻笑：嗯，睡啦。

刚把手机放下一分钟。

王野：人呢？

林雾看着信息直发愣，不是聊完了吗，缓缓打出个：？

王野：[给你唱个摇篮曲.jpg]

王野：点歌啊。

林雾：……

敢情晚安的表情在野哥这里从来都不是表情！

林雾：[分享歌曲－天王盖地虎]

王野以为林雾得在歌单里找一会儿呢，没料到唰就发过来了，他想也没想，很自然点了播放，态度认真地准备学两句哼给林雾当睡前曲。

于是下一秒，整个509都回荡起——

"天上有座山，山里有座庙，庙里有个天王，他对着虎笑……"

葛亮一个激灵，惊醒了："啥玩意儿？！"

王野回头："睡你的。"

葛亮道："好的。"

333里，林雾把耳机戴上，这才悄悄打开王野最新发来的语音。

几句走了调的歌，哼得那叫一个七零八落。

但林雾翻来覆去听了好几遍，连风扇的热风都觉得舒服了，一直吹到心里，凉丝丝的。

林雾：同学，我现在可以睡了吗？

王野：[我批准了.jpg]

喊，谁用你批准。

刚在心里咕哝，那边又发来：

王野：[晚安.jpg]

林雾安静下来，按住语音，低声回了句："晚安。"

日光正好。

和一个人，在清晨，说晚安。

将全校师生都动员起来的盛大校庆如期而至。

一场酣畅淋漓的雨水刚在昨天来过，校园被冲刷得干净清新，连在烈日下微卷的树叶，都重新焕发了绿油油的活力。

白天已经比前些时候凉爽，到了傍晚，太阳落下，微风更是愈发让人觉得舒服，以至于各院系同学齐坐在礼堂，中央空调一开，竟然还觉出一丝微微的冷。

但当校庆晚会开始，舞台上灯光一打，节目效果带动着全场气氛逐渐攀升，同学们就彻底热火朝天了。

不愧是优中选优的节目，一个比一个精彩，而且不管是舞蹈还是话剧，节目都尽可能结合了表演者的科属特长，要玩眼有，要绝技有，简直不要太high。

又一个话剧结束，林雾和全场一样乐得上气不接下气，本以为就是今天晚上快乐的最高峰了，没承想手机忽然在口袋里震动。

王野：到了。

林雾没懂。什么意思？人到了？可王野今天本来就和他一样在礼堂看节目啊，刚进场的时候两人还发了信息。

下意识就往机械院的方向看，黑乎乎一片，哪儿看得清。

林雾只得回：什么到了？

王野：稿费。

林雾眼睛霍地亮了，如果刚才看话剧他的开心值是一百，现在就是一百万：到账了？[疯狂数钱.jpg]

王野：嗯，六千。

林雾：六千？不是五千吗？

王野：提早完工，效果超预期，奖金一千。

林雾：……

李骏驰果然没骗人，景老板真不差钱。

林雾：海报什么时候出来，我要去拍！

王野：周末之前吧，周末新密室就开了。

林雾：我也要去玩！

王野：你每个屋都走遍了，机关都看完了，咋玩？

林雾：……[晴天咔嚓大霹雳！.jpg]

王野：换别的主题吧。

林雾：？

王野：他给了我八张其他主题的密室体验券，周末咱们两个宿舍一起去。

林雾：八张？太大方了吧！

王野：原本四张，让我带宿舍人去，我说四张不够，得八张。

林雾：……这景老板都忍了？

王野：让我给他发个表情，他就给券。

景老板对表情也是很有执念了。

林雾：你发了？

王野：[快点给券 .jpg]

林雾就是没有景老板的微信，不然真想发个正经表情过去送温暖。

王野：对了，周末早点，先吃饭，再去密室。

林雾：八个人一起吃？

王野：我请。

长白山的事，林雾知道，王野嘴上虽然没说，但心里一直记着呢。

林雾：行，那你定个大席面啊，必须都是硬菜。[口水 .jpg]

王野：[铁锅炖大鹅 .jpg]

王野：[铁锅炖大骨 .jpg]

王野：[铁锅炖大鱼 .jpg]

王野：[铁锅炖大土豆子 .jpg]

林雾：你是买了一整套表情包吗！

王野：限时免费。

林雾：……

王野：[百兽之王的乖巧 .jpg]

林雾：晚了，你等晚会结束。

王野：[要约架？ .jpg]

王野：[那就这么愉快地决定了 .jpg]

林雾：[我不是，我没有，我没说！ .jpg]

王野：晚了，你等晚会结束。

林雾：……

电视剧里的反派说完"你等着"明明都全身而退了，编剧骗人！嗷呜！

晚上十点，最后一个节目结束，整台晚会在主持人和众演员的合影中落下帷幕。

各院系按照安排有序退场，但到了礼堂外就彻底自由了，大家分散开来，有往宿舍回的，有往校外走的，反正今夜无课，欢声笑语闹成一片。

林雾出来的时候给王野发了信息，说在礼堂门口的树下等。

但王野没回。

他以为是太吵了王野没听见手机声，索性站在树下等，反正机械院在环境院后面出来，他这个位置可以看见所有出来的同学。

很快，他就看见了三张熟悉面孔，葛亮、原思捷、江潭。

"葛亮——"林雾立刻招手，大声喊。

看见林雾，葛亮连跑带颠就蹿过来了："你在这儿干啥呢？"

林雾说："等王野。"

这话把葛亮听愣了："野哥早出来了啊，说有人找他，不是你？"

原思捷和江潭也走了过来。

"怎么了？"原思捷问。

"王野什么时候说有人找他的？"林雾追问葛亮。

葛亮说："就最后一个节目刚开始没多久，挺多人都开始先走了……"

林雾的神情凝重了起来："那不是我。"

原思捷和江潭互相看看。

江潭直接拿出手机拨王野电话，开免提。

过了几秒，所有人都听见："对不起，您拨打的用户已关机。"

人不见了、手机打不通，这事没法往好处想。

江潭关掉通话界面。

冰冷的语音提示一下消失，周遭的热闹又清晰起来，却驱不散四人这里凝重的空气。

葛亮说："野哥到底是被谁找走了啊！"

江潭淡淡摇头："如果真是被找走了，没有关机的理由。"

"而且他说了让我等晚会结束的。"林雾想起微信里的玩笑话，虽然是玩笑，但那样的聊天语气就是默认了两人要在晚会后见面的，所以他才会一出来就在这里等。

"难道是……绑架？"葛亮说到最后两个字儿，声都颤了，开始四下张望，寻找有没有什么搏斗的痕迹。

原思捷实在受不了地推了一把他的脑袋，终于明白王野平时为什么踹二哈同学的频率最高了。"你的意思是，王野听见有不明人士找，主动走出来送人头？"

"肯定是熟人作案啊，"葛亮不假思索，"野哥一听认识，就出来了，然后什么防备都没有，让人套了麻袋就走，绝对的！"葛亮越说越觉得自己已经破案了，"不然凭野哥那武力值，能一点动静没有就让人整走？"

"他是从家里逃出来的，"林雾喃喃自语，"逃出来之后才去了长白山，接着回学校……"蓦地抬起头，"他家里的事根本就没处理完。"

"你的意思是，野哥是让家里……"葛亮错愕，"可是野哥说已经'净身出户'了啊。"

原思捷说："他那是什么家庭，说脱离就能脱离的？"

"先别急着下结论，"江潭冷静道，"目前没有任何证据表明王野是被强制带回家里了，这些都只是我们凭空猜测。"

"那野哥到底哪儿去了！"葛亮狠狠踹一脚树干，急了。

机械院的辅导员刚从礼堂出来，一眼就看见自家学子"欺负"学校的无辜绿植，立刻发出正义的喝止："葛亮，你给我住脚——"

葛亮脚还没彻底收回来呢，被吓得一个激灵，差点没站稳："刘……刘老师……"

"别管我叫老师，我是管不了你了，"辅导员瞥一眼仍不断有院校领导出来的礼堂门口，气得脑瓜仁都疼，"你不回宿舍在这儿练无影脚呢？练你就悄悄练还给我挑礼堂正门口……不对，"辅导员赶紧打住，"都让你给我气糊涂了。老师平时怎么教育你的，是不是告诉你要爱护学校的花花草草，有道是，十年树木，百年树人……"

葛亮耷拉着脑袋，被抓现行还能咋办，躺平任教育吧。

辅导员教育完了，才发现江潭和原思捷也在，当然也看见了林雾，但辅导员面对不属于自己院的学生，都会自动触发"只要不闹出格，你就是路人"这一被动技能。

"你们仨怎么回事，不回宿舍聚在这里干什么？"

原思捷反应最快，直接道："找王野呢，刘老师，你看见他了吗？"

王野不见了是事实，如果能借助辅导员的关系，不管是调取校内监控还是询问学校保安都会比他们自己去更顺利。

"王野？"辅导员一副"你们不知道吗"的表情，"回家了，刚跟我请的假。"

"他和您请的假？"林雾一着急，直接开了口。

"是他家里人，"辅导员虽然不认识林雾，但一看就是本校学生，便也态度温和道，"晚会快结束的时候他说家里人来找，出去一下，后来他父亲给我打电话，说家里有事，他这几天都要请假。"

最坏的预想成真。

闷热的空气里，四人都不说话了。

机械院的老师陆续从礼堂出来，辅导员叮嘱四人一句"行了，赶紧回宿舍"，便转身过去和同事们会合。

原思捷缓缓看向刚才还在说"没有任何证据……只是我们凭空猜测"的江潭。

江潭完全没有被"打脸"的自觉："看来王野的确是被带回家了。"

"这就是绑架，"葛亮急火攻心，"野哥要是自愿回去的不可能关机！"

"说这些都没意义了，"原思捷道，"重点是现在怎么办？"

葛亮说："去野哥家啊，他咋把人带走的，咱们就咋把人带回来！"

经历过长白山事件，回来后他的第一件事就是要野哥家的地址，他可不想再失联了没地方找人。

"去不是问题，但怎么把人带回来？"原思捷一筹莫展，怎么想都没成功率，"王野已经从家里逃过一次了，他爸这回防范得肯定比上一次更严。"

林雾向校外方向转身："严不严的，去了才知道。"

夜幕下的河畔，沿岸的景观灯布置得比冬日更加五光十色。

四人在亮如白昼的灯光里，穿过茂密的水岸树林，向河畔别墅靠近。

才到外围，就看见整栋别墅灯火通明，院内院外还有十几个黑影在巡逻。

走在最前面的葛亮差点被发现，飞快后退缩回树影里。

"真就严防死守啊……"不敢大声说话，葛亮只能用气音，"现在咋办？"

原思捷和江潭沉默。

没招儿。他们又不是专业特工，不可能神不知鬼不觉地躲开重重眼线。至于硬拼，还不如当特工有胜算呢。

唯一的好消息是，这阵势说明王野九成九在别墅里。

林雾一直在思索。

终于，他缓缓开口："常规的方法肯定是行不通的……"

皎洁的光从树影空隙透下来。

夏夜的月亮，却在林雾眼里映出一片冷色，像一头真正的狼。

江潭问："你想做什么？"

"我想搏一搏，"林雾定定看向三人，"如果你们相信我，就在这里等。"

葛亮瞪大眼："你要自己去？"

"对，"林雾一字一句道，"我一定会把王野带回来。"

被荆棘缠住，那就咬断荆棘。

王家一楼客厅里，所有灯全开。水晶灯的璀璨、筒灯的冷白、氛围灯的微黄交织成一种浑浊的强光。在炫目灯光里，好像家具、人脸都扭曲了，像荒诞的梦境。

事实上这事也的确挺荒诞。

王野站在客厅中央，身后站着两个魁梧的男人，像押解犯人的牢头。

大门口还有四五个这样的，而在别墅四周，不断有人影来回巡逻，王野粗略算了一下，为了把他整回来，再严防死守不让他跑，王海辞至少出动了快二十号人。

头还残留着昏迷初醒的疼，但王野想乐。

他真就乐了。

低闷的笑声在寂静的客厅里听起来又突兀、又刺耳、又滑稽，可他一点不觉得，于是难受的就变成坐在沙发里的三个人。

"你笑屁啊……"王锦城没好气地说了一句。虽然被揍的记忆仍有点让他打怵，但一想到爹妈都在，王野也不敢咋样，又壮了胆。

田蕊不赞同地朝他皱眉。

王野不知道王锦城看懂没，反正他是看懂了，那意思是你爸还没说话呢，你乖乖看热闹就行了，别挑事。

王海辞穿了一件暗纹衬衫，在自家温度适宜的空调房里，从头到脚打理得一丝不苟，不像准备训儿子的老子，倒像要和下属好好谈谈的老总。

王野笑累了，挑衅似的看他。

王海辞毫不掩饰脸上的失望："我给了你这么多天时间，希望你能自我反省，主动回家来认错，看来是没可能了。"

"认错？"王野险些又要乐，"是我没和蒋叔说清楚，还是蒋叔没传达清楚，还是你没收到那些卡？"

"你蒋叔把卡都给我了，包括你说的那些混账话。"王海辞声音阴沉。

"都带到了，然后你还觉得我会回来认错，"王野特好奇，"你是怎么做到这么坚信地球就是围着你转的？"

"你什么态度！"王野明显的不敬挑衅到了王海辞的威严，他再绷不住，厉声怒斥。

"王野，"田蕊喊了自己儿子大名，但语气还是比王海辞缓和些，半批评半劝，"怎么和你爸说话呢。"

"你现在怎么变成这个样，"王海辞又气又痛心疾首的，"你以前从来不会用这种态度跟我说话！"

"可能是最近和人聊天聊的，贫了，"王野没个正形，忽而又收敛起来，有点冷地看向王海辞，"我以前不是态度好，是你们不愿意和我多说话，我也懒得和你们废话。"

"好，很好，"王海辞怒极反笑，"你长大了，能耐了，家里装不下你了是吧？"他轻蔑一笑，"你一个连大学都念不好的，知道在社会上生存有多难吗？你真以为靠你自己就行？我看就是我和你妈把你保护得太好了，惯得你不知天高地厚。"

王野也笑，眼里的嘲讽比王海辞更甚："你要真觉得我不行，干啥抓我回来，悠闲坐家里等我熬不住了，回来求你多好。"

王海辞语塞。

田蕊也惊得说不出话，因为从前王野无论怎么和王锦城打架，对待她和王海辞时，还是有一个儿子的样子的，绝对不会像现在这么放肆和不孝。

王锦城同样有点吓着了，连他自己都不敢这么跟王海辞说话，王野今天是疯了吗？

王野没疯，以前只是懒得说，大家都心知肚明的事，非装父慈子孝其实挺没劲的，但今天他才发现，好像不说清楚不行，他高估了彼此间的默契。

那就再讲明白一点吧。

"家里的公司、财产、动产不动产都算，我全不要。当然了，分配权在你们，可能本来也没打算给我，"王野说着，瞥了一眼王锦城，"但我今天把态度放这儿了，也省得一些脑子不好使的人三天两头上赶着找削。"

王锦城一点就着："你说谁呢！"

王野气定神闲："说傻×。"

王锦城直接蹿起来："我×——"

"小城!"田蕊眼疾手快地抓住自己儿子。

王海辞头疼欲裂,猛地拍了一下沙发的实木扶手,说:"够了!"

王锦城和田蕊一瞬噤声。

王海辞站起来,被气得呼吸急促,竭力缓了又缓,才稳住,沉声道:"我和你妈今天才知道,你对我们有这么多的怨气,我想,也许我和你妈对你的关心真的不够⋯⋯"

王野眼底闪过一丝极细微的情绪。

"但不管我和你妈对你如何,也不管你对我们还有你弟弟有什么不满和误会,"王海辞话锋一转,"你把你弟弟打住院是事实,我认为,在这件事上你应该给他道歉。"

王野呆愣几秒,笑了,笑王海辞,也笑自己。

王锦城笑不出来,要不是田蕊扯着,他还能蹿起来:"谁要他道歉,我要揍回来⋯⋯"

王海辞皱紧眉头扫了他一眼。

王锦城僵住,抗议变成了小声嘀咕。

收回目光,王海辞和王野说:"你跟你弟道个歉,你前面说的那些浑话我都可以当作没听过,以后你还是王家长子,等我和你妈老了,王家还是要靠你们兄弟俩。"

王海辞一脸郑重,仿佛做了重大让步。

"原来跟王锦城道歉这么管用⋯⋯"王野好整以暇地看向亲爹,然后字正腔圆道,"我不。"

第八章　猛虎

夜色寂静。

树影笼着灌木，灌木里又藏着人。

这里是离别墅正门直线距离最近的地方，大约十几米，透过灌木，别墅门口的情况一览无余。

多人巡逻，门窗紧闭，从外面根本无法窥见室内的情形。

但巡逻的那些人，每走到别墅侧面时，都会自觉或不自觉地往窗户里看上几眼，看完了还要和身旁的同伴窃窃私语，偶尔发出低笑，仿佛屋内正上演着什么闹剧。

林雾低头看手机上刚刚结束的通话记录。

他在等。

林雾不知道自己把事情搞这么大究竟对不对。因为看起来局面并没有很严重，否则巡逻的人现在不可能还这般优哉游哉，但他不敢赌。

他必须要看到王野全须全尾地离开王家，而且最好可以留给王家人某些长效的"震慑力"。

箭已离弦，只等命中靶心的那一刻。

别墅客厅内，气氛阴沉到了极点。

守在门内的几名"员工"要么面向门板，要么仰脖眼神乱飘，假装什么都没听见。站在王野身后的两个就惨了，根本不敢去看老板脸色，只能一动不动，目视前方，当两尊"蜡像"。

王海辞气得浑身直哆嗦，纵横商场一辈子都没动过这样的怒。因为他有的是办法让商业对手输得很惨，却拿油盐不进的王野一点辙没有。

对着脸色难看到极点的一家三口，王野双手插兜："没别的事了吧，那我就不留下来吃饭了。"

转身，两尊"蜡像"猛地靠近，像人墙一样堵住他的路。

王野嗤笑，回头挑眉："咋的，把我弄晕这茬我都没跟你们计较，还没完没了了？"

王锦城甩开田蕊的手，愤而起身："爸，这你都能忍？！"

"王野！"大儿子的放肆和小儿子的煽风点火，让王海辞彻底失去耐心，连体面都顾不上了，"你是要气死我和你妈才甘心吗？"

王野这一口口黑锅背得彻底烦躁了："你们要不想生气就别把我弄回来！"他索性转过身，彻底说了个明白，"还有，我为什么揍王锦城，因为他欠揍。可是他为什么挨揍，因为你拉偏架。那天晚上我都不用你答应把公寓给我，你但凡个中立态度，说句这破公寓你俩都别买了，这事到此结束，他都不用进医院。你以为你护着他？呵……"

嘲笑的视线瞟向王锦城，王野毫不掩饰看傻×的眼神："现在知道你为啥挨揍了？"

"王……野——"王锦城再忍不住，冲过来一拳挥向王野。

王野敏捷闪过，躲开的同时一把抓住王锦城手腕，带着他的胳膊有力往背后折。

"啊啊啊——"王锦城疼得发出惨叫。

"快拦住他！"田蕊尖锐地喊叫起来，满眼都是对小儿子的心疼。

站在王野身后的两个男人这才反应过来，立刻上前去拉王野。

王野却抢先松了手，在他们靠过来的瞬间，回身猛地将两人撞开，头也不回地往门外走。

这个破地方，真让人一秒都不想多待。

守在门口的几个人傻了眼，看着越来越近的王野，不知道该拦还是该放行。

直到后面传来老板怒到极点的声音："你给我站住——"

王野置若罔闻，人已经走到了门口。

几个守门人当然是听老板的，立刻挡在门前。

王野不再废话，一拳稳准狠地打在了离他最近的男人的下颚。

男人没想到他的动作这么快，这么狠，魁梧的身躯竟然被打得一个猛晃。

王野看准时机从他的身边擦过去，直奔大门，甚至已经打开了门锁。

然而旁边几个人反应过来，立马朝他后背扑过去。

门扇开启缝隙。

王野也被扑倒。

他彻底怒了，逮着一个压他身上的就往死里揍。

"你们几个干啥呢，揍他啊——"王锦城在旁边看得直着急。

可王海辞没发话，他们哪敢真对王野还击，只能尽最大限度阻拦，把人拖住。

王锦城红了眼，干脆自己冲过来，照着被压住的王野就是一拳。

王野正和那几个人挣扎呢，没防备，结结实实挨下了这一拳。

王锦城却不罢休，像是终于找到了报仇的机会，兴奋地喊了一句"给我把他摁住了"，便开始一下下往王野身上招呼，连打带踹。

别墅外，蛰伏的林雾一直紧盯大门，没有错过一丝一毫的风吹草动。

所以他看见了四周巡逻的人突然聚到门口，看见他们争相扒着门板往里窥探。

虽然从林雾的距离看不清门板已经开了缝隙，但巡逻人的举动已经说明一切。

门开了，并且门内正在发生变故！

林雾环顾四周，仔细倾听夜风里哪怕一丝一毫的动静。

没有他想要的。

那个能让他奋力一搏的时机，依然未到。

可林雾等不下去了。

"嗷呜——"

狼嚎骤然而起，划破静谧的夜空。

别墅里外都听得清清楚楚，因为距离太近了，仿佛恶狼就在身边。

所有人一霎呆愣。

"嗷呜——"

又是一声。

比前次更长、更凶，也更近。

门外窥探的巡逻者们，猛然回头。

一抹跃起的灰色兽影直扑他们面门，快得根本来不及看清是什么。

未知本就可怕，再加个"突然袭击"，那就是沉浸式的恐怖体验。

众人本能地往两旁躲，有个别的甚至惊叫出声。

灰影扑空，正落在门板之前，落在门上缝隙泄漏出的光束里。

尖耳、垂尾、冷冽的瞳孔，独属于野兽的凶狠和狡黠。

一头绝对不会被错认的……

"狼……是狼！"

门外变了调的声音传到客厅，王锦城纳闷儿地抬头望，忽然觉得眼前有暗影一闪。

"啊——"田蕊尖叫。

不知什么时候从门口蹿进来的小狼，几乎没给任何人反应时间，顺着本能就向正在欺负王野的人发起了最凶悍的攻击。

王锦城下一秒就感觉到了剧痛，他被小狼狠狠咬住了肩膀。锋利的狼牙深深嵌入皮肉，破骨见血。

"啊啊啊——"他的惨叫和田蕊的尖叫混杂在一起，快要掀翻屋顶。

王野猛然跃起，压在身上的几个人正分神，一下子被掀翻。

周遭的所有在王野眼里都已变得模糊，此时此刻，他只看得见小狼。

"回来——"他朝林雾大喊，他不需要他助战，他只需要他好好的。

可小狼死死咬着王锦城，任凭他挣扎甩动捶打，就是不松口，像是铁了心要将那肩膀撕裂。

"爸——"王锦城变了调地哭号，"快救我啊啊啊——"

"你们还愣着干什么！"王海辞向手下怒吼。

几个人一瞬清醒，虽然还是有点害怕，但毕竟人多势众，有一个更是直接抄起旁边的椅子，握在手里，慢慢向王锦城靠近。

王野过去一脚把那个拿椅子的蹬飞："我看谁敢动手！"

人被踹飞，椅子重重砸地上直接摔散架。

几个手下蒙了，一时不能确定王野是真心想护着狼，还是因为狼咬了王锦城，所以敌人的敌人就是朋友。

还有更重要的，这到底哪儿冒出来一头狼啊！

"嗷呜——"猝不及防，小狼发出一声凄厉的嚎叫。

王野回头，就看见小狼已经摔到地上，后背划开了一道口子，不深，但很长，鲜血正往外渗。

王锦城握着不知哪儿来的水果刀，水晶灯下的刀锋，反射出他扭曲的脸。

脱身远远不能消除他的怒火，下个瞬间，他拿着刀直向地上的小狼扎去："去死——"

王野疯了。

根本不用大脑发出指令，身体已经向着王锦城凶狠地扑过去，像一枚炮弹，又像一头凶兽，以迅雷不及掩耳之势将王锦城"砰"地撞开，接着回身，想去护小狼。

可有人比他更快。

两个从门外冲进来帮忙的巡逻者，捡起散架椅子的两条腿，权当木棒，眼看就要往小狼身上狠狠抢下。

王野大脑一片空白。

世界好像突然安静了。王海辞的厉声、田蕊和王锦城的尖叫，都没了。空气里的嘈杂被一瞬清除，打手们的动作在他眼里好像成了默片。

但这天地又不是全然的悄无声息。

有昆虫跳到草尖，有热风吹皱河面，有月光洒在树叶——夏夜的声音。

四面墙，仿佛连同别墅一起消失了。

困兽冲破桎梏，找到了真正广阔无垠的天地。

抢起木棒的两个人呆住了，其他打手们也呆住了，王海辞和田蕊浑身僵硬，连王锦城都被吓得忘了疼。

偌大别墅一瞬定格。

所有人都惊恐地看着王野的骨骼开始变形，从站立的人变成四脚着地的兽，浑身长出棕黄色毛发，不断成长的躯体和肌肉撑破了衣服，那棕黄色里醒目的一道道黑色条纹露出了端倪。

从身体到四肢，从胸腹到头顶，那斑纹在前额最终形成了一个极似"王"的形状。

"吼——"

一头年轻而强壮的东北虎，向所有人发出震耳欲聋的虎啸。

百兽之王，这天这地都是它的领土！

没人再敢动。

在亲眼看见王野变成老虎的那一刻，他们的三魂七魄都已经吓得被抽离。

东北虎一步步向小狼走近，它的步伐从容而安静。

小狼从地上爬起来，像是也忘了后背的伤，吃惊地看着不断靠近的东北虎，尖尖的耳朵一抖一抖。

东北虎来到小狼面前，拿它圆圆的大脑袋轻轻蹭了蹭小狼的脸。

小狼终于意识到发生了什么，眼里一瞬染上欢喜，活泼地回蹭它。

一狼一虎亲昵够了，东北虎才缓缓转过身来，厚厚的皮毛覆盖着它完美的身躯，随着行动，肌肉漂亮起伏，每一下都蕴含力量。那不断积蓄的力量一直汇到它的眼中，像火一样。

"吼——"

将小狼牢牢护到身后，东北虎再次咆哮，地动山摇。

王海辞和田蕊陷入了极度的震惊与恐惧，前一秒的王野和这一秒的猛虎在他们眼里重叠成某种诡异的画面，连同东北虎本身带来的可怕，压得他们几乎动弹不得。

"怪……怪物……他不是王野……"王锦城牙齿打战，咯咯直响，脚下跟跄着不住往后退，一直到后背抵上墙壁，才如梦方醒，仓皇失措地命令那些手下，"你们快上啊……弄死他……"

他不敢大声嚷，以至于那口气听着不像命令，更像是求助。

那些原本气势汹汹的男人们，对着王野或者一头小狼还能围追堵截，但面对一头体长三米的东北虎，腿早软了。王锦城的声音叫回了他们的魂，但没叫回他们的胆，不知谁先嗷了一嗓子，听着都不像人的动静了："有老虎啊啊啊——"

人群瞬间炸了，一窝蜂连滚带爬地往门外跑。

"你们回来——"王锦城恐惧到了极点，声嘶力竭。但很快发现根本没用，眼看客厅就要空了。

无意中，他和东北虎对上了眼。那双属于大猫的眼睛在强光下瞳孔缩小，凶悍、冰冷，仿佛随时准备着扑上来咬住猎物的脖子，刺破动脉，一击致命。

王锦城吓破了胆，转身疯狂冲到落地窗前，想开窗逃走。

他这一动，在东北虎眼里划出了清晰轨迹，犹如慢放一般。

东北虎几乎在同时一跃而起。

王锦城的手刚摸上窗，东北虎已经扑到了他身后。

"小城——"田蕊发了疯地尖叫。

但是晚了。

王锦城被东北虎狠狠扑倒。

孱弱的身躯在虎爪之下毫无还手之力，被摁住的王锦城骇得连声音都发不出了。

极近的距离，他看见了锋利的兽齿，恐怖的"王"形斑纹，还有那双已经看不见人类感情，却燃着熊熊火焰的兽眼。

王锦城突然悟了，这不是狩猎，也不是王野和自己的私人恩怨，这是它要给那匹狼报仇！

"我错了啊啊啊啊啊——"王锦城号啕大哭，眼泪鼻涕齐飞，可他什么都顾不得了，求生的本能让他喊得破了音，"我错了我错了，我给你刀，你也划我一下行不行——爸！妈！你们快来救我啊……"

护子心切的田蕊已经冲过来了，可有人比她更快。

"砰——"

不知什么从外面打到了距离东北虎和王锦城最近的一块玻璃上，落地玻璃"哗啦"一声碎得满地都是。

一个穿着轻薄亚麻西装的男人踏过玻璃碴，从破窗进入屋内，像是早就清楚现场的情况，第一眼就锁定了东北虎，念叨着"还好来得及"，同时准确地说出了名字："王野。"

东北虎暴躁地吼了一声，极度不耐烦被陌生人打断。

可刚吼完，就觉得身侧发痒。它奇怪地低头，就看见不知何时跑过来的小狼，正用湿漉漉的鼻子蹭它的皮毛。

蹭一下，痒一下，还有微微的凉，像大夏天有人拿小手给他扇风。

王锦城敏锐地感觉到虎爪的力道在放松。

他看准机会噌地从利爪下逃出来，飞快躲到田蕊身后。

就在这时，别墅的大门口突然传来异动。

先前跑出去的"员工"还有本来在外围巡逻的一并回来了，二十几号人有一个算一个，从门口鱼贯而入，但又不敢往东北虎盘踞的屋内靠近，就在刚进门的地方密密麻麻挤成一团。

待他们全进来了，林雾和王野才看清，把他们堵回来的是一群陌生男人，全穿着黑衣黑裤，整齐得像夜行制服，带队的那位身高绝对超过两米，顶着门框就进来了，视线轻松越过他们，对上落地窗前的西装男："一共二十四人，全在这儿了。"

西装男轻轻点头："带到楼上，该登记登记，该签协议签协议。"

他的西装是浅色，头发和瞳孔的颜色也比普通人浅，皮肤更是白得清透，连说话的声音都带着微妙的空间感，仿佛不属于这里，而是来自更遥远的地方。

林雾不知怎的，想到了海洋生物。

"对了，"西装男忽然想到什么，又向着高个男追加了一句，"再找两套衣服下来。"

高个男颔首，领着人把王海辞的一群手下都带上了楼。

"你们是什么人？"王海辞看到险情缓解，终于找回了一家之主的自觉。

"野性觉醒兽化分类风险预防控制管理局，石浪。"西装男自报家门，但并没有掏证件的意思。

事实上林雾都不知道兽控局究竟有没有证件。

王海辞一头雾水："什么局？"

石浪也没有解释的意思。

很快，高个男拿着两套从衣柜里翻出的衣服下来。

石浪接过衣服，直接和他道："把这仨也带上去，在我处理完之前，任何人不许再来一楼。"

"收到。"男人来到王家三口面前，没半点废话，"跟我上去吧。"

田蕊紧紧护住王锦城，还在恐惧的余韵里："你们到底是谁？我们凭什么听你们的？"

高个男说："先上楼，我会和你们解释清楚。"

田蕊还是没办法完全放心，但看了一眼东北虎，再度被恐惧包围，当机立断就带着小儿子迅速上了楼梯。

王海辞比她的定力强大些，没有再表现出明显的恐惧，看向王野的眼神里，多了一丝难以置信的复杂。

终于，客厅里只剩下了石浪和一狼一虎。

石浪将两套衣服扔过去："变回来。"

衣服蹭着东北虎的皮毛滑下，倒把旁边的小狼罩住了。

林雾在突来的黑暗里，闭上眼，集中精神，最大限度舒展身体……

骨骼变形带来不可避免的疼痛，狼的身体渐渐变回人的形态，修长的四肢从衣服底下伸出，林雾撑起上半身，衣服滑落到身上，终于露出了脑袋。

刚冒头，林雾就咝地倒吸了一口凉气，背后火辣辣地疼，人类的忍耐力远低于野兽。

他忍着疼，压根没管石浪，先往旁边看，去找王野。

王野还是东北虎。

可是攻击的姿态已经消失了，这会儿特温柔地守在他旁边，见他疼了，急得立刻伸爪子，结果伸到一半，才想起来自己还是老虎呢，这会儿可不能瞎扒拉，立刻收爪，只能朝林雾背上的伤干瞪虎眼。

刀尖划得不深，血已经凝住了，但伤口很长，看着就疼。

"我没事……"林雾伸手胡噜一把大老虎毛茸茸圆滚滚的脑袋，在奇异的手感下，忽然明白了撸猫狂魔们的快乐。

　　石浪等着林雾穿衣服，结果林雾先抱住了老虎——等着老虎变回人形，结果老虎蹭起林雾没完。

　　不久前和许朔的通话还言犹在耳：

　　"你赶紧去吧，那个叫林雾的特别乖，特别配合工作，从来不捣乱，肯定是遇到了很大的危险才会那么着急联系我们，你离得近，快去看看到底怎么回事……记得多带点人，林雾说那边人多势众……"

　　石浪问："那边是哪边？"

　　许朔说："不知道啊，林雾没说完电话就断了，再怎么打都不接，肯定是已经落到不法分子手里了！"

　　于是他通过兽控局的程序，最快速度确认了林雾的手机定位，然后发现这个位置是本市某著名企业家的住所，等到他带了人赶来，却发现许朔口中落到不法分子手里的丛林狼正在大闹别墅，并最终成功激活一头东北虎。

　　特别乖？

　　石浪决定回到局里的时候好好和许朔聊一聊这个问题。

　　套上衣服，林雾催促着一直蹭他的大猫："你快点变回来。"

　　虽然东北虎很可爱，但他迫不及待想要看到王野。

　　东北虎："吼（这玩意儿咋变）——"

　　林雾说："你听我的，趴下来，闭上眼……对，就这样，全身放松……"

　　一分钟。

　　两分钟。

　　三分钟。

　　东北虎还是东北虎，闭眼睛趴在那儿都威风凛凛。

　　林雾心里忽然一紧，想到王野对上山的执着、对兽化的向往，蓦地害怕起来。

　　虽然自己和陶其然都可以在人形和兽形之间自由切换，但王野会不会……

东北虎厚实的身体毫无预警地开始变瘦，野兽的肌肉变成了人类的线条，四肢和躯干都开始变形。

林雾悬着的心终于放了回去，明明是自己吓自己，可看着渐渐变回来的王野，他竟然有一种差点失去的后怕和庆幸。

终于，那个又凶又憨又帅气的圆寸头回来了。

林雾扑过去一把抱住王野，用尽全身力气。和撸大猫不一样，此刻的他和王野挨得更近，他能听见他的心跳，一下、一下，那样有力而清晰。

王野先是一怔，接着揽住林雾，避开伤口，安慰似的拍了拍他的背。

林雾感觉有好多话想说，可真到了嘴边，只剩那件最快乐的事："你也能兽化了！"

他能想象王野的快乐，所以他也高兴，比王野还高兴。

兽化是意外之喜不假，但王野还是老大不高兴，把人从身上抓下来，眼对眼，鼻对鼻，眉头皱得深深的："谁让你来的，一屋子人你看不见吗？还敢给我兽化，他们差点真就把你当狼弄了！"

林雾鼓起腮帮子，不吭声。

石浪看热闹不嫌事大，慢悠悠地推波助澜："怎么不说话了？"

林雾装傻，看吊灯看地板就是不看兽控局的他。

"那就我来说吧，"石浪冷冷地和王野道，"你以为他真是自不量力，想凭一己之力救你？他是为了把我们拖下水……

"如果不是你突然兽化，我猜他下一步就要当着你父母的面变回人形了，"石浪朝林雾挑了一下眉，"我说得对不对？"

林雾端庄乖巧地凝望着他，俨然五讲四美好青年。

"……"石浪看回王野，"因为只有这样，我们才会介入，而不管你家正处于什么局面，都要给兽控局的工作让路，他也就能顺理成章把你从困局中带出来了。"略微停顿，石浪淡淡勾起嘴角，"你的朋友，贼着呢。"

"哦对，"他的视线又落到林雾身上，"'兽控局'这个简称好像是你小舅起的，还不错。"

　　林雾料到了会穿帮，但无论如何，目的达到了，他就是要把王野带回去。而现在还有王野兽化这样的意外之喜，以后王家想对王野做什么，至少不敢再明火执仗了。

　　只是……

　　父母想为难儿女，尤其是王野这样的家庭，有的是不用明着来却一样让你难受的招数。

　　望向王家三口消失的楼梯，林雾不自觉地握了拳，咋能有这么偏心的父母呢，王野明明那么好。

　　"石浪是吧？"王野忽然出声。

　　男人同他对视，浅色的眼眸中闪过一丝警觉："你想做什么？"

　　"没有，"王野笑了一下，轻松道，"反正你都来了，送佛送到西，和上面那仨说一下，以后别搞事情了，他们不惹我，我也不会打扰他们。"

　　石浪慢条斯理地抚平衣袖的褶皱，说："这是你家的事情，和兽控局无关。"

　　"周漫和许朔说每一个兽化觉醒者都是重点保护动物，"王野耸耸肩，"现在我需要保护。"

　　石浪："……"

　　比自己还高出几厘米，兽化后更是食物链顶端的绝对王者，理直气壮求保护。很好，很谨慎。

　　但——

　　石浪说："我看不出他们现在还能对你造成什么伤害。"

　　王野摇头："我很容易被激怒，今天是在别墅，明天可能就是在闹市区，公共场合，到时候会造成什么影响，谁也说不准，我无所谓，主要怕连累你们。"

　　石浪瞥他，眼神淡而锋利："你在威胁我？"

　　王野一脸真诚："我在建议你们防患于未然。"

林雾的视线跟着双方对话来回，此刻感受着王野周身散发的正直气场，仿佛看见了说瞎话不眨眼的自己。

石浪和王野对视良久，在这位新晋觉醒者的眼里，看不见请求，也看不见商量，只有越来越明显的不耐烦，仿佛在说：你行不行，不行我就自己上。

一头已经出柙的猛虎。

石浪最终还是妥协了，就管这一回闲事吧，只当把不安定因素消除在萌芽状态。

联络了高个男人下来，让他守好林雾和王野，换石浪去楼上。

刚走到楼梯口，石浪就听见背后一狼一虎已经聊起来了。

林雾问："你咋突然这么聪明？"

王野说："受你启发。"

林雾说："可他说我贼。"

王野说："贼可爱。"

林雾："……"

王野问："后背疼得厉害不？"

林雾说："还行。"

王野说："储物间好像有医药箱，我去找一下……"

石浪迈步上楼。

青春啊。

王野刚给林雾的伤口处理完，简单包扎后放下衣服，石浪就回来了。

这速度可有点快，王野疑惑地看他。

石浪走下楼梯："你爸想和你单独谈谈。"

王野问："单独？"

石浪说："有些话，还是你们父子间聊透了比较好。"

王野以为他之前把话说得够明白了，但既然他爸非要再来最后一轮，那就来吧。

刚迈出一步，忽然受到了几分阻力。

王野回头，发现一只手扯住了他的衣角。

林雾没说话，但眼睛里全是担心。

很早的时候，王野就觉得这是自己见过的最漂亮的眼睛，像笼着薄雾的森林，而现在，森林变成清澈的湖，只映着他王野的影。

"等我回来。"王野轻声说。

王海辞书房。

石浪体贴地从外面将门关上了，留给父子俩独处的空间。

王野对此并没有什么需求，进门后就原地站定，一步不再往前。

王海辞坐在书桌后面。

两人之间隔着这个书房可以拉开的最远距离。

王海辞已经冷静下来了，但看王野的眼神还是不免掺杂一丝陌生和恐惧，加之刚接收完巨大的信息量，又被石浪警告甚至说威胁一番都不为过，他现在的情绪很不好。

可一开口，话里却是赞许："不错，懂得利用关系和资源了。"

王野没什么表情："靠我自己也行，只不过他们效率更高。"

王海辞问："你就那么想摆脱我们？"

王野答："本来我就是扫把星，现在又成怪物了，你们应该欢送我离开。"

王海辞审视一般打量他半晌，忽然问："你真觉得我和你妈对不起你？"

王野皱眉，没说话。

"看来你还不是完全不懂事。"王海辞缓下语速，"从小到大，你衣食不缺，吃的用的玩的都是最好的，小城要了一辆车，你妈就给你也买一辆，和普通家庭的孩子比一比，你得到的远比他们多得多，"王海辞带着认真的疑问，"可你却觉得我和你妈对你还不够好？"

无声对视。

王海辞似笑非笑,这是他掌控主动权后的习惯表情:"怎么不说话了?"

王野说:"都是事实,我无话可说。"

"所以呢,"王海辞好整以暇,"你还坚持要离开王家?"

王野毫不犹豫:"是。"

王海辞的笑意僵在脸上:"那你这就是不孝!"

王野说:"你们那么有钱,不缺我一个孝子。"

王海辞怒道:"你……"

"不过,"王野转了话锋,直视王海辞,"如果将来你们老了,集团让王锦城搞破产了,或者没破产,就是单纯想让我还债,我都会回来尽义务。你们养我二十年,我给你们养老送终。"

王海辞嘴唇微张,一辈子口若悬河的他,此刻竟说不出半个字。

王野想得那么清楚明白,态度那样坚决果断,某个瞬间,王海辞好像看见了年轻时的自己。

该说的都说完了,王野转身离开。

在干脆利落的关门声里,王海辞一下坐回椅子上,长久地茫然着。

他好像从来没了解过这个儿子,而现在,也永远失去了了解的机会。

王野头也不回地下楼,楼梯走到一半,就可以看见一楼的情形了,看见林雾仰着头,眼巴巴地盯着楼梯,特招人疼。

王野等不及了,干脆撑住扶手翻身一跃,灵活敏捷,稳稳落地。

"我回来了。"说到做到。

林雾没想到他这么速战速决,一时反应不及,傻乎乎地回了句:"哦。"

"就'哦'?"王野不满,敢情刚才那眼巴巴盼着他回来的样子都是假的?

林雾当然不是这个意思,着急想解释,他之所以反应不过来是因为:"你速度好快……"

"……"王野毫不留情地捏一把小狼的脸,"你不是能说会道吗!"

林雾在虎爪的肆虐下,才终于有了王野全须全尾回来的真实感,情不自禁伸手胡噜胡噜大老虎的脑袋:"回学校,回去都跟你说。"

王野想和林雾单独相处,但旁边这位实在挡光,忍不住蹙眉瞥了一眼。

"你看我也没用,"石浪举起手里的设备,"你不录信息,我就得一直在这儿守着。"

林雾忽然"啊"了一声。

王野立刻收回注意力:"咋了?"

林雾说:"我把原思捷他们给忘了!"

王野问:"原思捷?他们?"

"原思捷,葛亮,江潭,"林雾懊恼,"我们一起来的,他们还在外面等我信儿呢。"

"你是说这几个吗?"落地窗方向传来声音。

林雾和王野一齐转头。

高个男不知什么时候站到落地窗外了,他身后是一排黑衣人,而在他和黑衣人之间,则是全部被包抄,一个都别想漏网的六位同学。

高个男让开些许,使林雾和王野能更直观地看见那六位。

原思捷,葛亮,江潭。夏扬,李骏驰,任飞宇。

石浪和林雾说:"看热闹的好像比你预期的多。"

林雾蒙了:"你们怎么也……"

"他干的!"葛亮立刻指向原思捷,对出卖队友的传统艺能使用得十分娴熟。

原思捷有些抱歉地看向林雾:"虽然你说一定可以把王野带回来,但毕竟凡事都要有两手准备才稳妥,所以我擅自找了外援,想着多一个人多一份力。不过有一点我要声明——"原思捷转头看向下一任背锅侠,"我只找了夏扬。"

夏扬莫名其妙地接了锅："我怎么知道你发的语音是嘛，直接按了就是外放好嘛！"

任飞宇点头："我证明，我就是这么听见的。"

"我不是，"李骏驰秉公无私，"我在外面呢，夏扬给我打的电话。"

夏扬："……"说好的宿舍兄弟心连心呢！

来都来了，追究咋来的已经没意义了，林雾现在就想知道："那你们啥时候到的？一直在外围吗？还是……"

葛亮说："一开始在外围，后来突然发现巡逻的那些人都骚动了，突然又来了一大帮黑衣人，突然就虎啸狼嚎的，我们哪还能等，立刻过来了！"

林雾咽了下口水："然后……"

"别然后了，"夏扬的神情前所未有地复杂，"我们嘛玩意儿都没看见。嘛东北虎，嘛丛林狼，嘛大变活人，我们一点都不知道。"

林雾："……"

王野："……"

"不是要签保密协议吗，"江潭看向高个男，"就在这儿签？我带了身份证，需要吗？"

葛亮道："你也太淡定了吧！"那可是虎狼变身啊。

夏扬更迷惑的点是："你为嘛会在解救同学的时候随身携带身份证？"

"这有啥，"李骏驰从口袋里帅气夹出自己的证件，"我也带了。"

夏扬："……"

他要认真考虑和这个只知道拆台的家伙断绝室友关系的可能性！

两个宿舍，八个人，闹哄得别墅客厅像阶梯教室。

石浪一边忙着录信息、签协议，一边真心佩服老师们。他才面对这帮家伙一小时，就想掀桌，难为老师们天天面对一班，甚至几班学生。

可同学们自我感觉良好，在录信息的间隙孜孜不倦挖掘虎狼背后的秘密。

原思捷问："所以林雾你在长白山的时候就变了？"

葛亮说："野哥你这不行啊，大老远跑山上还没人家成功……啊——"

李骏驰说："挨踹了吧？你得学习说话的艺术。王野，你这就是有心栽花花不开，无心插柳柳成……啊——"

葛亮道："野……野哥，人家不是咱宿舍的……"

夏扬道："我说爷们儿，有点正事行吗，兽化觉醒啊，今天是林雾王野，明天就是你我他！"

石浪道："这个并没有明确……"

葛亮道："啊？那不行啊，我不要，哈士奇太傻了！"

原思捷道："别这样，你如果都承受不了，江潭该怎么办？"

石浪道："我说了，兽化觉醒目前还……"

江潭道："我不介意。蛹化后冬眠和夏眠应该更方便，而且节省食物降低出行量，低耗环保。"

任飞宇道："我也不介意……我还挺想在天上飞一飞的……"

李骏驰道："我可是最古老的优良品种，骏马奔驰，多帅！"

"砰！"

突如其来的一声响。

空气立刻安静，八位同学循声而望，破窗一角原本挂着的粘连碎玻璃，二次粉碎脱落。

石浪明明站在彻底干净的空窗框前，然而双手空空如也。

男人微笑，浅淡的眼眸像阳光下的海水："现在能认真配合我们工作了吗？"

夏扬道："你把武器藏哪儿了……"

石浪说："闭嘴。"

八位同学被兽控局"护送"回学校时，天已亮了大半。

盛夏的白昼总是来得早些。

校庆的彩旗还没摘掉，迎风飞舞，路上不时可以看见同样往宿舍区回的，那是校庆后彻夜欢聚的同学，high 的时候多快乐，现在的步伐就有多虚浮。

对他们来说，校庆夜刚刚过去。

可对 333 和 509 的伙伴们来说，校庆好像已经很远了，这跌宕起伏的一夜，仿佛一个世纪那样漫长。

校庆过后，学校回归了正常的气氛和节奏，学期的最后阶段也悄然到来。

王家果然再没有搞出什么事，好像真的彻底消失在了王野的生活里。林雾起初还担心过一段时间，后来终于确定，兽控局出马还是管用的。

夏季最炎热的三伏天还没到，高温已全面席卷，再喜欢户外活动的同学也不愿在这样的大太阳底下挥洒青春了，但也侧面帮大家收了心，专注备战即将到来的期末。

一个星期前，林雾就进入了期末复习阶段，上完夜课，早餐后继续待在图书馆或者自习室，待到中午才回宿舍休息，睡到晚上再起来继续上课，每天的作息十分规律。

相比之下，王野就懒散多了。在他身上一点都看不见期末的影子，加上最近没接几个活，熬夜创作的勤奋都不多见了，这一阵基本就是在宿舍睡到自然醒，教室上课自然睡，课余时间画两笔，想林雾了拿手机——

王野：哪儿呢？

林雾：图书馆。

王野：才六点半……

林雾：我早上没回宿舍，直接从教室过来了。

别人刻苦学习啥样，王野不知道，他只知道林雾一刻苦，他俩直接"异地"了！

林雾：[抱抱 .jpg]

异地就异地吧。

"一起床就看见这么洋溢的笑脸，"原思捷从上铺下来，"青春真好啊。"

王野摸摸自己的下颚："我笑了吗？"

原思捷道："幸福得都冒泡了。"

"你咋起这么早？"王野看一眼手机，确定今天是周六。

"去图书馆，"原思捷去洗脸刷牙，"晚了占不到座，又要被夏扬念叨一上午。"

王野问："夏扬？"

原思捷含着牙膏泡沫，含混道："我和他现在是期末复习一帮一互助小组。"

王野道："你俩一个机械院一个环境院，互助啥？"

原思捷答："英语和高数。"

王野："……"

葛亮被吵醒，迷迷糊糊听了一阵，这会儿总算睁开了眼："我说你这一阵咋上自习那么积极呢，这玩意儿果然还是得有人督促。"打了打哈欠，他又道，"但你咋想到找夏扬了？"

原思捷问："知道什么样的感情才最深厚吗？"

葛亮说："什么？"

原思捷道："就是彼此守着共同的秘密。"

葛亮问："那我也和你守着共同秘密啊，你咋不找我？"

原思捷道："颜值不过关。"

葛亮："滚！"

王野看着原思捷收拾立正，快乐出门，忽然觉得有点闷闷的。

图书馆，林雾继续沉浸在复习题的海洋里，本以为结束了聊天的手机，忽然又振了。

王野：原思捷和夏扬要一起去图书馆了。

林雾没懂王野的意思，回复：我知道啊，他俩最近总一起来。

王野：那你咋不找我？

林雾：……

没人告诉他王同学还有这种需求啊！

林雾：你想复习？

王野：不想。

林雾：……

王野：[我可以不想，你不能不找 .jpg]

林雾：[你还能再霸道点吗 .jpg]

王野：你不想我？

林雾：……

王野：[百兽之王生气的背影 .jpg]

王野：[百兽之王特别生气的背影 .jpg]

王野：[百兽之王暴怒的背影 .jpg]

林雾没好气地敲字，终于在屠屏里杀出了一条血路：就是因为和你在一起会分心啊！

表情停住，聊天框骤然安静。

过了快一分钟。

王野：好好学习，晚上带你吃好吃的去！[抓过来，撸撸毛 .jpg]

林雾翘起嘴角，心里满满的，前所未有地充盈。

离开狼群的小狼终于找到了伴，荒野也是鲜花盛开的。

第九章　期末

距离期末考试还剩一周。

林雾遵循自己制订的计划，已经复习得差不多，接下来这几天就准备乖乖按照王野说的，吃好睡好，轻松迎考。

但 333 的其他兄弟可没这么从容，连续高强度地复习到现在，他们年轻的身体尚且扛得住，就是心态一个个的都有点崩。

至于突然这样刻苦的原因——

上学期因为野性觉醒，期末考试取消，这学期学校为了让同学们抓紧补回进度、认真学习，一开始就有风声放出来：期末考试会带上学期的课本内容，而且打分会非常严格，该挂科的绝不手软。然后到了期末伊始，学院老师们又把这个考试精神正式传达了。

林雾当然乐见于兄弟们都认真备考，但向来心大的夏扬都开始在梦话里说"水质监测分析方法"，李骏驰泡脚提神差点直接用开水，更不用说抗压力最差的任飞宇，记忆力都已经开始停工，一个公式能翻来覆去背一宿。

周五这天，王野又完工了一单画稿，钱不多，但带林雾出去吃好吃的还是绰绰有余的。

俩人在外面浪了一夜，吃吃喝喝，还看了一场电影，周六早上才回学校，结果林雾一进333，就看见刚起床的仨兄弟，挂着黑眼圈，拖着疲惫的身躯，洗脸、刷牙，各自口中都念念有词。

林雾仔细一听，得，叨咕的内容还不一样。

任飞宇背物理公式呢。

夏扬背环境工程原理。

李骏驰在和环境化学较劲。

林雾实在看不下去了，再这么着，没等考试，人就先魔怔了。"兄弟们，文武之道一张一弛，这都周末了你们就给自己放一天假吧。"

"周末？"夏扬游魂似的，有气无力看过来，幽幽道，"对，考试前的最后一个礼拜了……"

正洗脸的任飞宇突然僵住，带着一脸水珠，满眼惊恐："啊？这就最后一个礼拜了？我还好几科没看呢！"

"大宇，你大一上下学期都是裸考的，不也低空飞过了，"林雾说着，又去看夏扬，"你上课表现那么积极，只要不交白卷，老师都会放你一马的。"

夏扬摇头："我那是积极？就是接下茬好吗，不遭人嫌就不错了。"

林雾："……"这时候你倒自我定位清晰了。

"林雾，你说得对！"刚在桌前坐下没多久的李骏驰猛地把课本一扔，"不看了，爱谁谁，不就一个考试吗，咱们不能让它把自己的人生都搅乱了对不对？"

人……生？

林雾有点艰难地看他："倒也不用抬到这种高度……"

"怎么不用，"李骏驰极度懊恼，"我刚才又跟人要错价了，一百五的活我只要了五十，活活亏一百，这个礼拜第三回了！"

林雾缓缓眯起眼："你这一阵不是不接活了，一直专心复习吗？"

李骏驰说："是不干活了，但接还是要接的，都是暑假预定。"

林雾:"……"你不走向人生巅峰都没天理了。

或许是被李骏驰的气势感染了,任飞宇也擦了把脸,准备躺平:"反正我脑子都一团浆糊了,爱咋的咋的吧。"

林雾哭笑不得:"让你们劳逸结合,不是就把课本扔了,休息一天放放空,明天精神了,继续。"

"嘛?放空?"夏扬自暴自弃了,"好嘛,我现在睁眼闭眼都是字儿,想转移注意力?那是墙上挂竹帘,门儿也没有!"

林雾理解这种焦虑的状态,心里装着事,单纯靠意志力放松确实很难。

"我说,王野咋调节的?"李骏驰突然问,"我昨天在楼底下看见他,当时底下来来往往一堆同学,精气神加起来还没他足,那精神抖擞的,就一个词儿——胜券在握!"

林雾露出尴尬而不失礼貌的笑容。

嘚瑟他信,胜券在握……真的和学习一毛钱关系都没有。

不过说到王野,林雾倒想起另外一茬:"既然决定休息一天,那就别窝在宿舍了,咱们出去放风。"

夏扬站在屋中央,占据电扇的全部宠爱:"这天热得跟下火似的,奔哪儿去?"

509宿舍,王野正拿手机刷微博评论。

王爷-509现在的粉丝已经涨到8962,破万指日可待。每一个新粉在评论区报到,都会被老粉科普——

最常见的热评:我们对王爷是始于颜值(人和画都好看),陷于人品(他虽然脾气暴躁,偶尔会被甲方以态度过于强势为由挂人,但他对自己在意的人真是超级超级温柔啊,我嗑死了)。

最常见新粉反应:括号里的信息量太大了!

不过最近评论区日渐和谐起来——

天上阙:我又搜到有up主夸王爷了,说他出稿超级快,脾气超级好,

根本不像别人说的那样。[开心][开心]

空山新雨2046：一直出稿快啦，但这个脾气好……你确定？

讨厌跑步的鸵鸟：最近刷到两三个找王爷画图的都说态度超级好，合理怀疑不是中奖了就是恋爱了。

无尾熊啃树叶：一看就是新粉，画手大大早有官配啦！指路@学习真快乐

空山新雨2046：小声地说，偷偷嗑就好啦，又没真的盖章。

无尾熊啃树叶：[震惊]难道我嗑了假糖？

我的男神都是纸片人：那会不会是一直互有好感但没说破，现在终于在一起了！（啊啊啊脑补停不下来！）

几分钟后，这条讨论热烈的评论里又多出了一条新的回复。

王爷-509：[路过]

两小时后，这条回复才被抓到，并引发新的讨论。

天上阙：王爷回复我了！[兴奋]

哥本哈根不减肥：捉到王爷一枚！

无尾熊啃树叶：这个[路过]就很玄妙了，是说咱们猜对了还是没猜对啊？

我的男神都是纸片人：以我嗑糖多年的经验，这个表情的意思就是：已阅。[我很开心但我必须面无表情才够酷.jpg]

王野没等到看见这些评论，因为刚发完[路过]，就听见了一声"叮"。

他以为是一大早就离开闷热宿舍的三位室友之一，毕竟给他发信息的除了林雾就是509的人，而他和林雾不久前才刚结束夜游。

不料，还真是林雾。

林雾：睡了吗？

王野：[又要给我唱催眠曲？好的，来吧.jpg]

林雾：美得你。

林雾：你现在困吗？

王野：有事？

林雾：去密室逃脱咋样？

之前和林雾一起吃饭的时候，王野的确收到了景老板的微信，提醒他再不去玩送的券可就过期了，而且今天正好那个券的主题密室没预约，估计是期末了，作为客源主力的同学们都玩儿命地复习呢。

王野和林雾倒是有时间，可那个密室的要求是 8 到 10 人，两个宿舍都在备考，他俩又没其他人可找，王野就回绝了景老板。

王野：就咱俩？

林雾：我们全宿舍，今天放风一天。[来呀，快活呀 .jpg]

那也才五个人。

王野想了想，回：我问问他们。

【509 宿舍群】

王野：都哪儿呢？

葛亮：自习室。[刻苦][刻苦]

就这秒回的速度，实在很难把他和刻苦联系到一起。

江潭：游泳馆。

葛亮：美慕脑子好的。[流泪]

王野：@原思捷

原思捷：图书馆，等小羚羊呢。

王野：你的小羚羊要去密室逃脱。

原思捷：？？？

王野：他没和你说？

原思捷：[扶额] 给我发信息了，我才看见。

葛亮：你看书也太认真了吧。

原思捷：太困，睡着了。

葛亮：……

原思捷：我是夜行科属，白天犯困是本能。

葛亮：那你还去啥图书馆！

原思捷：[夏天到了，正是热情洋溢的季节 .jpg]

图片里，是生机勃勃的大草原。

葛亮没看出啥问题，但就是觉得哪里怪怪的……

王野：密室逃脱，正好八张券，就上次我画海报那家，一起去？@原思捷 @葛亮 @江潭

原思捷：走起。

葛亮：校门口集合？

江潭：给我十五分钟。

葛亮：对了，密室啥主题？

原思捷：王野上次画那个吧，蒸汽朋克的？

王野：不是，另一个。

王野懒得翻电子券了，凭记忆在微信里敲字：好像叫什么龙凤呈祥。

上午十点，八位同学整齐出现在密室逃脱店门前。王野画的巨幅海报仍在，尽管已经挂了一段时间，依然醒目漂亮。

前台，王野将电子券亮给店员，店员刚要扫，忽然又抬头看他们，说："这个密室可以 10 个人玩的，你们如果觉得人多一点不害怕，可以再等一等，一会儿应该会有人数少的顾客过来拼团。"

王野刚要说不用，林雾忽然拦住他，带着某种不祥的预感，缓缓问店员："为什么人少就会害怕？"

另外几位反应过来的，几乎同时问——

夏扬问："密室嘛主题？"

原思捷问："这个密室什么内容？"

江潭问："不是'龙凤呈祥'？"

"哦，"王野又看了一眼电子券，发现自己记主题名字的时候没记全，"龙凤呈祥之鬼新娘。"

林雾："……"

其他六位同学："……"

王野一脸坦然，完全没觉得自己有用的一点没记住，遗漏的全是重点。

林雾想敲他头，可当着两宿舍人呢，又不好让王野没面子，只能在柜台底下用力捏了捏王野的手，反正他俩离得近，别人也注意不到。

王野正重新举手机让店员扫券，垂着的那只手忽然被人抓住了。

低头，是林雾。

王野高兴起来，比接到大单都高兴，反手就将林雾握住了。

"好了，"店员扫完券，礼貌道，"进去之前，请各位将手机放到这边的储物柜里。"

林雾根本没听见店员说啥，一被王野抓住他就蒙了，本能地把手往外抽。

抽一下，没抽出来。

抽第二下……

"你老动什么，"王野转头，语气有点凶，但眼神很温柔，"一会儿进去你就跟着我走，什么鬼挡路我都给你清干净。"

"……"林雾小声咕哝，"那里面都是工作人员，你别真动手。"

后面六位同学……

原思捷问："这密室是一个凄美的爱情故事吗？"

夏扬答："必须凄美，它要有一点大团圆的美好结局我都跟它没完。"

前台小姐姐将大家领至主题密室的入口，待所有人踏入，她站在门外嫣然一笑，送上诚挚祝福："龙凤呈祥之鬼新娘，祝您度过愉快的逃脱时光。"

厚实大门"砰"地关闭，一丝光都透不进来。

众人一瞬陷入无边黑暗，周围变得极静，只有呼呼的冷风和偶尔滴答的水声。

在这样的环境里，紧张和不安几乎是本能。

林雾忽然很庆幸被王野抓着手。

但下一秒他就后悔了。

王野在黑暗中大步流星地往前走，跟逛自己家客厅似的，那叫一个步伐矫健。

林雾脚下跟跄，忘了害怕，就剩薅虎毛的冲动："你走慢点——"

穿过黑暗通道，等着他们的不是"鬼"，而是一间大红喜绸布置的洞房。

房内所有光线只有屋中央一张八仙桌上的两根烛灯，微弱烛光将满屋红绸锦缎映出一种压抑的暗红色。

除了八仙桌和柜子，屋内最扎眼的就数那张喜床。

明清木床，有顶盖，有进门，雕刻精美，喜帘挡得严严实实的。

空气死一般寂静，阴风阵阵。

八位同学挤在门口，望着阴森诡异的大红洞房，忽然怀念起背后刚刚走过的一路黑暗。

布景要不要这么下成本啊！

王野一直都是抓着林雾的，这会儿忽然感觉到林雾主动找他的手了，偏过头，语带调侃："害怕？"

不问还好，一问，林雾立刻扬起头："谁说的。"语毕，啪地甩掉王野的手，第一个迈步进洞房。

"……"低头看看空荡荡的手，王同学决定吸取教训，下回绝对不问这种多余的话。

跟着林雾，王野第二个迈入洞房。

然后是江潭、原思捷、夏扬、任飞宇、李骏驰。

"葛亮？"李骏驰进来之后，发现最后一位葛同学扒在门口，迟迟不动，"你干啥呢，进来啊。"

葛亮猛摇头："我一单身狗 [1]，进洞房不合适。"

李骏驰说："你要说你是觉得这屋瘆得慌，我也就放你一马了。"

葛亮说："真的很瘆人啊。"

李骏驰说："鄙视你。"

葛亮："……"

"别闹了，"林雾努力集中精神，尽量让自己别去看那挡着喜帘的婚床，只借着微弱光线盯住王野的脸，很帅，很威武，能壮胆，"这就是第一个密室了，咱们先找找哪里有出口，能通往下一个密室的。"

"没错，"李骏驰接茬，"这个我最有经验了，先找出口，但肯定是锁着的，再找线索解谜、开门。"

"哎？"夏扬忽然想起什么，疑惑地看向李骏驰，"你是不是说之前在这儿打工装女鬼？那你对这个密室门儿清啊我的哥哥。"

原思捷单眼皮下掠过一丝不满："别逮着谁都叫哥哥。"

"门儿清啥啊，"李骏驰十分后悔没早点带兄弟们来，"我之前打工的时候这个主题还叫百年好合之冥婚，现在经过装修改造，主题升级了！"

"呼啦——"

绸布抖落的声音骤然响起。

众伙伴一个激灵，全体噤声，惊恐地往声音的方向看。

只见王野同学已经撩开喜床的红帘，露出里面空荡荡的床铺，末了还挺遗憾地宣布："空的，啥玩意儿也没有。"

众兄弟："……"

你想出现啥玩意儿！

林雾偷乐，弯了眼睛。本来还挺毛骨悚然的氛围，但一看见王野这虎了吧唧的劲头，心里那些害怕就都没了，好像就算一群鬼迎面扑来，王野都能一声虎啸给他们吼得灰飞烟灭。

---

[1] 单身狗：网络用语，指没有恋爱对象的人。

最恐怖的布景已经被攻陷，大家也没啥可怕的了，果断开始搜屋。

翻箱倒柜十几分钟。

一无所获。

葛亮说："真是邪门儿了，屋就这么大点儿，都让咱们翻遍了。"

夏扬说："就差敲天花板和掀地砖了。"

王野道："你跳得高，负责天花板，我负责地砖。"

夏扬连同众兄弟默默看向东北虎，你认真的？？？

林雾说："弄坏装修要赔的。"

王野说："这不是密室逃脱吗？"

林雾说："是密室逃脱，不是暴力越狱。"

"呼——"

一股强烈的冷风突然由通道灌入洞房，那风像来自地府，阴森寒意浸透大家的每一个毛孔。

屋内仅有的两盏烛灯忽然熄灭。

洞房一霎陷入黑暗，与此同时，响起了女人的低婉吟唱。

"一生一代一双人，争教两处销魂。相思相望不相亲，天为谁春……"

那声音近得像贴在耳边。

林雾浑身汗毛竖起，本能去抓身旁肩并着肩的人，他知道那是王野。

没抓住手，抓住了胳膊。

可那胳膊忽然抽出，下一秒，直接把他揽到了怀里。

猫科动物的夜视能力好，但在没有任何光的环境里，再好的视力也没用。

可是还有气息。

王野隔着老远都能闻到林雾的味道，何况近在咫尺。

"都是假的，你怕啥。"王野用下巴蹭了蹭林雾的头顶，然后直接向黑暗中的未知者宣战，"别装神弄鬼，有能耐你出来。"

众兄弟："……"他们并没有这种约架的需求！

像是回应王野的挑衅，桌上两支烛灯啪地又亮了。

"啊啊啊——"夏扬吓毛了，大喊着一蹦三尺高，真三尺，要是有房梁，他能直接跳上去。

任飞宇则脸色煞白，连喊都喊不出声了。

就在离他俩最近的那张喜床上，一个穿着凤冠霞帔的女人，乌黑的长发从凤冠里垂下，遮住了大半的面容，仅露出一点惨白的脸和一双黑得骇人的眼睛。

女人坐在喜床边，嘴里仍吟唱着："一生一代一双人，争教两处销魂……"

她的声音像夜莺，可在这阴森恐怖的洞房内，凄凉的吟唱格外惊悚。

夏扬落地之后就浑身僵硬，一动不敢动，好像动一下都会被鬼抓走。

身体忽然被碰了一下。

夏扬又"啊"的一声尖叫。

"是我。"抓住他胳膊的原思捷没好气道，"别自己吓自己，你仔细看看，她长得还挺可爱的，看着看着就习惯了。"

夏扬信世界上有鬼，都不带信原思捷那张嘴的："你就和我说你看谁不可爱？学校里走一路你遇上十个人能夸八个。"

原思捷："我有一双发现美的眼睛。"

夏扬不屑："呵。"

李骏驰道："咱们现在是不是应该先研究研究女鬼的问题？"

任飞宇说："她……她还在唱……"

王野说："是不是等我们上去搭话呢？"

葛亮说："你这个思路是真野……"

林雾说:"也不是没有可能,她说不定就是出来给我们指路的NPC①。"

葛亮说:"那你俩上吧。"

他只是一只柔弱的雪橇犬。

林雾只是嘴上说说,没敢真动。

王野没动,林雾不动,他就不动。

最后是江潭上前的。

一人,一鬼,一步之遥。

江潭开口:"你好。"

鬼新娘继续:"一生一代一双人……"

江潭问:"你是来给我们指路的吗?"

鬼新娘继续:"一生一代一双人……"

江潭问:"你除了唱这几句,还可以说一些别的吗?"

鬼新娘继续:"一生一代一双人……"

江潭道:"谢谢。"

远远躲在屋子另一端的伙伴们,望着这诡异的交谈画面——

李骏驰道:"这女鬼比我敬业多了,我现在还真让她弄得又有点心慌了……"

任飞宇道:"她该不会……真是……"

夏扬道:"打住,不许说了。"

原思捷道:"但是江潭的表情就像平时在宿舍和我们说话。"

葛亮道:"我咋现在觉得江潭比女鬼还可怕。"

林雾道:"行了……"

王野道:"不。"

林雾道:"我真不害怕了,我刚才就是一时没有心理准备。"

---

① NPC: non-player character 的缩写,游戏中一种角色类型,指的是游戏中不受真人玩家操纵的游戏角色。

王野道："再等一会儿。"

鬼新娘："……"

葛亮、李骏驰、夏扬、原思捷、任飞宇都无语。

能不能尊重一下密室的氛围！

"啪。"

灯光突然又熄灭了。

紧接着一声重物碰撞似的"咣当——"响起。

"什么情况？"

"又咋了？"

"会不会是监控室那边看不下去，人工打断？"

黑暗中，大家的声音此起彼伏。

不多时，飘飘摇摇的灯光重新亮起。

江潭面前的喜床上再无女鬼，连被褥枕头都一并消失了，只剩光秃秃的床面。

"怎么回事？"原思捷三步并两步来到床前，"怎么可能凭空消失呢？"

他一边说，一边伸手拍床面。

"咚咚。"

床板传出略显空荡的回音。

原思捷一怔，抬头看江潭："空的？"

搜屋时检查喜床的是江潭。

"像，"江潭说着，"但我没找到入口或者机关。"

"等一下，鬼新娘现身肯定是有意义的，如果只是单纯吓唬我们，不会和我们面对面这么长时间，"李骏驰凭自己在密室打工的经验推理道，"她应该是想告诉我们什么。"

夏扬问："告诉嘛？让我们学她来无影去无踪？"

"说不定真是这样。"江潭看着床面，和原思捷道，"你让一下。"

原思捷闪开。

下一秒，就看见江潭上去，平躺到了床面靠里侧，头枕在原本枕头所在的地方，规矩得就像男主人真在就寝。

原思捷："……"他同意葛亮了，江潭果然比女鬼更让人瘆得慌。

任飞宇很想为密室出份力，这会儿经历过女鬼，好像也没有什么更可怕的了，慢慢挪到床边，问江潭："你发现什么了？"

"没有。"江潭答得倒干脆。

任飞宇说："那你这是……"

"沉浸式思考。"原思捷帮忙解释。

林雾一直在思索，女鬼唱那几句话会不会是提示。

一生一代一双人……

一双人。

林雾忽然灵光一闪，对着床边的任飞宇道："大宇，你也躺上去！"

任飞宇一头雾水，但他相信林雾，二话不说就躺到床上，正好补了外侧位置，和里侧的江潭双双躺好。

几秒后，就见床板像解开了感应锁似的，啪地反转。

任飞宇和江潭就这样掉了下去。

转眼间，床板翻回，严丝合缝。

"这也行？！"葛亮瞪大眼睛，可话里话外都是找到出口的兴奋。

众伙伴抓紧时间，立刻自动配对。

葛亮和李骏驰先上去，接着是原思捷和夏扬。

转眼，屋内就只剩下了林雾和王野。

或许是找到了出路的奖励，冷风停了，连烛灯都仿佛亮了些。张灯结彩的洞房好像真的有了那么一点喜气。

王野率先躺到喜床上，但不正经平躺，偏要侧身以手撑头，真像等着婆亲似的。

"哎，咱俩这样是不是就算入过洞房了？"

不常笑的人，眼底一旦盛着笑意，就像星光一样亮。

林雾来到床边，低头带着揶揄揉一把他的脑袋："同学，这里是鬼屋。"

"都一样。"王野忽然伸手，直接把林雾拉了上来。

两人的重量触发机关。

床板应声反转。

林雾来不及反应，只知道自己是被王野抱着往下落的。

但是会去哪儿，他一点都不担心，似乎跟着王野，去哪里都会一片广阔。

王野从不会思来想去。

他只知道进了他的地盘，任何人就再也别想跑。

从小到大，这是他第一次有这么强烈的渴望，超过了他曾经所向往的一切。

本以为洞房里的鬼新娘已经是最大的暴击，没承想，这只是全场高能的小小开始。接下来的密室一个比一个恐怖，到了整个后半程，众伙伴基本就是在黑暗中被厉鬼追着逃命，此起彼伏的尖叫声交织成"欢乐海洋"。

终于彻底逃出来的时候，八个里有六个大脑都已经呈空白状了，只记得一直苦于自己科属特征不明显的任飞宇，到最后那狂奔速度就是平地飞，绝对无愧俯冲速度最快猛禽的基因。

唯二啥事没有的，一个是王野，全程冲在最前面，气势堪比鬼王，到最后鬼都绕开他专注吓唬别人了；一个是江潭，到了出口所有人都气喘吁吁的时候，他还不忘向等待的工作人员请教："如果我们来的人是单数，第一个密室要怎么过？"

工作人员愣了好几秒，微笑："我们会安排鬼新娘再次出现，送最后一位顾客上路。"

"美好"的周末过后，所有人又回到了刻苦备考的轨道上。或许是在密室里释放了压力，重新投入学习的那一刻，好像又充满了斗志——绝对不是因为经历了太多妖魔鬼怪于是愈发热爱生活的光明。

当然也有佛系备考的。

比如王野，比如葛亮。

但在距离考试还剩五天的这个傍晚，光着膀子快乐啃西瓜的哈士奇同学感觉到了一丝危机。

"野哥，你干啥去？"葛亮从西瓜中抬头，茫然地看着王野开始收拾书包，"今天晚上不是没夜课吗？"

"图书馆。"王野头也不抬，给了个完全超纲的答案。

"啥？"葛亮怀疑自己听错了，"你要去图书馆？学习？"

王野把收拾好的书包往肩上一甩，抬头，眼神仿佛在说：你有意见？

"林雾让你去的？"葛亮想来想去，也只有林雾能喊得动王野刻苦用功了。

不料王野却耸耸肩："他不让我去，说我去了他会分心。"

葛亮："……"

默默放下手里不再甜的瓜，葛亮叹了口气："那人家都不让你去了，你还去。"

"宿舍里看不进去书，"王野说，"他在旁边，还能带动带动我。"

葛亮惊讶于王野的认真："野哥，你还真是去复习的啊？"

王野给了他一个"废话"的眼神。

葛亮这回彻底迷惑了："你受啥刺激了，咋突然就改邪归正……啊，不是，突然就想好好学习了？"

"也没啥，"王野换鞋，"就是觉得知识还挺重要的。"

"不是，野哥，你别吓我啊，"葛亮沾在嘴角的西瓜子儿都吓掉了，"这是你台词吗？"

王野皱眉瞥他一眼："你也抓紧时间看看书，在密室里的时候解开一个谜了吗？"

葛亮呆愣，忽地明白了王野为啥突然抽风。

密室逃脱的时候，林雾和江潭是解谜主力，80%的谜题都是他俩破的，夏扬、原思捷、李骏驰和任飞宇则在剩下的20%谜题上不同程度出了力，就他和王野，在动脑上的确没起啥作用。

但——

"野哥，你不能妄自菲薄啊，"葛亮真情实感挺自家老大，"你是没解开啥题，但咱们能冲出去，还不是靠你开路。没你一路向前碾压，我们能不能出来都两说！"

"别整没用的了。"王野穿好鞋，把手机揣进口袋，开门离开。过一秒，已经跨出门的他突然又转身冒头进来，和葛亮说，"你也别老在宿舍吃瓜，没事就练练机械制图。"

门"砰"地关上。

509里就剩下葛亮和瓜。

天天形影不离也就算了，还要散发学习正道的光，你俩这是当哥们儿还是友情文明示范小组啊！

夕阳西斜，图书馆。

隔着通透的大片玻璃可以看见晚霞，云层流光溢彩。

林雾没想到王野会来，看见熟悉身影，人都愣了。

然而图书馆座位实在紧俏，几乎是一个萝卜一个坑，王野在那儿站了半天，还是另外一张桌的一个同学，不知是要去吃饭，还是感受到了莫名压力，收拾收拾书包，起身走了。

王野就这样坐在了那张桌旁。

安静的图书馆，只有翻书声和笔尖的沙沙声。

王野才坐下，就感到一阵压抑，正琢磨要怎么和林雾说话，口袋里的手机就振了一下。

隔着过道的小狼，也在这时拿起手机晃了晃。

王野掏出手机，一条新信息。

林雾：你咋过来了？

面对面发信息，有一种奇妙的感觉，王野形容不上来，但对环境刚产生的那点抵触的压抑，在这种奇妙的感受里烟消云散。

他压住总想上扬的嘴角，一本正经地敲字回复：学习。

林雾一脸大写的不信：[编，接着编.jpg]

王野：[临阵磨枪，不快也光.jpg]

林雾有点动摇了，因为王野那一脸认真，看起来的确态度端正：真想复习了？

王野：嗯。

林雾：[表扬你.jpg]

王野：就这？

林雾：[撸完就跑！.jpg]

王野表情依然很酷，但如果这时候兽化，所有人就都能看见百兽之王快乐拍打的尾巴。

林雾：那就开始吧，别给自己太大压力，反正只要学了，就一定比从前有进步，你也可以给这次期末考先定一个小目标。

王野：一般专业前几有奖学金？

林雾：……[你对小目标是不是有什么误解！.jpg]

除了第一天，之后王野就成了林雾的固定同桌，图书馆人来人往，偶尔会有环工班的同学看见林雾，过来低声交谈两句或者请教问题，无一例外都会喜提[百兽之王的凝视.jpg]。

不用多，就三天，环工1班便人人知晓了——

【环工1班第6号吃瓜群】

匿名：这两天去图书馆的看见林雾绕着走啊，他旁边那个贼恐怖。

匿名：我知道，机械院的，他俩早在一起了。

　　匿名：卧槽这么劲爆？？？

　　匿名：早就天天半夜在食堂一起吃饭了。

　　匿名：……你以后能不能把话打全。

　　匿名：我昨天去图书馆也看见了，但是哪里恐怖？明明很帅啊！啊，好想知道他的科属。[害羞捂脸.jpg]

　　匿名：东北虎。

　　匿名：哇！

　　匿名：嘁，咱们林雾比他帅好不啦，那人一看就很凶。

　　匿名：看着唬人，其实很憨，可爱的。

　　匿名：真的假的？

　　匿名：等等，那个说东北虎和可爱的，是不是一个人？

　　匿名：挑错群了！

　　匿名：什么？

　　匿名：屏蔽333的吃瓜群是5号，这个群是屏蔽334的！

　　匿名：所以说，一个班级十几个八卦群，就是有这种风险。[丛林狼的微笑.jpg]

　　这是考试前的最后一个下午，林雾沿着树荫走在回宿舍的路上，愉快地发送恐吓班级小伙伴的表情。

　　王野提前离开图书馆了，去参加机械院考前的最后一次点名。

　　今天晚上五点，考试周正式开始。各学院的考试交错分布在4至7天内，但考试时间大都集中在傍晚五点到晚上九点，以便昼夜科属的同学可以同时参加考试。

　　路上已经看不见太多同学了，距离考试只剩三个多小时，校园仿佛有种大战来临前的宁静。

　　林雾倒没什么感觉。除了高考前夕因为一些事情影响了状态，导致高考那天高烧不退，慌得要命，其余大大小小的每一次考试，他都是平常心，就和自己做习题集一样。

盛夏的烈日快把柏油路晒化了，即使是在树荫下，也跟蒸笼似的。

林雾加快脚步。

这时手机忽然响了，是来电声。

林雾停下，纳闷地拿出手机，看见来电显示，愣住了。

铃声旋律悠扬，像是不接通不罢休。

按下接听键，林雾将手机放到耳边："爸。"

"儿子，期末考试完了没啊？"电话那头一如既往地亲热，仿佛他们不是一两个月才通一次电话，而是天天通。

以前的林雾很喜欢在这些细节上钻牛角尖，然后就长久地陷入某种负面情绪里。可今天不知怎的，这些细微的感知都变得轻飘飘的，在心底吹不皱一点涟漪。

"还没，"他很自然地说，就像平时讲话那样，"今天开考第一科。"

"那也快，考完就放假了吧？"

"嗯。"

"是这样……"电话那头微微停顿。

林雾感觉到父亲的态度里似乎掺杂进了一丝微妙，换以前，他会瞬间脑补出无数种可能，但这一次，他直接问："怎么了？"

"爸之前不是把那个公寓卖了嘛……"开了头，后面就好说了，"但是爸回头又一想，也不能老让你住学校啊，这好不容易放个暑假。爸现在资金是不富裕，但也周转过来了，买房子买不起，那咱可以租嘛，不能让我儿子暑假没地方待……"

"不用了，爸，"林雾听见自己开口，身体里好像还有个曾经的林雾，惊讶于另一个自己此刻的坦然，"我假期住学校，和同学一起，说好了。"

"啊？"父亲语塞，显然没料到会被拒绝，过了好一会儿才说，"这样啊……要不你先去看看那个房子，我都找好了。"

林雾道："我已经和学校提交申请了，谢谢爸。"

阳光从树影缝隙漏下来，明亮耀眼。

考试周兵荒马乱，一晃就来到了最后一天。

王野和林雾两个班的最后一科考试，恰好都安排在了这天晚上七点，不过考场分别在两栋不同的教学楼里。

进入考场前，林雾给王野发信息：最后一科了，加油，考完给你奖励。

王野问：啥奖励？

林雾：[嘘，保密.jpg]

这就很灵性了。

于是接下来的整场考试，同一考场的葛亮稍微用点眼角余光，就能看见隔壁桌王同学那张神采飞扬的侧脸。

野哥这是考前正好复习到最后一道大题？不然没法解释那一脸的幸福啊！

以后再没人陪自己一起垫底了——葛亮在考场空调的冷风里，想哭。

晚上九点，深蓝色的夜空，像油画一样漂亮。

林雾走出教学楼，刚想给王野发信息，说我过去找你，手机就先振了。

王野：奖励。

知道的是让林雾履行承诺，不知道的还以为王野要明抢。

空调的凉爽还缠绕在身上，加上夜晚新鲜的空气，让林雾想抛开一切束缚，撒欢地奔跑。

林雾：[丛林狼三小时萌宠体验券.jpg]

王野一出来就去找林雾，这会儿已经能清晰看见林雾考场所在的教学楼了。

结果看到林雾回复的信息，脚下骤停，虎躯一震。

真，虎躯一震。

林雾没想到王野秒回。

王野：使用地点？有效期限？

这是什么神回复！

生怕王野再问出什么离奇的，林雾放弃抵抗。

林雾：[随你的便 .jpg]

林雾：[不许再问，再问作废！ .jpg]

这次王野那边安静的时间长了些，甚至，有些久了。

林雾有点蒙。

王野的回复终于来了：上微博。

林雾更迷惑了，但还是切出微信，乖乖打开微博。

首页一开，醒目的好几十条新信息。

林雾吓了一跳，考前他才刚看过评论，又没发新微博，哪里忽然来了这么多未读信息。

点进去，几乎都是转发的同一条微博。

啊啊啊我爱这张 //@ 王爷 -509：[图片] 送你的。@ 学习真快乐

我最喜欢的画手！ //@ 王爷 -509：[图片] 送你的。@ 学习真快乐

这是选了自己最棒的一张当礼物吧，呜呜呜我嗑的糖是真的 //@ 王爷 -509：[图片] 送你的。@ 学习真快乐

林雾打开大图。

一张他从来没见过的，王野的新画。

青山绿水，林海松涛，明媚的色调铺展开一个清新悠远的世界，就像理想中最美好的大自然，有风声，有鸟鸣，有山间野趣，有瀑布溪水。

而在这些的环抱中，是一头安然酣睡的小狼。

"你有时间也给我画一张呗，随便画什么都行，你自由发挥。我不白要，这算是找你约稿，不然等你以后红了，再找你就贵了……"

玩笑般的真心话，林雾说的时候以为王野不在意，所以他也假装忘了。

原来，王野早都当了真。

王爷 -509 下面的评论比 @ 还热烈——

评论 1：这笔触也太温柔了吧，真是王爷画的？

评论 2：这和商稿的硬核风简直判若两人。[震惊]

评论 3：从色调到笔触都完全不一样啊，绝美！

而被顶在最上面的一条评论是：这张画有名字吗？ @ 王爷 -509

这条评论成为最热，不是因为 @ 了王爷 -509，而是因为被 @ 的人在下面回复了——

王爷 -509：新世界。

确认野性觉醒那天，王野跑进雨里，一直跑到现在，终于找到了自己的新世界。

"林雾。"夜风送来前方的声音。

林雾抬头。

王野站在月色里，仿佛已经等了很久很久。

有你，才是我的新世界。

暑假的第二个星期。

曾被王野拒绝告白的校花学姐，在和闺密逛街的间隙，随手一刷朋友圈，竟然看见王野破天荒地冒泡了！

但他只发了一张图片，没有任何文字。

那是一张很清新漂亮的画，在山林环抱间，有一只睡着的可爱小狼。

学姐静静看着王同学的朋友圈："……"

不喜欢人，果然说到做到。

同一时间，某山林。

海拔驱散了酷暑，清幽的森林里一片惬意凉爽。盛夏的日光透过林间，像静静飘洒下的金粉，落在树叶上，落在灌木上，落在草地上。

落在东北虎棕黄色的皮毛和黑亮的斑纹里。

一头年轻的东北虎从灌木中走出，威风凛凛的皮毛随着它的脚步颤动，连带着落在身上的阳光都好像一起颤动起来，映得那金色比盛夏的天空还要漂亮。

不远处的草丛里，一只小狼静静趴着，眼巴巴地看它走近，尖尖的耳朵一抖一抖，可摇动的尾巴出卖了它的欢喜。

阳光突然随着天空中的云流动起来，在森林里变幻出一种从未有过的光线。

那光线在东北虎和丛林狼的眼睛里，像焰火一样闪耀。

东北虎突然跃起，扑腾着和丛林狼嬉戏起来。

丛林狼小小一只，灵活敏捷地左闪右躲，可还是"嗷呜"一声被虎爪摁住柔软的肚皮，四爪朝天。

但东北虎的动作很轻，几乎没敢用力，丛林狼也好像知道一样，完全不怕，被按住了，那一声声"嗷呜"更像是撒娇。

然后那虎爪就松开了，东北虎把圆圆的脑袋拱过去，卖萌似的蹭小狼，奈何体格差距过大，顶得丛林狼顺着草地骨碌碌翻滚。

时间在倾泻的日光中流逝。

陌生的人类声音忽然闯入，在不远处的密林里。

"刚……刚刚那是什么声音？怎么听着像老虎……"

"别自己吓自己了，老虎现在多稀有你知不知道？"

"要不我们还是下山吧……"

"我都把路线研究好了，你放心，肯定是一趟美好的爬山之旅……"

旅行者们的声音越来越远。

一棵粗壮的大树上，东北虎抱着高高的树干，小狼抓着东北虎的后背，茂盛的枝叶将它们完美隐藏。

　　这么娴熟的闪躲组合技术，一看就不是第一次使了。

　　当然，也不会是最后一次使。

　　风停，山静。

　　野性觉醒尘埃落定，新世界的大幕却才刚刚拉开。

（正文完）

番外一　如狼似虎

01

【环工1班级群】

邓茶茶－梅花鹿：今天晚上七点，环境楼406阶梯教室，就业指导大会，咱班同学别忘了。

大三下学期才过一周，就业的严峻形势与压力便扑面而来了。

满打满算，距离野性觉醒那场大雾也才刚过一年半，再扣除兵荒马乱的头一年，真正踏实下来回归正轨的轻松日子也就几个月。

"就业这事赶早不赶晚，越到后面机会越少。"李骏驰很赞同这种紧迫感，"其实现在也不算早了，今天就有公司来咱们学校宣讲了。"

"但是招环工的贼少，"任飞宇在校园网上刷了一天近期会来校内宣讲的信息公告，各家列的招聘岗位和专业要求他都快背下来了，越刷越愁眉苦脸，"咱们专业的对口性太强。"

"我说你别光在校内转悠，全沈阳各大高校网的招聘信息你都得搜罗。"夏

259

扬抱着厚厚一摞刚打印的个人简历从外面回来，春寒料峭的三月，愣是忙活得额头一层薄汗，"广撒网才能多捕鱼知道吗，宁可错投一千，不能放过一个！"

简历落桌，重重一声"砰"，颇有踏平宣讲会、横扫五百强的气势。

李骏驰往夏扬身后看了看："林雾呢？"

出去的时候两个人，回来变一个人了。

夏扬说："遇上俩环工学弟，好嘛，那俩倒霉孩子又是加微信又是请教学习经验，我一看这没个把小时绝对完不了，赶紧原地起跳溜之大吉。"

"正常，无论大小考试无论单科还是总成绩，从入学到现在就没下来过第一名，A-A之后连体育成绩都完美了，这种传说型学长，你见你也激动。"李骏驰与有荣焉。

"不光学弟，"任飞宇说，"昨天在超市有个特别可爱的女生一直跟着我，我偷偷高兴半天，结果快到收银口的时候，她问我是不是和林雾一个宿舍的，想要林雾的微信。"

"……"夏扬斜斜瞥李骏驰，"这也因为成绩？"

李骏驰说："好吧，还有脸。"

"我咋觉得成绩和颜值都是次要的呢，"任飞宇犹犹豫豫地看向两位兄弟，"关键还是那个……觉醒吧？"

林雾从入学开始成绩就好、颜值就高，但真正人气高涨却是在兽化觉醒之后。

当然这个时间点只有知道兽化秘密的兄弟们才清楚。外人看来，就是某一天，忽然有人发现老师口中总提及的好学生林雾，似乎从一个模板化、标签化的"学霸"，变成了一个气质迷人的具象个体。

这种气质源于他的自信、他的明媚，是冲破迷茫后的一往无前，是心志坚定后的恣意成长，是丛林狼基因里与生俱来的果敢、野性，还有一点俏皮的狡黠。

"成绩和颜值次要我承认，"李骏驰摇头，"但那个啥觉醒不是主因。"

夏扬完全同意："嘛时候觉醒的？"

李骏驰道："长白山。"

夏扬道："为嘛？"

李骏驰道："找王野。"

一唱一和的二人齐刷刷转向任飞宇："懂？"

任飞宇大彻大悟："因为友情。"

宿舍门的再次推开，打破了狗粮受害三人组的"和谐"氛围。

罪魁祸首还无知无觉。

"唠啥呢，带我一个。"林雾归来，修长身影带着外面的寒气，眉宇间的明亮与活力却盛过春日最灿烂的阳光。

"唠你又迷倒俩学弟。"李骏驰打趣道。

"哎对，晚上七点的就业大会，别忘了。"任飞宇想起刚刚班长在群里的提醒。

林雾点头："嗯，看见了。"

"你就别替人家操心了我的哥哥，"夏扬和任飞宇说，"林雾那成绩还用就业，申请保研不香嘛？"

任飞宇被一语惊醒，发现自己犯了个错误，不能因为他只有找工作这一条出路，就把林雾也拉到自己的同一水平啊。

不过，旁边倒是有个同一水平，但比林雾还优哉游哉的。

任飞宇后知后觉地看向李骏驰："你咋也一点都不着急？"

自己搜招聘公告，夏扬打印简历，都忙得热火朝天，李骏驰却一点动静都没。

"我怎么不急，"一提这个李骏驰就郁闷，"但我再着急有啥用，我爸妈不让我找工作。"

任飞宇蒙了："为啥？"

夏扬和林雾也觉得奇怪。

"他俩想让我回去接手厂子，"李骏驰一声重叹，生无可恋，"我哪儿懂管厂子，这不等于亲手破坏效益吗，再说我毕业才二十三，大好的年华等着我去探索更适合自己的赚钱之道啊。"

林雾、夏扬、任飞宇都无语了。

果然是全333最不虚度年华的男人。

哎？等一下。

"你家有厂子？"三人像是才回过来味儿，齐齐看向这些年张口闭口都是"我爱我村儿"的阿拉伯马·李。

"就一个小罐头厂，"李骏驰说，"桃罐头、梨罐头、橘子罐头、什锦罐头，我不是都带回来给你们吃过吗。"

夏扬瞪大眼睛："那些罐头都是你自个儿家厂子生产的？"

林雾："……"

他现在知道为啥李骏驰每个假期归来不管给他们带什么土特产，都要夹带一两个水果罐头了。

"我们吃的时候你咋从来没说过？"任飞宇不比夏扬震惊少。

"那说啥啊，说了跟我自卖自夸似的……"李骏驰有点不好意思地摸摸鼻子，"我寻思你们吃这么多回了，怎么也能发现了，那个厂家的地址就是我家，村名儿都一样。"

林雾、夏扬、任飞宇都无语了。

对他们的观察力是不是要求太高了。

不过李骏驰的生意头脑，现在终于知道源头了。

半晌，待消化了李骏驰"被迫回去继承家业"的讯息，林雾才说："我不打算读研。"

夏扬、李骏驰、任飞宇俱是一愣。

不是不打算申请保研、去考更好的学校，而是不打算读研？

是的。

这是林雾早就想定的规划。

毕业、工作，和王野一起向着未来努力。

不过在这件事上，王野早就起步了。

王野的微博，粉丝量已经涨到了十万多，前阵子更是接了一个还不错的小说出版封面约稿，等小说上市，王爷-509的粉丝和知名度都会再上个台阶，一个集英俊与艺术于一身的"大触①"画手眼看就要冉冉升起。

横看竖看，自己都得加速了。

"所以咱们仨现在是一队，"林雾站到夏扬和任飞宇中间，胳膊往两人肩膀上一搭，"努力找工作吧。"

"可是你成绩那么好……"任飞宇说出了大家的心声。

他们尊重林雾的选择，但是心疼那么亮眼的分数啊，比浪费钱还心疼。

林雾完全读懂了兄弟们的心声，微微一笑，眼眉飞扬："我当然不能放弃我的优势，所以找工作也得找个难考的。"

【333 宿舍群】

林雾：[分享]公务员考试网 – 全国招录报考、大纲、职位……

夏扬、李骏驰、任飞宇看着林雾在群里分享的信息，无语了。

有时候，学霸说难考也未必就是谦虚。

李骏驰问："你有相中的岗位了？不会是上千比1那种贼热门的吧？"

"叮。"

林雾：[截图.jpg]

果然有目标了。

三人立刻点开截图，想看看究竟什么部门什么岗位，会让林雾流露出一

---

① 大触：网络用语，大神的意思，泛指各领域非常厉害的人。

种"就是它了"的认定和向往。

部门代码：××××××

用人司局：野性觉醒分类风险预防控制管理局

招考职位：一级主任科员及以下

职位属性：普通职位

招考人数：10

专业：不限

科属：不限

备注：1.该职位出差较多，工作强度较大，危险系数较高；2.能够适应野外工作，深入山区、林区、沙漠、水域等工作环境；3.需较强抗压能力和心理承受能力；4.需灵活的应变能力和良好的身体素质……

夏扬、李骏驰、任飞宇无语了。

确定是普通职位？

以为去掉"兽化"俩字儿就不认识你是兽控局了吗！

不过——

野外、山区、林区、危险、抗压、心理承受能力……关键词一个个看过，三位同学现在就一个想法，希望所有考生，千万千万要认真看备注，因为这里没有任何空话、套话，每个字都闪烁着朴实而诚信的光辉。

"我说你真想清楚了？"夏扬有些担心，毕竟是有一定危险性的工作，林雾又不像王野，兽化之后单是东北虎的体格就能震慑住绝大多数陆地动物。

林雾收敛笑意，静静点头。

夏扬不再废话。

事实上他还挺羡慕他的，并不是所有人都能像林雾这样，那么清楚自己想去的方向。

记得刚认识林雾的时候，这家伙并不是这样。学习好是好，但总会在不经意间流露低落和迷茫，虽然他极力用开朗隐藏着。

可现在的林雾身上，再也没有那种雾一样的忧郁了。

从什么时候开始的呢，不仅明朗了，偶尔甚至还会有王野的影子，就是那种爱谁谁的劲儿……答案都出来了还嘛时候，不就是认识王野以后吗！

报考兽控局的事，林雾也是这两天才想定的，还没和王野说。这会儿宿舍兄弟都知道了，他也顾不上时机合不合适，先拿手机给王野发了信息再说。

不然等夏扬传给原思捷，原思捷再问王野，然后让王同学发现自己的事还得通过他的室友才能得到风声，他就是送一张"三天三夜体验券"都未必能过关。

求生欲满格上线的丛林狼敲字速度都比平时快。

不料信息发出去，手机就响了，几乎是同时。

林雾：我想考这个。[截图]

王野：[截图]你觉得我能考上不？

两张截图不能说一模一样，但也是同宗同源了。

王野的语音连接直接过来了："你也看见这个了？想考？"

林雾心说这是我的台词好吗："嗯，刚决定的，正想和你说。"

王野问："决定了才和我说？"

林雾微怔道："你不高兴？"

听筒里沉默几秒："有点危险。"

林雾道："半分钟之前你刚问我你能不能考上。"

王野道："那是半分钟前。"

林雾一怔："你又不想考了？"

王野道："是不用问你了，行不行都必须考上，不然咋罩你。"

02

【甲、乙、丙、丁四人商量周末出游，甲说：乙去，我就肯定去；乙说：

丙去我就不去；丙说：无论丁去不去，我都去；丁说：甲乙中至少有一个人去，我就去。以下哪项推论可能是正确的：A. 乙、丙两个人去了；B. 甲一个人去了；C. 甲、丙、丁三个人去了；D. 四人都去了】

王野：“……”

你们四个关系都整成这样了还一起出啥游！

【柏拉图认为处于变化之中的事物不是真正的存在，持这种观点的人会认为以下哪项最真实？　A. 关于马的概念；B. 人的照片；C. 一棵树；D. 勾股定理】

王野：“……”

灯火通明的图书馆里，某刷着行测题的东北虎同学，正被折磨得濒临兽化暴走。

长而宽大的自习桌对面，是近日同样开始泡图书馆的葛亮和原思捷。

一学习便本能屏蔽外界，沉浸到自己的天地，是林雾那种学霸的天赋技能。但花豹二哈两位同学，周边稍有风吹草动，他俩那好不容易集中的注意力，就一定会分神。

何况对面王同学散发的暴躁气场是风吹草动吗，那是风卷残云，飞沙走石！

两人单手撑头，侧脸相对，看似聊天，实则余光全在桌对面。

王野已经把笔放下了，估计是怕又像昨天那样握得太用力，直接折断。

别人刷题费脑，王野刷题费笔。

但这低压的阴云都覆盖到桌对面了，却没影响“同桌”——旁边的林雾还在低头做题，神情专注，心无旁骛。

葛亮几不可闻地叹了口气，拿手机在桌子底下给原思捷打字：你说要是林雾考上了，野哥没考上，他得多郁闷。

原思捷挑起一边眉毛：这还用“要是”？

葛亮白他一眼，继续输入：你能不能对野哥有点信心。

原思捷微微耸肩，文字回复：我实话实说，王野考上兽控局的概率也就比你考上研究生高那么一点点。

葛亮：……

是的，葛亮和原思捷之所以会泡图书馆，是为了考研。

葛亮：你再这么打击我，会失去一个并肩在学海里扑腾的战友。

原思捷：但我会收获一个未来光明的社会新鲜人。

葛亮：你真觉得我不适合考研？

原思捷：人生路上的事，没有什么适合不适合，只有你想不想。

葛亮：我想。

原思捷：好的你不适合。

葛亮：……

林雾不是没有感觉到王野的状态，但每当他想说些什么的时候，王野自己就会先把暴躁压下去，然后和他说：啥事没有，你学你的。

两个人在一起，林雾总是能从王野身上汲取到力量，这些力量让他变得比从前更勇敢、果断、豁达。

可是反过来，他好像没能给王野什么。

王野从不示弱。

但是今天林雾不打算再听话了，要是全随着某东北虎的心情来，他才畅想了没两天的"办公室兄弟情"就得提前幻灭……

嗯？刚刚那是什么？他才没畅想！

午夜，林雾没去食堂，而是把王野拉到了"自然园"。

这是学校在野性觉醒后，为了让同学们更多地亲近自然新建的一个小型植物园。园内既有高大乔木，也有观赏的植株花卉，还有不少耐寒的长青植物，一年四季都郁郁葱葱。

月光静默，铃兰刚结出一串串小巧低垂的雪白花苞。

王野正欣慰于林雾的主动，脑内已经谋划了一百零八种"午夜游园的快乐"，手里就被塞了一个厚厚的本子。

"啥玩意儿？"

林雾说："秘籍。"

王野："……"

笔记本翻开，林雾的字迹漂亮清晰。

行测题分为五大类：数量关系、判断推理、言语理解与表达、资料分析、常识判断。

第一大类：数量关系

经典例题：

1.……

2.……

解题思路与原理：……

难点突破：……

整整一本。

前半部分，林雾将行测所有题目类型归纳总结，提炼出了每一类型通用的解题思路，特殊题目也有罗列。与资料自带的答案相比，林雾的话更通俗易懂，至少王野看了几行，基本都是一遍就能看懂的，更重要的，字里行间都是林雾的口吻，写的人可能不觉得，但在王野读来，就像林雾的声音耐心在给他讲题似的。

后半部分，则是申论的经典题目和写作技巧，最后还附上了写作训练方式。

"你啥时候写的？"就这么一本，王野看都得看上几天，可想而知林雾写了多久，俩人天天在一起，他竟然不知道。

"不重要，"林雾说，"重要的是里面的东西，你要都能掌握，再刷题绝对跟玩儿似的。"

星星很亮，却亮不过林雾眼里的光，他看王野的眼神，就好像东北虎同学已经刷题跟玩儿似的了。

王野不知道自己身上哪种气质迷惑了丛林狼同学，让他觉得"我做得到，你肯定也能做到"。

林雾看见王野的眼底闪了闪，以为自己的说服力还不够，刚要再开口，忽然听见上方不知名处传来一点窸窣的声响。

很轻微、很短暂，就像鸟儿从树梢飞走了一样。

但林雾和王野都知道不是。

野性本能的警觉让一狼一虎同时顿住，飞速抬头，目光如猛兽一样锐利。

高高的树杈上，一位陌生男同学像吊单杠一样倒挂着，微凉的夜风里，朝树下的林雾和王野露出善解人意的笑脸："你俩继续，别把我当人，我就是一只蝙蝠。"

林雾："……"

王野缓缓眯起眼："蝙蝠？"

男同学说："对啊，这还不明显吗。"

王野再问："蝙蝠？"

男同学疑惑："你听不清我说话？"

王野说："蝙蝠？"

男同学："……"

月色被云遮住，天地间只剩压抑的寂静和百兽之王的凝视。

蝙蝠同学终于知道问题出在哪儿了。

"同学你好，同学再见。"

他一个利落翻身坐起，敏捷地跃到相邻的树上，轻盈滑落，溜之大吉。

王野满意地收回视线，低头看林雾："继续？"

林雾捡起地上的笔记本，糊了东北虎一脸："给我学习去！"

春去秋来，每个人都在自己的路上前行着。

夏扬签了工作，一家天津的环保公司，公司在业内的名气和待遇都不错，唯一的插曲是他简历投的岗位是"水处理检测员"，最后面试的时候，HR（人事）忽然问他愿不愿意去市场营销部。

夏扬最终还是遵循初心，走了技术工种，只是在回来之后反思，自己是不是太能贫了，以后得收着点，不然会破坏他理工男的气质。

任飞宇签了一家材料公司。江潭则被某重工集团录取，据说该集团在整个机械院只要了三个。李骏驰和葛亮基本就是"继承家业"了。

原思捷成了孤家寡人，好在图书馆里还有林雾和王野，学累了抬头吃两口狗粮，又有动力了呢。

十月，考公报名。

十一月，考试。

十二月，考研。

一月，考公的分数线下来了。

"多少分？"

"第几名？"

"能不能面试上？"

"你俩说话啊……"

八个人的视频通讯，一人一句，就能把气氛烘托得特别热烈。

热烈得王野想揍人："催什么催。"

509，放假依然留校的王野和林雾挤在电脑前。

"先查我的吧。"林雾对王野的成绩，比王野本人还紧张，本能地往后推，先录入自己的考号，身份证……

点击查询。

姓名：林雾

报考单位：野性觉醒分类风险预防控制管理局

成绩：……

排名：1

林雾："……"好像还是应该先查王野的。

视频上六个画面同时屏息以待。

屏息。

再屏息。

"咋的，卡住了？"葛亮快缺氧了，"到底多少啊？"

王野胡噜一把林雾的脑袋，带着点自己都没察觉的骄傲："他第一。"

林雾微怔，本来后悔自己手快，反而让王野更有压力，可现在看，好像都是自己在瞎操心。

"你不紧张？"

"考都考完了，还能咋的。"王野把网站退回查询页，果断输入自己信息。

林雾莞尔。

就是，考上考不上能咋的，天地广阔着呢，一头东北虎想闯，山岭森林都是他地盘。

点击查询。

姓名：王野

报考单位：野性觉醒分类风险预防控制管理局

成绩：……

排名：88

林雾对着成绩发愣。

葛亮着急地问："多少？"

王野说："八十八。"

李骏驰问："八八？"数字倒是挺吉利，一不留神还容易占别人便宜，但他没考过不是太懂，"这个数是成绩还是排名？"

王野说："排名。"

原思捷说："笔试第八十八？"

夏扬说："好嘛，再远点能排到梁山好汉以外了。"

江潭问："一共招多少？"

任飞宇说："我记得好像是 10 个。"

江潭问："面试比例呢？"

原思捷说："一般都是 1∶3，特殊一点的也就 1∶4、1∶5。"

"啊？"即便 1∶5，算下来能进面试的名额也就 50 个，葛亮不自觉地嘀咕出声，"那野哥不是……"

"是 1∶10，"林雾终于回过神，猛地转头看王野，喜悦在眉宇间飞扬，光芒耀眼，"前一百名都能进面试！"

"我知道。"王野云淡风轻地耸耸肩，那叫一个潇洒，第 88 愣是让他秀出了状元的气场。

03

考公成绩出来没多久，考研成绩也出来了，原思捷上岸成功。这时候大家才知道，他报的不是本校，而是天津的一所大学。

当然，也可能这个"大家"里，并不包括夏扬。

因为当林雾和他在微信里说起这件事，向来一个字恨不能拆成八个字贫上半天的夏同学，只回了一句"哦"。

然后当天晚上，林雾在朋友圈里刷到了他发的一张夜景。过了两小时，再一刷，花豹同学也发了一张。虽然两张照片的角度、构图都不相同，但里面出现了同一条正在开着庙会的热闹老街，以及同一位捏泥人的手艺人。

三月，沈阳的冰雪开始消融，王野和林雾终于收到了面试通知。

面试时间：3月15日

面试地点：野性觉醒分类风险预防控制管理局西南分局（3月13—14日抵达云南昆明机场，有专人接。）

林雾、王野无语了。

云南？

兽控局，西南分局，某训练基地大楼内。

一个穿着特训背心的男人站在窗边，不时关注楼下操场的布置情况。初春的阳光在这里已暖融和煦，像最温柔的笔触，沿着男人漂亮的身体和肌肉线条勾勒出光影。

肩胛，两臂，腰腹，腿。

进来送资料的小万看过自家队长一百次，也还是会第一百零一次被这样的魔鬼身材迷倒。

——队长是魔鬼，队长的身材是魔鬼身材，没毛病。

"队长，我把资料送过来了。"虽然门是直接敞着的，小万还是站在门口，先出声汇报。

严峭自窗前转身："放桌上就行。"

小万这才看见，他以为正认真观望楼下考场布置的队长，合着正在跟多人视频通话，监督楼下的进度只是通话间歇的工作。

不，间歇有没有都两说，因为队长才一个转身，布满众多视频小屏的手机里就传出："严峭，摄像头照脸，别照地板。"

眼见着队长重新举起手机。

小万放下资料，默默退出办公室，还体贴地给队长带上了门。

办公室里，多人视频还在继续。说是联络感情，其实就是打探消息，毕竟这兽控局成立后的第一次面向社会招聘，花落到了西南分局，其他各区域平日多有联系的队长们都想来一探究竟。

刚才已经寒暄完了，这会儿开始切入正题："老严，你那边准备得怎么样了，今年可是咱们第一回正经招人，你们西南分局别掉链子。"

严峭吊儿郎当道："这我可不敢保证，说不定最后一百个人没一个通过的。要是担心我搞不好，你们华北分局接过去？"

华北分局接得住才怪。

谁都知道为什么把国考面试地点设在西南分局。漫长边境，雨林连绵，就是一百个面试者都被逼得兽化了，也会被这密林包裹得无声无息。换成华北，京津冀，满长安街跑豺狼虎豹？

"对了，这一百个里有多少兽化者？"又一个声音好奇地问。

考生资料只有严峭这边能看到："十三个。"

明确录入系统的兽化者，必然是各管辖分局经手的，趁现在各分局都在，有人向严峭提议："资料共享下？我们可以先帮你把把关。"

"没必要，"严峭回到窗前，淡淡瞥向楼下，"能通过考核再说吧。"

一直没说话的东北分局某队长十分赞同严峭的态度，忍不住出声："这么整就对了。能兽化的不代表就一定适合我们的工作，刚兽化觉醒那阵子，东北区遇上多少奇葩，什么上山修仙要回归大自然的，什么变成熊跑到山上到头来还让老虎欺负的，那头老虎更要命，我们的人还得替他处理家务事……算了不说了，反正没一个有正形的。所以说，既然局里没把兽化明确列为考核条件，那就得公平公正地按照流程来。"

"问题是现在的考核流程，你就确定科学合理？"有人提出灵魂拷问。

最怕空气突然安静。

野性觉醒分类风险预防控制管理局第一年面向全社会招聘。

负责分局：西南分局

负责人：严峭

面试／自主考核流程：负责人自拟

严峭说："我觉得很科学很合理。"

各分局兄弟："……"废话。

不过话说回来，到底要招什么样的人，可能整个兽控局上下心里都没数，否则早把考核标准拿出来了，还用负责人自拟？

所以严峭也没数。

但他不介意当第一个吃螃蟹的人。

三月十五日，林雾和王野准时坐到面试现场，一座远离喧嚣，藏在边境雨林深处的基地。

在沈阳上飞机时他俩还穿着厚外套，现在可以直接短袖 T 恤了。

基地有一栋主楼和宿舍、食堂等一些附属设施，然后就是大面积的训练场。

林雾和王野昨天被安排在二人间宿舍，禁止外出，所以只听见走廊上不断有声音，今天坐到主楼的大会议室，才看见这些和他们一同参加面试的人。

有男有女，年纪大多集中在二十三四到三十岁之间，有年轻气盛神采奕奕的，也有低调文静不声不响的。

面试时间定在上午九点，现在才八点半，可人已经齐了——一共 97 个。有 3 人因为个人原因放弃了面试，压根没来云南。

会议室有点闷热，开着窗，吹进来的都是潮湿黏腻的热风，还有雨林的各种飞虫。

没人交谈，空气异常安静。

在这场最终只有十个名额的面试里，身边的每个人都是竞争者。

大家或是暗自打量，或是低头看书和刷手机。当然，也有王野同学这种全身心沉浸在新下载的手机小游戏《百兽森林的恐怖屋》里的。

上飞机前，这位同学打到了第 5 关，后面还有 995 关。

就在这时，会议室上方的音箱突然传出声音。

"各位面试者请注意，面试即将开始，从现在起禁止离开会议室，直到您的面试顺利完成。

"各位面试者请注意……"

广播重复两遍，接着，一个男人踏入会议室，准得像卡着时间。

中规中矩的衬衫，金丝边眼镜，除了身材过于修长有力，其余都很符合面试者们对管理局科员脑补的形象。

"大家好，"男人在会议室前方站定，声音温和踏实，"我是严峭，本次面试……"

话还没说上完整一句，广播忽然又响起，却是和先前截然不同的警报音。

"一级警戒！各部门速到紧急处置室集合！"

短短几秒，警报大作，响彻全楼。

严峭变了脸色，匆匆留下一句"你们在这里别动"，便火急火燎赶了出去。

所有人面面相觑，彻底蒙了。

警报声却没有停止的意思，反而愈演愈烈，刺激着面试者们茫然而紧张的神经。

外面走廊传来虎啸一样的吼叫，火上浇油般。

几个面试者忍不住起身。

可还没等他们真正去外面看，一头猛虎已经从门口冲进会议室，满身斑斓条纹在阳光下刺眼得令人恐惧。

空气有刹那的凝固。

猛虎一刻不停，冲进来便朝着离得最近的前排座位凶狠地扑去。

尖叫四起。

前排一散而逃，扑了空的猛虎又向后排攻击。

尖叫声、呼喊声、椅子纷纷被撞倒的声音，让整个会议室陷入致命的慌乱。

林雾第一时间把王野往墙边拉。

王野却不乐意，一直较劲不配合，好几次差点甩开林雾冲出去。

费了老大劲终于把人扯到墙角，林雾才贴到他耳边，没好气地低声道："这是面试考核，你看不出来？"

王野皱眉，这么明显傻子都能看出来："你觉得我傻？"

林雾一愣："知道你还往外跑。广播说的面试规则很明确，禁止离开考场，言外之意，出去就等于失败。"

王野盯着满眼真诚的担心的小狼同学，再郁闷也心软了，伸手揉一把林雾的头发："我不是要往外跑，我是要过去跟他干仗。"

林雾："……"

王野："……"

林雾说："那我现在放你走还来得及吗？"

王野说："你说呢。"

会议室的骚乱转瞬即逝。

短短一分钟，除了少数一些吓得慌不择路、跑出会议室的人，大部分人都没离开，只是整齐划一地闪到了四周墙边，腾出中间全部场地给猛虎驰骋。

扑腾了一分钟的猛虎估计也累了，盘踞在一堆东倒西歪的凳子里，气喘吁吁。

王野的眉宇间带着一抹不甘心，显然对于错失了和"兽化同类"交手的机会，十分遗憾。

林雾有点愧疚地偷瞄，忽然凑过去和王野咬耳朵："他兽化之后没你威风，你比他大，也比他好看。"

"少给我灌迷魂汤。"王野一副"老子才不会被糖衣炮弹打败"的清醒，但眼底的得意出卖了百兽之王的灵魂。

吓唬人这种手段，只在最初的突然袭击时有效，当这个时机过去，大家就都明白怎么回事了。不过除了极少数兽化觉醒者，大部分面试者还是把猛虎收放自如的行为当成"训练有素"。

当然，也不是所有留在会议室的都看透了考核的本质。

比如此刻仍腿软地瘫坐在猛虎的三米之外，持续尖叫的瘦弱眼镜兄。

"啊——啊——啊啊啊——啊——啊——啊啊啊——"

他声嘶力竭的叫声都快喊出鼓点了。

附近一个身材强壮的男人实在听不下去，走过去不轻不重地给了他一脚："别号了！"

强壮男的不轻不重，落到眼镜兄身上就让他直接原地滚了一圈。

号叫是停了。

强壮男也愣了，关键是众目睽睽，他这搞得跟欺负人似的，场面太不好看，于是连忙缓了下声音，找补似的说："你不用害怕，这是考核，面试官肯定在哪儿看着呢。"

眼镜兄长得跟小白脸似的，但冷静得还算快，从惊吓中回过神，眼睛一转，就有点懂了，一边念叨着："考……考核？"一边怯怯地望向猛虎。

猛虎正在舔爪，俨然任务已经完成，懒得再理周遭一切。

眼镜只彻底明白了，一把握住强壮男的手，连说"谢谢、谢谢"，好像帮他熬过这场考核的不是"自己腿软"，而是强壮男的那一脚。

对方愿意这么想，强壮男乐得揽功，立刻回道："没事没事，能在这里遇见就是缘分，互相帮助应该的。"

"八十一。"

不知躲在哪里的严峭，朗声念着剩余的人数，再次进入会议室。

猛虎起身，从容地回到他身边。

严峭表扬似的摸摸虎头。

老虎脑袋一躲，朝他龇牙，然后甩着尾巴昂首阔步地走了。

严峭不以为意。

他的金丝眼镜已经摘了，神情依旧淡淡的，可眼里不再掩饰的玩世不恭却带来了和先前截然不同的危险性。

"跑掉十六个。这么拙劣的戏码，我以为上当的人不会超过个位数。"

即使知道这是一场特殊的面试，那种被耍着玩的愤怒感还是难以消弭。

但没人愿意在这时候冒险去和面试官叫板。

除了王同学这种。

"喊，"他不屑地嗤笑，毫不客气开口，"你……"

"在这里先和你们说声对不住。"严峭的抱歉来得更快，虽然看起来也没太多的真诚。

东北虎同学："……"

林雾安慰地握了握他的手："下次，下次干仗的机会肯定是你的。"

"通常来讲，面试的流程应该是逐个一对一，然后我提问，你们回答，以此考核你们的组织能力、应变能力、自我表达能力等等。"严峭显然知道大家在想什么，"但是很遗憾，我们想要的这些，单纯问答是考核不出来的。"

收敛笑意，他的视线冷冷扫过会议室里的所有人："你们要进的是野性觉醒分类风险预防控制管理局，在这里，你永远不知道下一秒将会发生什么、面对什么、解决什么。如果没有随时遇险的觉悟，我劝你们还是现在放弃的好。"

他的话，让面试者们想起了岗位招聘的备注，第一条就是"该职位出差较多，工作强度较大，危险系数较高"。

危险系数。较高。

众面试者："……"

这几个字就应该在招聘备注里加粗标红。

"好了，"严峭抬手看了一眼时间，"既然没有退出的，那么我们抓紧时间进入第二轮考核。"

"第二轮？"一个女孩儿忍不住出声。妹妹头，大眼睛，身量小巧可爱，在一群人里稍不留神就要被淹没。

严峭找了半天才对上人，眉心立刻皱起，像是非常迷惑这样弱不禁风的也能混过第一轮。

"第二轮，有问题？"他目光中的轻视直截了当。

女孩儿被严峭的态度刺伤，垂下脑袋不再说话。

人群后有小声嘀咕的。

"现在就开始吗？"

"是不是应该给我们一些休息和准备的时间啊……"

"应该。"严峭点头接着，"一小时热身时间，一小时后，训练场体能测试。"

04

体能测试？

完全意料外的环节，但有了前面的"恶虎第一轮"做对比，这第二轮面试的内容简直正常到让人流泪。以至于一小时这样短暂到分明不想让大家喘息的准备时间都可以原谅了。

可很快就有面试者意识到了问题，哪怕冒着得罪面试官的风险也要发声抗议——

"白天体测这不公平。"

"我们夜行科属晚上的身体状态才是最佳的。"

"就是……"

夜行不乐意，昼行也不愿意背锅。

"喂喂，我们昼行科属状态最好的时间段也不是上午好吗？"

"对啊，刚睡醒没多久身体还没全面调动起来呢。"

"其实傍晚才是发挥身体机能的最佳时间……"

撑着撑着，还撑出统一意见来了。

"那就傍晚啊。"

"我看行。"

达成和谐统一的面试者们，眼带希冀地看向严峭。

后者认真听了全程，此刻颇为赞同地点点头："我也觉得不错。"

众面试者眼睛一亮。

严峭道："那么，想要傍晚体测的现在就可以离开了，剩下的，一小时后训练场见。"

不知是不是怕被围殴，接下来的一小时中，面试官神隐①。

一肚子火的众人只能奔赴楼下，把气撒到训练场上，热身效果显著。

---

① 神隐：网络用语，神秘消失的意思。

时间到，严峭准时出现，身后多了两个队员，一来就忙活着布置训练场，他落得清闲，只惬意地擦拭着手里的发令枪。

应该……是发令枪吧？

黑亮枪身在太阳底下折射出的冰冷光泽，配合着严峭职业杀手般的擦枪动作，面试者们实在对自己的判断没太大信心。

"一百米短跑，一千五中距离跑，一万米长跑，障碍竞速，跳高，跳远，力量测试，共计七个测试项目。"严峭头也不抬，"八十一人，按笔试成绩顺序，八人一组，最后一组九人，所有项目按组序进行测试，每个项目最终只取前 30 个最好成绩，第一名 30 分，第三十名 1 分，三十名以后不得分，最终计算所有项目，总得分前 30 名进入终轮面试……"

终于，面试官擦完了枪，悠悠抬眼，慢条斯理。

"我说得够清楚了吗？"

"队长——"一百米外，两个队员已经在终点线就位，"可以开始了！"

不等严峭发令，面试者们已经反应迅速地自发成队，互相询问着笔试成绩，一排八人，正好一人站一个跑道，从前往后共十排。

最后一排九人。

有王野。

林雾站在第一排第一个，默默回头。

隔着"人山人海"，王野双手插兜，不爽皱眉，周身全是低气压。

林雾向他投以安慰的眼神：没事，咱靠魔鬼体能碾压他们。

王野闹心。他烦的是排序吗？他烦的是现在整个队伍除了林雾在看他，剩下所有人都在看林雾。

咋的，没见过第一？

东北虎同学现在就想画个圈，把林雾方圆百里都圈成自己领地，生人勿进。

"第一组。"严峭在起跑线旁站定，枪口朝向空中。

八人在跑道就位。

这一组成了绝对的焦点，因为成绩是整个面试群体的头等。但严峭宣布的规则明明白白告诉你，取体测成绩前30，也就是说，笔试成绩在这里不管用了。

后面九组都在等着看，看他们继续优秀，抑或被严苛的体测剥去光环。

林雾在第一跑道，蹲踞式，抬头。

他不知道自己已经成了焦点中的焦点，在他的眼中只有前方，终点线。

发令枪响。

林雾起跑，以丛林狼的爆发力冲了出去，风在耳边猎猎作响。

百米跑是田径中最刺激人肾上腺素的，包括观众的。

那是人类对速度的极限追求。

尤其野性觉醒后，百米纪录被频繁地大幅度刷新，每一次比赛都可能突破人们对速度的想象。

观战的七十来号人骚动起来。

"这都什么科属，怎么跑得一个比一个快。"

"尤其第三道，起跑那一下，冲出去跟闪电似的。"

"第一个那个也不差，就是这组太强了，显不出来。"

"哎哎，过半程了，有几个冲太猛的没劲儿了，我去，第一道追上来了！"

转眼已到后五十米。

前面冲得最猛的几个明显泄劲儿，除了林雾，他几乎还保持着前半程的速度。

追上来了？

林雾不知道。

他眼中没有对手，因为得分不按小组名次，按最终成绩排名，所以他唯一要追的只有自己。

快点，再快点，用丛林狼可以挨过严寒酷暑的忍耐力，哪怕肌肉僵硬，胸腔憋得厉害，也要跑出自己的最快速度！

严峭遥遥望着，即使科属有别，一百米还是短得很难让竞争者之间拉开太大距离。

转瞬，八人相继冲过终点。

一百名面试者的资料都在他脑子里，包括缺席直接放弃的那仨。所以对于第一组的结果，他还是有点意外。

这组有瞪羚，有角马，最终第一个冲线的却是丛林狼。

姓名：林雾

科属：丛林狼

籍贯：沈阳

笔试成绩：1

特殊备注：兽化觉醒者

难道是因为兽化觉醒？严峭若有所思，视线随着林雾移动，忽然感觉背后有凉意，回头，准确地捕捉到了最后一排，某位眼神毫不客气的圆寸头。

姓名：王野

科属：东北虎

籍贯：沈阳

笔试成绩：88

特殊备注：兽化觉醒者

资料和人在脑内一瞬对上号，严峭再看王野，对方不客气的眼神仿佛自动变成了东北音：你老瞅他干啥？

严峭微微歪头，还没等深思，就看见王野脸上瞬间多云转晴，视线越过他，带着点桀骜，又带着点温柔，给了后方一个口型"等着我"。

严峭回首，正看见终点线那儿，气喘吁吁的林雾无敌灿烂的笑脸。

283

视线在 1 和 88 之间扫了个来回，严面试官对这份友情毫不意外。

豺狼虎豹，天生就是一类。

不过那个 88 看着就不好管的样子，要让严峭选，光是服从纪律这一条就能把他刷下去。

可是最终通过考核的十人大概率是按照各自地域分配，一想到接收 88 的会是东北分局的兄弟，严峭的心情又不错起来，看向王野的目光甚至带了点鼓励：一定要通过啊，别让我失望。

王野在边境雨林的艳阳下，突然感到一种沉重的负担。

"第二组。"严峭再次举起发令枪。

百米测试的最终成绩，林雾第十一名（积分 20），王野则凭借东北虎爆发力带来的前半程优势和大长腿的惊人步幅，取得第三（积分 28）。

第二名是个跑起来像豹子一样的青年，几乎从他一起跑，大家就预感到了这个人的不一般，果然，他冲过终点时，同组另外七人才跑过百米的三分之二。

可就是这样凶残的速度，最终成绩还是慢了第一名一点点。

第一名，赵盈。

总成绩公示后，面试者们不约而同将目光投向那个妹妹头的娇小姑娘，也是先前在会议室里问严峭"第二轮？"，而后被面试官噎回去的妹子。

赵盈一张脸通红，水灵灵的眼睛有些无措，像藏得好好的突然被人硬拎出来的小动物。

"其实是顺风……"她努力解释，怕别人对她有太不切实际的高预期。

这话算是一半谦虚。

刚刚测试谁都看见了，她跑步的时候因为个子小，步幅并不大，但频率极快，不夸张地说，看她跑步就跟看了加速视频一样。至于顺风，那是后半程才来的，徐徐吹进训练场，对她有如神助，女孩儿轻盈的身体就像贴着地面飞行般，流畅迅捷得让人惊叹。

"鸟类吧。"旁边有人和林雾搭话，是会议室里踹了眼镜的那个健壮男，口气有点不以为然，"一阵风就能吹倒，光跑得快有什么用。"

林雾也认为赵盈的科属应该是鸟类，这让他想起了同类科属的任飞宇，包括赵盈不时流露的不自信和局促，都像极了自己的兄弟。

因而健壮男的态度让他不大舒服。

没等来回应，健壮男热脸贴了个冷屁股，后面还想套近乎的话，只得悻悻咽回去。

正在队员布置的设备前浏览百米成绩的严峭，听见赵盈的解释，没抬头，但心里微微失望。

原本刚刚测试的时候，他对这个小不点还有点改观。轻盈、速度，这是两个非常有潜力的特质，训练好了，在身体对抗中完全能够以小博大，以巧取胜。

可惜，心理素质太差。

将设备还给队员，严峭重新回到起跑线旁，吹了吹发令枪口，笑意亲切。

"一千五百米，准备。"

刚跑完一百米就跑一千五，还有比这更不是人的赛程安排吗？

有。

跑完一千五，再跑一万米。

"我不行了……"

"救护车，谁给我叫救护车……"

"面试个工作，不用让我把命搭里吧……"

面试者们乱七八糟分散在跑道上，一圈套一圈，根本看不出谁领先谁落后了，反正都半死不活的。

守着数据设备的俩队员都有点看不过去了，凑到一起嘀咕。

队员甲问："你说上面咋想的让队长设计考核流程？"

队员乙答："八成就是不想录人。"

甲说："地狱考核，幸亏我入队的时候没这个，不然我现在就是躺板板，睡棺棺，然后埋山山。"

乙说："奇怪，怎么感觉人越跑越少了？"

队员甲往某个方向一扬下巴："那边。"

顺着同事的指引，乙才发现，远处跑道外围的几棵树底下，不知什么时候聚了一大群人，东倒西歪躺了一地。

队员乙愣住了："这是放弃了？"不过转念一想，"也对，工作没了可以再找，还是保命比较重要。"

"他们只是放弃了一万米，可没放弃面试。"队员甲说，"你对照名单看看，这些人积分现在都是多少。"

体测进行到现在，俩队员对面试者也都熟悉了，乙一眼扫过去，基本就能和数据里的名单对上号。

然后他就发现，树下休息的绝大多数都是现在有一定积分的，即便舍弃一万米这 1 至 30 分——事实上他们就算跑下全程也不一定能得到——后面依然有很大机会进入总积分前 30 名。

"跑完一万米，后面的障碍、跳跃和力量就别想比了，放弃一项，换后面剩下的四项，一个个都精明着呢。"队员甲早就看透了一切。

"谁带的头？"乙好奇地问。竞争激烈的面试中，能做到果断取舍并不容易，有多少人就在进退的犹豫中，错过了止损的最佳机会。尤其是第一个下决心的，更需要魄力。

队员甲："那个。"

顺着同事的视线，队员乙看见了树下人群旁边不远，稍微清静些的一块空地，席地而坐的林雾。

队员乙点点头："不愧是笔试第一，有判断力，心理素质也好。"

队员甲："我说的是另外一个。"

某东北虎正舒舒服服枕在林雾腿上，眯着眼，像饕餮满足的大猫。

放弃一万米这破玩意儿果然是对的。

05

一万米之后，其他项目继续马不停蹄，下午四点，七项体测的前六项全部顺利完成。

林雾作为犬类科属，优势在于奔跑，柔韧性和跳跃性略逊一筹，所以在一百米、一千五百米、障碍竞速三项上均取得了不错的名次（11 名、12 名、8 名），而在跳高、跳远两项，则没有进入前三十，六项结束累积 62 分，在 81 名面试者中暂列第 14 位。

林雾对自己的成绩不算太满意，但在竭尽全力之后，他也不得不承认，科属的差距还是真实存在的。

比如跳高一项，获得第一的正是之前在百米中同样第一的妹妹头姑娘，赵盈。

跳高成绩排在她后面的第二名、第三名全用的背越式，跳高姿态标准得不亚于专业运动员，赵盈用的却是相对业余的跨越式，结果小姑娘一阵助跑，到杆前嗖地腾空，快得甚至看不清她是怎么跳的，人已经高高越过横杆，轻巧地落在了软垫上。以腾空高度算，就是再把横杆调高五厘米，她也跳得过。

不，都不能算跳了，别人是"背越式"，赵盈分明是"飞跃式"。

作为第二轮面试，体测最终取积分前 30 名。在仅剩最后一项"力量"测试的情况下，林雾第 14 名的位置相对安全，他对自己不怎么担心。

至于王野。

那更不用林雾担心了。

在果断放弃一万米后，王同学用充沛的体能投入到"障碍竞速"中去，一路猛冲几乎踏平了 80% 的障碍，别人障碍竞速是费体力，王野是费"障碍道具"，看得两个场外计时的队员都心疼局里的训练资产。

最后成绩王野第二——在摧毁最后一个障碍时，被一直跟在他后面、借着他踏平路线省力跟跑的面试者偷巧反超。

王野有点不爽，但看到林雾也跟着他踏平的路线，最终名列第八，也就无所谓了。

除了百米（28 分）和障碍竞速（29 分），大型猫科动物王同学在跳高、跳远两项也没在怕的，分别得到 16 分和 9 分，最终六项累积 82 分，暂列总积分第 2 名。

排在第 1 的名叫毛硕，就是会议室里踢眼镜一脚的健壮男，后来和林雾搭话没得到大热情的回应，也不知道是不是憋着劲儿，在体测中的表现很优秀。和王野相似，他爆发力强，富有力量，跳跃能力略逊于王野，但一万米跑出了成绩，最终六项累积 83 分，以 1 分优势暂列榜首。

西南分局训练场上的一切，通过兽控局的内部系统，在西北、东南、华北、东北等各分局同步直播，队长以上权限的都可以登录实时观看、交流。

不过凑这个热闹的也就是各分局队长了，再往上的领导一是没有时间，二是这个任务已经交给了西南分局，连西南分局上头的领导都没过来监督指导，交给严峭放手干，其他分局领导自然也不会过问。

因而，直播间基本就被几个分局队长承包了，谁有时间就上来瞄一眼。这会儿下午四点刚过，华北队长终于忙完手头的事，上线一看，只有西北队长在。

"情况怎么样？"

"体测最后一项了。"

"有看上的没？"

"看上也不一定能分到我这里。"西北队长拿着局里发的保温杯喝口枸杞茶，幽幽叹息。

华北队长一听，哎哟，有目标啊："相中哪个小子了？"

"双杠上。"

黄昏的光芒渐渐从训练场退去，仅剩单双杠那里还残留着一角余晖。

双杠上，两个年轻人随意坐着，等待最后一项测试的开启。他们一个年轻而凶猛，一个自信而灵动，沉沉暮色都盖不住他们骨子里的朝气与冲劲儿。

"那上面有俩，"华北队长好奇，"你说的是哪个？"

"都行，"西北队长倒是不挑，"一个体格好，一个脑子快，全是好苗子。"

华北队长那颗"招贤纳士"的心也被勾得蠢蠢欲动，立刻在线调出目前的体测积分排名，试图对号入座："这俩都叫什么名字？"

西北队长道："看着特灵光那个叫林雾，不像善茬那个是王野。"

华北队长心说你这是什么抽象派描述，结果再瞥一眼双杠上那两位，瞬间区分明晰，准确对应。

回头看成绩。

王野，目前积分第2，可以。

林雾，目前积分……第14？

华北队长刚起疑惑，再看林雾后面备注的"笔试成绩排名：1"，对西北队长口中的"灵光"再无异议。

干他们这个工作，身体好是优势，脑子好也是优势，天底下哪来那么多全才，所以有一项足够突出就不错了。

对着积分清单，是个人都会往榜首瞄，华北队长刚想问这个排第一的毛硕是谁，训练场上最后一项的测试设备已经准备完毕。

"按积分列队。老规矩，测试顺序由程序随机抽取。"严峭发话，声音跟闲聊天似的懒洋洋，却让训练场瞬间安静。

面试官的耐心只有一秒。

"赶紧动起来，天快黑了，我可不想陪你们加夜班。"

搞到这么晚你以为是谁的锅啊！面试者们敢怒不敢言，乖乖列队。

毛硕排在队首，脸上是笃定的自信。

"体测第一这小子笔试多少？"华北队长盯着毛硕，问。

西北队长答："第九。"

"不错啊，你怎么没相中？"要块头有块头、要成绩有成绩，华北队长不解。

西北队长道："不合眼缘。"

华北队长说："醒一醒，你不是来相亲的。"

力量测试的设备由"拳击板"和"拉力索"两部分组成，一个测瞬间爆发力量，一个测全身肌肉力量，两项叠加即为最终力量测试成绩。简单、粗暴、直接。

"每人一分钟，超时成绩无效。"严峭一句废话没有。他这边一说完，手下俩队员立刻启动随机点名系统。

和前面的跳高、跳远一样，面试者们很快听见了清晰的语音，就跟银行叫号似的。

"请赵盈到考核区，下一位武耀斌准备——"

赵盈一愣，怎么都没想到测力量这种让她想立刻落跑的项目，偏偏第一个抽到的就是自己。

"还有 55 秒。"严峭拿着秒表，计时倒是积极。

赵盈如梦方醒，赶紧来到测试设备前。

巨大的拳击板通体包着柔软的黑色皮革，像一堵高墙，又像一个黑洞漩涡，时刻准备着将墙下娇小的女孩儿吞没。

严峭说："50 秒。"

赵盈不敢再耽误时间，深吸口气，用力出拳。

"噗。"

秀气拳头砸进拳击板的柔软海绵层，还没一记喷嚏声音大。

拳击板上方显示屏里密密麻麻好几排格子，一个接一个亮起红色，最终红了七格，赵盈的爆发力量成绩定在 7/100。

面试者们不清楚一格代表多少力量，但这样的显示比具体数值还要富有视觉冲击。

赵盈的脸色一下子窘迫起来，这就跟一百分卷子只考了个位数一样。不敢看后面列队众人的目光，赵盈匆忙来到拉力索面前，将绳索套到自己身上，像纤夫拉船一样用力将绳索往外拉。

拉力测试和拳击板不同，要在一个相对稳定的力道上坚持五秒，成绩才作数。

赵盈的拉力测试还不如前一项，成绩只有 5/100，最终两项叠加，力量测试成绩 12。

她的表现看得华北队长直扶额："这丫头……"想吐槽点狠的，看着那张快要哭出来的娃娃脸又不忍心下嘴，最后只剩下一声"唉"。

"力量是有点惨不忍睹，"西北队长说，"但速度很快，百米第一。"

华北队长说："百米第一？确定不是顺风被吹的？"

西北队长："……"这个还真不好说。

赵盈之后是个单薄的小伙子，但也测出了 52/100、47/100，叠加 99 的成绩。

林雾是第二十九个被点到名的，力量不是他的强项，但在观察了二十八个面试者后，他总结出了"最优姿势"——就像不同的起跑对速度的影响一样，不同的出拳和拉力方式，也会影响成绩，而"最优姿势"，可以让自身力量最大限度体现到测试数值上。

最终，他获得了 71/100、68/100，叠加 139 的成绩。

"还成，"华北队长又看了一遍林雾的体测成绩，"速度、力量都有，跳跃差点儿，"他思忖着，"是犬科吧？"

"差不多。"西北队长也是这个判断。

华北队长说："啧，老严到底准备什么时候把面试者的资料共享？"

西北队长说："说是等最后一轮，以免我们前脚刚看资料觉得不错，后脚人就被淘汰了，感情受伤。"

华北队长："……"

"请毛硕到考核区，下一位王野准备——"直播画面里，语音又点名了。

积分第一第二抽到一起，两位队长立刻来了精神。

只见毛硕脱掉短袖，露出上半身强健的肌肉，大步流星上前。

高耸的拳击板在他魁梧的身形面前都显得没那么有压迫感了。

　　一整天的测试，透支了很多人的体能，但在他身上看不到疲惫感，反而随着积分暂列第一，他愈发显得神采奕奕，结实的肌肉仿佛蕴藏着无穷力量。

　　站定，右腿后撤半步，带动身体微转，抬臂，挥拳！

　　"砰——"

　　沉重的撞击声像一声闷雷，响彻训练场。

　　显示屏上的红格飞速亮起，一个接一个，一行接一行，密密麻麻的红色格子就像毛硕爆发的恐怖力量，一路飙升，最终定格在了95/100。

　　一百格的顶格力量，毛硕竟然一拳轰到了九十五。

　　面试者队列一片哗然，因为在毛硕之前，拳击板的最高成绩也只有84/100。

　　毛硕抡一抡胳膊放松，又来到拉力索前，以双脚为重心，身体为主轴，蛮牛拖车般将拉力索向外拉，一举拉到力量最高点，稳稳撑住。

　　五秒，设备响起"测试结束"的提示。

　　拉力成绩，96/100。

　　一般都是爆发力成绩高于拉力，可毛硕的拉力竟然比爆发力还多出1格。面试者们不是哗然，而是错愕了。

　　看直播的两个队长也有点意外，即便是西北队长也不得不承认："够壮实的。"

　　华北队长调侃："怎么，发现自己眼光有偏差了？"

　　"不，"西北队长很果断，"我还是相信一见钟情。"

　　华北队长："……"

　　全场唯一没任何反应的只有严峭："抓紧时间，下一个。"

　　还在设备前欣赏自己成绩的毛硕，恋恋不舍地转身归队。

　　换王野上。

　　太阳已经全落山了，正是昼夜交接之时，天光呈现一种微茫的蓝。

王野不紧不慢地来到设备前，懒散的样子就像刚打完盹的老虎，慢悠悠地在自己的领地闲庭信步。

这份独特的气质，实在很难不让面试者们窃窃私语。

"都这时候就别装 B 了……"

"还剩多少时间，五十秒？"

"都是掩饰，他现在心里肯定慌。"

"对着毛硕那么恐怖的成绩，谁在下一个测试都得压力巨大……"

隔墙有林雾，作为当事人朋友，他偷听得心情很复杂。

装？压力？这么细腻的心理层次和王同学根本无缘好吗，这就是测一天了，测闹心了，根本提不起精神头了，想随便走走过程赶紧完事。

敷衍了事其实也没啥，反正王野现在积分第二，就是最后一项不得分，也妥妥在前三十。

可林雾不乐意听旁边的这些议论，更不乐意让他们以为自己看得还挺准。

前方，王野已到设备跟前。根本没有提气、蓄力的意思，抬胳膊就要抡拳。

"王野——"林雾突然大声喊。

王野顿住，回头，目露疑问。

林雾朝他温柔一笑，特甜，特善解人意："别有压力，你的积分已经够了，这一项就算打不过别人，你也稳进前三十——"

王野挑眉："打不过？"

林雾乖巧点头，再接再厉："零分也没事——"

"零……分？"王野彻底不爽了。

"还剩三十秒。"严·无情的报时机器·峭道。

王野面向拳击板，眼神一霎清醒。

就在大家等待他拉开架势的时候，他的拳头竟然已经出去了，拳速快得所有人都只来得及听见一声"砰"，在初降的夜幕下炸开，像巨石砸落，沉闷厚重。

红格在显示屏上飞速亮起，一行十格，眨眼便是八行。

80。

可红格的点亮还在继续。

训练场上鸦雀无声，面试者们屏住呼吸，连严峭都微微侧目。

85，86，87……

第九行的最后一格，也亮了。

90。

王野没闲工夫盯着这些破格，收了拳头便走到旁边继续拉力索。

"这就是积分第二的实力……"有面试者喃喃自语，心服口服。

"不对，"突然有人惊叫，"还在继续亮！"

众人的目光本来都随着王野去了拉力索，没承想拳击板显示屏的第十行，还在继续亮起。

"91……"

"92……"

面试者们几乎是异口同声帮着计数。

"93……94……"

最紧张的时刻到来了。毛硕的拳击板成绩是 95/100。

第九行第五格，亮了。

"95！"

然后是第六格。

王野的拳击板成绩最终定在了 96/100。

全场倒吸一口气，王野的成绩竟然比毛硕还多出一格！

"测试完毕。"拉力索发出语音，惊醒众人，王野的第二项力量竟然在他们数格的时候已经测完了。

面试者们赶紧将视线移过去，就见王野已经丢开拉力索，转身往回走了。

红格在他背后的设备上逐个亮起。

真男人从不回头看成绩。

"你说我打不过谁？"王野没归原位，而是走到了林雾面前。

林雾睁着一双纯良的大眼睛："你真厉害。"

王野双手插兜："谁零分？"

林雾继续装纯良："你最威武。"

面试者们突然爆发惊呼。

林雾抬头去看，发现王野的拉力索成绩已经亮到最后一行第六格。

96。

和毛硕的拉力成绩持平。

别说场上的面试者，连看直播的俩队长都有点来劲儿了。

西北队长问："你觉得能多少？"

华北队长说："97、98吧，不会超毛硕太多。"

西北队长说："99或者100。"

华北队长说："这么看好他？"

西北队长说："我对我相中的人一向有信心。"

格子越到后面亮得越慢，像要故意吊人胃口似的。

终于，第97格红了。

又赢了。

一部分面试者向毛硕投以同情的目光，两项都是输一格，换谁都会有点郁闷憋气。

另一部分面试者则吸取前次经验，继续死盯显示屏。

果然。

第98格也慢悠悠地亮起。

然后是第99格。

第100格，满分！

面试者们彻底沸腾了。甭管这是谁的成绩，都是在帮被折腾了一天的他们出口恶气，也让严峭看看，人外有人，他们远比他以为的更优秀。

就在这时，显示屏上十行亮满的红格，像被按下了回车键一样，整体上移一行，屏幕最下方出现新一行空着的十个红格。

然后继续。

第 101 格、第 102 格……

近一分钟后，显示屏上终于出现了王野的最后成绩：110/200。

俩队长："……"

众面试者："……"

到底是谁给了他们测试设备上只有一百格的错觉！

06

星夜低垂。

体测成绩前三十的最终名单出炉。王野和毛硕总分都是 112，并列第 1，林雾排在第 17。

"前三十名留下，其余的可以回去休息了。"严峭让队员将一摞纸制品拿过来，"现在开始发第三轮面试的地图。"

"啥？"

"第三轮？"

"继续来？！"

面试官无缝接轨，前三十如遭晴天霹雳。

"天都黑了。"

"对啊，不能明天再继续吗？"

"哪有面试还加夜班的！"

严峭微微皱眉，颇有些为难："现在是天黑，如果你们再耽误时间，就该天亮了。"

前三十："……"

月光照在面试官的眉宇间，让闲散的慵懒里平添了一抹似有若无的温柔。

但面试者们早看透了，这些玩意儿全是假象，眼前的家伙就是个无情的面试机器，你越哀号，他越快乐。

"第三轮是最后一轮吗，"林雾出声，"具体考核内容是什么？"

"这样才对，问就问些有用的。"严峭露出满意的神色，"接下来你们每人将会得到一张地图，一份应急食物和水，然后进入雨林，寻找并设法抵达地图所标识的考核终点。这就是第三轮，也是最后一轮考核，前十名抵达终点者即为通过面试。"

林雾问："如果一直找不到终点，或者在雨林中遇险呢？"

严峭答："我们会给你们每人配备定位通信设备，可以随时求救，但求救就意味着弃权。另外，我们并不能保证可以及时从天而降，所以建议大家一旦陷入危险，不要浪费时间做思想斗争，直接求救才是上策。"

前三十："……"

月影憧憧，密林重重，潮湿阴暗，草地泥泞，蛇虫鼠蚁，野牛野象……他们现在就想求救。

还没来得及完全撤场的五十一位淘汰者，忽然有种"幸亏淘汰了"的劫后余生感。别家面试要才，这家面试要命。

地图、口粮和水逐一发下。

训练场上只剩最后三十人，没人说话，都在把这些东西往配发的背包里塞，窸窸窣窣，匆忙而紧张。

动作快的，比如林雾和王野，已经背好包，开始看手上的地图。

只一眼，林雾就被地图上——如果这玩意儿真能称之为地图的话——那些随心所欲的灵魂线条折服。

"我拿脚画的都比这好。"王野深深皱眉，毫不掩饰地极端嫌弃。

陆续开始看地图的面试者们，也彻底崩溃。

还寻找终点？但凡没点想象力都看不出这是地图！

然而在严面试官这里没有"战前鼓励"或者"爱的祝福"这类流程。

大巴车到。

三十人被两个队员催着稀里糊涂地上了车。

直播系统里，俩队长都看不过去了。

华北队长说："要狠还是老严狠。"

西北队长说："这些可怜的娃。"

华北队长问："什么规则来着？"

西北队长说："哪有规则，取前十名到终点的。"

华北队长说："取前十？能不能凑够十个人到终点我都怀疑。"

严峭道："我觉得你应该对兽控局的未来有点信心。"

华北队长说："我对咱单位很有信心，我是对老严……老严？"

"继续，"严峭还挺好奇，"对我怎么的？"

"对你的残暴有了深刻的认识，"西北队长感慨一叹，"上面让你选新人，你在这里选铁血战士。"

"兽化者天天在增加，觉醒的程度和发展每一秒都在变，"严峭最后一个走出训练场，上了队里的车，"我们要招的就是战士。"

严峭乘着队里的车直接去了设在雨林终点的"终轮考核临时指挥部暨意外情况应急处置调度中心"。

一轮面试后就提前过去的副队长，曾对着野战帐篷上巨长的名头横幅呆愣近十秒，然后问旁边队员："这个名字是上面指定的？"

"不是，副队，"队员道，"是严队起的，说要传承咱们'野性觉醒兽化分类风险预防控制管理局'严谨务实的命名作风。"

副队："……"

何止传承，简直青出于蓝而胜于蓝。

严峭车辆的路线是从雨林外最接近指挥部的点直线插过去，完全绕开了考核区域。三十位面试者被送到雨林深处时，野战帐篷里的面试官已经煮好了咖啡。

"队长，他们到位了。"设备前负责监控的队员汇报。

严峭把倒好的第一杯咖啡递给副队，被无情拒绝。他不以为意，收回来自己喝："启动无人机。"

雨林深处，月光黯淡。

潮湿黏腻的空气贴在身体的每一寸皮肤上，和周遭繁茂的枝叶共同织成一张令人窒息的网。这是自然生灵的王国，也是入侵者的猎场，随处可见的绞杀植物仿佛在向闯入者们提示着即将付出的代价。

三十人中许多都是第一次来到雨林，一来就是高难度的夜行模式。还没走出几步路，就有人一脚没看清，踩进厚厚淤泥里，脚出来了，鞋没出来，心里的最后一根弦就这样崩断了。

"×的，老子不玩了！"丢鞋者把另一只脚上的鞋也脱下来，泄愤般狠狠扔向远方，然后按下背包肩带上的通信器，大吼，"听见没有，老子不陪你们玩了——"

通信的效率很高，因为十几秒后，无人机便由远及近，盘旋到了他们上空。

"26号，请在原地等待，我们会尽快将你接回。"

第三轮的编号是按照体测成绩排的。

无人机那边的声音不是严峭，公事公办的语气，听起来没有严峭的声音那么拉仇恨。

"26号弃权——"无人机的声音突然大幅度增强，仿佛要穿透大气层去宇宙回荡，"再重复一遍，26号弃权，第三轮面试剩余29人——"

众面试者："……"

为什么忽然感觉拿到了大逃杀剧本！

才进雨林没几分钟，三十人根本还没分散，此刻仍聚在一堆，你看我，我看你，心里正起着或微妙或激烈的变化。

"我也有点不想干了，"同样体测排名靠后的一个面试者，极度疲惫的脸上全是郁闷，"哪有这么面试的，这不摆明折腾人吗！"

"就是！"

"我要有这能耐我还考什么科员啊，我当雷霆战警好不好。"

好几个人忍不住附和。

但更多的面试者还是沉默着。拼了命才到这里，八十难都过来了，就差最后这一个坎儿，被淘汰尚且都不甘心，遑论主动放弃。

体测和王野并列第一，占了姓名首字母顺序优势排到编号1的毛硕掏出手机，打开指南针，对着地图确认好方向，率先离开队伍。

见他这样，其余还想继续参加考核的人也赶紧拿出自己的手机，脚下迅速跟上。

下发的地图虽然画得稀烂，但终点方向标识得很明确。感谢现代科技，不用再漫天寻找北极星。

直播系统里，画面已经从训练场变成了雨林。面试者们不知道的是，考核区域几乎遍布隐秘监控，哪怕他们彻底分散开来，考核监控也不会漏掉任何一个人。

说着"我们并不能保证可以及时从天而降"的严面试官，其实能让待命中的直升机在三分钟内抵达考核区的任一出事地点，除此之外，还有数十名队员藏身在雨林里，他们施援的速度会更快。

"老严也是煞费苦心啊。"看着多视角的直播画面，西北队长终于不再担心娃儿们的安危了。

安全是基础，这没什么可说的，华北队长好奇的是："老严，你就打算让他们这样一路走到终点？"

画面里，二十九位面试者，人手一手机，全水平托举着，仔细认真地顺着指南针方向移动。因为路难走，他们行进得谨慎而缓慢，在夜视监控惨淡的画面效果里，犹如一群丧尸大军。

"严峭？"没等来回应的华北队长，疑惑地喊了一声。

"急什么，"通信设备里终于响起严峭慢悠悠的声音，"再等等，有惊喜。"

十分钟后。

"咦？"

"什么鬼？"

行进中的三十人队伍，走在前面的几个忽然发现脚下植被茂盛的地面好像有异样。

王野和林雾紧挨在他们后面，林雾一踩上去就觉得不对，身体比大脑更快做出响应。

"小心——"他转身直接将王野扑向后方。

"轰隆"一声巨响，地面坍塌出一个直径四五米的深坑，前面几个人连同原本在林雾和王野身边的人，连挣扎的机会都没有，全部跌落了进去。

王野和林雾正好卡在深坑边缘，半个身子悬空，逃过了一劫。

监控前的面试官微微抬眉，17号，反应还挺快。

夜色里，很多面试者不知道发生了什么，但听见巨响都不敢再动。

坑深三米左右，泥土松软，下面还有厚厚的草垫，摔不坏人，但就是这样才更可恨。

"这为什么还有陷阱？！这为什么还有陷阱——"

严峭道："惊喜来了。"

西北、华北俩队长现在心头就飘荡着三个字：不，是，人。

"受害者们"一吼，其他人就全明白了，这是早就料到他们会沿着方向径直走，在路上提前挖坑设伏。

关键是这样的坑鬼知道前面还有多少，一时间没人再敢轻举妄动。

"21号，请在原地等待，我们会尽快将你接回。"无人机又神出鬼没地盘旋到了陷阱上空。

坑里有人放弃了。

"21号弃权！再重复一遍，21号弃权，第三轮面试剩余28人——"

洪亮的声音借由无人机响彻雨林，也盖住了坑内的动静。

只有夜视监控画面前的人，才清楚地看见一个人影爬出了深坑。

1号，毛硕。

出坑的一瞬间，青年的手掌好像发生了某种变化，快得监控画面都来不及捕捉，就又恢复如常了。

"兽化觉醒者。"西北队长一点不意外，就毛硕在体测中表现出的身体素质，已经远超普通的野性觉醒水平。

华北队长泡了个泡面当夜宵，端着回到办公桌前重新坐下，看着直播下饭："老严，你挖的坑不止这一个吧？"

石沉大海。

严面试官又把通信屏蔽了。

十几分钟后，又一个坑，比先前的更大、更隐蔽。

这下面试者们再不抱幻想——走直线，就等着被坑死吧。

直线路径充满恶意，大家只能改从别的方向，迂回着朝终点前进。这样一来，可走的路就有无数条了，人人都有自己的选择与判断，二十几个人渐渐分散。

月光透不过茂密宽大的叶片，面试者们的踪迹和声响一点点淹没在深夜雨林里，仿佛先前的一切都不曾发生。

然而静谧从没有真正回归这片丛林。

"13 号弃权……第三轮面试剩余 27 人——"

"19 号弃权……"

"24 号弃权……"

陆续有人掉落新的陷阱，能自行脱困的少之又少，剩下的至少一半直接弃权，另外一半在经历了愤怒、不甘心等等情绪后，再弃权。

面试一整天下来积累的疲惫与压力，是心态崩塌的根源，陷阱只是压垮骆驼的最后一根稻草。

西北队长说："也不知道老严究竟挖了多少坑，这可是破坏植被。"

严峭道："都是因地制宜，有坑用坑，有水用水，什么都没有，就借助地势落差。"

西北队长说："那还……老严？"

华北队长服了："你别总这么神出鬼没行吗，上线咳嗽一声，OK？"

严峭问："你俩怎么还在，明天没任务？"

西北队长说："下午出发去秦岭，早着呢。"

华北队长说："明天下班前要上交给局长一份六千字工作报告。"

严峭问："现在写多少了？"

华北队长说："六个字。"

严峭道："很好。"

午夜零点，面试者只剩 21 人。

直播系统里的画面已经随着面试者的行踪分散，细分成了十几个，每个小的夜视画面里都是一个或者一组面试者。

有人单枪匹马，有人结伴而行。昼夜科属在此刻区别分明——眼神放着精光的不一定是夜行科属，但眼神疲惫困倦到生无可恋的，绝对是昼行科属。

白天体测，利于昼行科属发挥，晚上生存竞速，则是夜行科属占便宜。

但即使是林雾和王野，在如此恶劣的光线条件里，面对这样复杂多变的雨林环境，也是焦头烂额。为了躲开陷阱，他们小心再小心，仔细盯住脚下即将要踩的每一块地方，稍微感觉有些异样，不管是不是真有陷阱，他们都果断绕开，再换路线。

宁可绕错一千，不能踩错一个。

如此一来，行进效率极其缓慢，进入雨林四个多小时了，才走到地图标识的第一个参照物——一条小溪。

上北下南的地图，这条东西流向的小溪被画在纸面上方五分之一的位置，而终点标识在最下方。也就是说，他们才仅仅完成了路程的五分之一。

"这样下去不行。"林雾收起地图，气喘吁吁，头发早被汗水打透，几绺贴在额前。

王野很自然地伸手帮他撩开，发现林雾的眼睛，在夜里比在白天更好看。

"你想怎么的？"

"以逸待劳，等天亮。"林雾说，"这边天亮得早，最多再过五六个小时就行，等光线一亮，陷阱就算伪装得再好，也会比现在容易发现得多。"

王野问："你不怕天还没亮，前十名就已经出来了？"

"不会。"林雾果断摇头，"如果像我们这样小心，就算一直安全赶路到天亮，也最多再前进五分之一或者四分之一，并且要付出比白天更多的体力代价，我们在这几个小时内恢复的体力，足以让我们追上甚至超越他们。反过来，如果他们追求速度，那必然就要牺牲安全性，极大概率没等天亮，先掉入陷阱。"

"你想好了就行。"王野答应得没任何犹豫，说完立刻开始打哈欠，身体肌肉眼见着放松下来。

直播画面前的俩队长："……"

你这模式切换得会不会有点快！

严峭品着第八杯咖啡，视线落在 2 号和 17 号的监控画面上。两人在一棵铁杉树下休息，周围都是跳舞草，这些叶子在阳光里总是很容易舞动起来，但在月亮底下却静悄悄的，像害羞的小姑娘。

这俩人不是最先开始考虑要不要等天亮再行动的，却是最先果断实施，原地休息的。

通过监控画面和声音的实时传播，面试官以上帝视角跟随了全过程。

这并不容易，严峭知道，因为就是他亲手将面试者们的身体和心理的承受力逼到极限。极限之下，任何可能发生的闪失——比如因为休息和前十名失之交臂——哪怕只有万分之一的概率，都会成为压在面试者心里的一座大山，阻碍他们理智决策。

王野，林雾。

严峭从摊了一桌的资料中，将两人资料的文件夹拿过来，重新翻开。

仍停留在王野、林雾监控画面声音频道的耳机里，再次传来两人对话。

严峭低头看资料，没再注意监控画面。

林雾问："我咋感觉你考不考这个都行，就是陪我来的呢？"

王野答："睡觉。"

林雾说："王野，我说真的呢。"

王野说："本来就无所谓，我画画也能养你。"

林雾："……"

王野说："但一起考上最好。能二十四小时在一起，我干啥要扣掉从早八到晚五的这段。"

严峭迷惑抬头，现代年轻人的朋友标准已经提升到必须"朝夕相处"了？

07

黎明将近。兽控局东南分局队长叼着刚出锅的水煎包，打开手机里的工作通信系统，发现西南那边的考核直播竟然还在继续。

"严峭你在搞什么，"权限识别通过，东南队长进入直播及多人通话，手机屏上出现了密密麻麻的实时监控画面，随便点开一个放到最大，收获一位神情疲惫双目无光的绝望面试者，"就算昨天没考核完，也不用这么早把人拉起来继续吧，天还没亮呢。"

西北队长趴自己办公桌上都快睡着了，听见耳机里的声音一瞬惊醒，本能地进入警觉防御状态，但下一秒就反应过来说话的是谁，随之放松："来啦。"

"不是天没亮就把人拉起来，是考核了一天一宿根本没让人休息。"华北队长毫无困意，因为一闭上眼就想到自己还欠着五千九百九十四个字的工作报告，于是彻夜精神抖擞。

"一天一宿？"东南队长知道严峭狠，但没想到他这么狠，"严峭人呢？"

华北队长答："屏蔽通信了，说要专心考核。"

东南队长问："现在进展到什么程度？"

华北队长答："最后一轮，三十进十，目前淘汰 12 人，剩余 18 人，还没一个到终点。"

西北队长说："就严峭设那些缺德带冒烟的陷阱，能全须全尾到终点都怪了。"

"不过能挨到现在的都不傻，"华北队长说，"后半夜基本没人动了，全等天亮呢。"

雨林，考核指挥部。

密密麻麻放大的监控画面里，夜视效果被自然光取代。晨曦穿过宽大叶片的间隙，在地上投下漂亮的剪影。

严峭像是算好了时间，从假寐中睁眼，起身来到监控前。

"队长，"监控前的队员见老大来了，立刻汇报，"都开始动了。"

新一天来临，蛰伏半宿的面试者们纷纷重新冒头。

严峭看了监控一会儿，转身走向一张有人睡着的行军床，于床边悠悠坐下。

睡梦中的副队长仿佛感应到了来自队长的"关切"，本来平展的眉头渐渐皱起，最后一个激灵，霍地睁开眼。

"该你上场了。"严峭微笑。

副队长："……"

——人生最悲惨的不是加班睡着被上司叫醒，而是被叫醒之后还要继续加班。

"吓唬一次还行，两次就不灵了。"副队长不是不想干活，主要是怕做无用功。

"谁让你吓唬了，"严峭慢条斯理，"这次来真的。"

副队的眼神逐渐警惕："来真的？"

严峭点头："能坚持到现在的都不会太弱，你过分一点没关系，他们扛得住。"

都不弱？

副队现在担心自己能不能扛得住了，那一个个的被折磨到现在，可都憋着火呢："他们要是联合起来反扑，我可得报工伤。"

严峭眉毛轻轻挑了挑，眼底闪过失望："一群初出茅庐的，你也怕？"

"少给我来激将法。"副队不吃这套，起身离开帐篷。

一分钟后，虎啸震天，响彻雨林。

帐篷内众队员："……"嘴上有多倔强，身体就有多诚实。

雨林某处。

刚出山洞的林雾和王野蓦地顿住，彼此相望。

林雾问："听见了？"

"老虎，"王野不光听见了，作为同类，他听虎啸就像听人说话一样，可以轻易分辨，"还是第一轮面试那个。"

昨天是陷阱遍布，今天是恶虎拦路，林雾很难不怀疑这场考核是奔着"无人生还"去的。

虎啸还在雨林回荡，无人机的声音便从相同方向传来。距离太远，那声音飘到林雾和王野这里已经断断续续。

"6 号弃权……第三轮面试……剩余……17 人……"

王野听着，微微眯了眼。

林雾眺望声音来自的方向，眉心渐渐收紧。

体测排在第六名，这样的人即使落入陷阱也应该有能力脱困。除非，他遇到的是比陷阱更要命的难关。

——那头老虎。或者说辅助严峭考核的，虎类兽化觉醒者。

"这不是乱搞吗？"东南队长看不下去了。

"他都乱搞一天一宿了。"西北队长昨天喝枸杞，今天泡红枣，以一颗养生的心佛系面对。

"你俩就让他这么胡来？"东南队长说，"老于这是没空上线，要是上来看到严峭这么卡他的人，绝对要骂娘。"

老于，东北分局队长。

"什么意思，"西北队长听出门道，"这回招的人都要给东北？"

"你们还没听说？"东南队长道，"已经定了，这批录取的先统一去东北分局帮忙，等那边的保护区完成，再按照地域和个人意愿往各分局分配。"

东北分局的长白山原始森林兽化保护区，从一个成功的小型试点，正逐步扩展成一个规模极大的示范区，是今年整个兽控局工作的重中之重。

"老于呢？"提到东北队长，东南队长才发现人不在。

华北队长说："一直没来，估计保护区那边忙得脚打后脑勺了。"

监控里，又一个面试者和猛虎狭路相逢，但比上一个淘汰者幸运，他的科属是大鹅。该物种天生的战斗气质，使他即使在逃窜时都气势如虹，没有因恐惧而慌不择路，鸟类科属带来的骨骼变轻，又让他的奔跑有了半飞翔的速度优势，最后凭借耐力成功甩开了拦路虎。

东南队长一眼就认出，这是在东南分局记录在案的兽化者："这个家伙第一次兽化的时候才热闹呢，直接飞进了野生动物园的天鹅区，当时一湖面的天鹅啊……"

华北队长可以想象东南兄弟们的辛苦，大鹅和天鹅外貌虽然有区别，但放眼望去白花花一片，视力再好也没辙："是有点难找。"

"哦，这个并没有，"东南队长说，"一湖面都是黑天鹅，就他一个雪白雪白的。"

俩队长："……"

东南队长说："但是难抓啊，我们人一进去就被围攻了，让一帮大鹅从湖里追着打到岸上。"

那之后东南分局就有了一条大家默认的潜规则：鹅类觉醒者从普通鸟科划到猛禽科，相关任务一律按照对待猛兽的标准进行人员部署。

谈到兽化，东南队长索性把监控画面逐一看遍，结果发现归属东南的兽化者就大鹅同学一个，其他面试者全不认识，便问另外两位队长，里面有没有西北和华北的兽化者。

当然有。

西北队长说："4号，10号，12号。"

华北队长说："15号。"

除此之外，1号毛硕在陷阱脱困的时候直接局部兽化，虽然做得很隐蔽，而2号王野在体测中表现出的强悍身体素质，也基本可以判定是兽化者的身份。这两人的档案不是在东北就是在西南。

"还有这个30号，"华北队长将其中一个监控放大，画面中纤细娇小的赵盈正蹑手蹑脚地穿过一片藤蔓地，大眼睛警惕地左右四顾，"她虽然是通过体测的最后一名，体格、力量都不行，但速度奇快。"

剩余19人，确定兽化者6人，基本确定2人，兽化占比47%，很高了。

"这个17号呢？"东南队长将唯一两人同框的监控放大，对比其他单打独斗的，2号与17号的组合十分特别，"他好像和2号很熟，他俩组队了？"

就在这时，所有监控画面里同时传出通报音，前所未有地响亮。

"第1名面试者抵达终点！再重复一遍，第1名面试者抵达终点，考核通过名额剩余9个——"

远比通报淘汰者更大的阵势，像一个中气十足的巨人俯瞰着整个雨林大吼，吼得人心头狂跳。

肉眼可见，所有面试者都紧张起来。

尽管兽化占比如此高，可截至目前，除了毛硕为了脱困隐蔽地局部兽化了一下，其余面试者还没有兽化的。

但现在高压之下，西北队长摸摸下巴上一夜长出的胡茬："会不会有人兽化？"

"不能，"华北队长果断否定，"户外兽化，就算没引发骚乱也是绝对违规，保密协议写得很清楚。"

"从昨天到现在还没有一个完全兽化过？"东南队长很意外。

"这帮年轻人自律性都不错，"西北队长老怀安慰，"不冲动……"

"吼——"

截然不同的另一种虎啸，打断了华北队长的话，也打碎了无人机播报的回音，更凶猛、更威风，像新的兽王莅临。

三位队长俱是一震，循声锁定监控画面，正是先前2号、17号同框那里。

棕榈树宽大的叶片下，是一头条纹斑斓，皮毛发亮，从没在监控里出现过的老虎。惊人的体长绝对是虎类中的顶格，有力的躯干与四肢，即便闲庭信步，也带着睥睨天下的气势。

"东北虎。"西北队长缓缓吐出三个字。

科属普查里，虎类不少见，但在虎类金字塔顶端的西伯利亚虎，是这一科属里最稀少的，更别说还能兽化。

正在考核区里四处欺负面试者的西南分局副队长科属为华南虎，纵横林间，百兽退避三舍，面试者落荒而逃。然而两个监控画面放在一起，仨队长立刻觉得西南副队虎清瘦一圈，连气质都文质彬彬起来。

虎啸未落，狼嚎又起。

"嗷呜——"

同一个画面，同一个地点，声音没有东北虎那样凶猛，却更悠远、更苍凉，仿佛将旭日下的雨林瞬间带入夜晚，月凉如水，旷野苍穹相接。

一匹丛林狼自堆叠交错的杂叶里走出，来到东北虎身边。东北虎低下头，像大猫一样用脑袋使劲蹭丛林狼的脸，不料力道没控制住，一脑袋将丛林狼顶得翻了肚皮。

丛林狼不满地"呜呜"两声，撒娇的劲儿简直让人怀疑先前帅气的狼嚎是"假唱"。

西北队长有点蒙。东北虎出来的时候，他毫不怀疑这是2号，但现在又来了一头狼："17号也是兽化者？"忽地，他有点拿不准了，"哪个是2号，哪个是17号？"

华北队长为同僚的迟钝心累："你就看看他俩的气质，谁是谁还分不清？"

东南队长说："刚才谁说他们肯定不能违规兽化？"

华北队长："……"

东南队长说："好像还有谁说他们自律性不错？"

西北队长："……"

所以这俩不让人省心的家伙到底要干啥？！

五分钟前。

首位面试者抵达终点的通报，一遍遍在雨林上空盘旋，像是要播放到地老天荒。

王野被吵得闹心："故意的吧。"

"他们就是希望我们乱了阵脚。"林雾思忖着，"现在大家肯定都开始加速了，就算想稳扎稳打的，一想到其他人可能提速，也会着急。"

昨天一直迂回绕路，王野早就想提速了："就沿方向走直线，真踩了陷阱我保证把你安全带出来。"

林雾沉默片刻，抬头："按你说的办。"

王野没想到他那么痛快就同意了，转身望刚刚东升的太阳，锁定终点方向，回头看林雾："走？"

"这么走不行。"林雾说。

两人隐于茂密树丛，片刻后，一狼一虎轻装上阵。

衣服、手机、背包通讯器都留在原地，他们靠太阳和野性的本能辨方向。还有嗅觉，犬科动物敏锐的嗅觉能够让林雾轻易捕捉到雨林里留下的气息。动物的、人类的、陌生的、熟悉的……

熟悉？

丛林狼身形猛然一顿，鼻尖再度紧贴地面，细细地闻，没错，就是严峭的味道。

那个让人恨得牙痒痒的面试官，在最近的几天里到过这儿，不过味道很淡，应该是单纯经过，没有做什么停留。

那在这片雨林里，有没有他近期停留过的地方？

一定有的。

他是面试官，是设计这一切的"总导演"，就算不彩排，也总要在正式开演之前，检查一下准备工作是否妥当，比如，陷阱怎么样。

"嗷呜——"丛林狼再次长号，带着显而易见的开心，而后狂奔起来，敏捷的身形擦着草木沙沙作响。

东北虎一跃跟上，明明那样凶猛有力，奔跑起来却安静优雅，恍若在林间滑行。

仁队长不知道考核区的陷阱都布置在哪里，严峭却是门儿清。于是面试官坐在监控前，眼睁睁看着一狼一虎轻易绕开他的陷阱——不管是已经暴露的，还是尚未被触发的。

"队长……"负责监控的队员犹豫地看向严峭，"要不要派无人机提醒一下他俩？"

严峭目视屏幕："提醒什么？"

队员说："在考核中兽化不太好吧，万一被其他面试者看见……"

严峭说："没提前说的规则，就不是规则。"

队员意识到自己多嘴了，悻悻收声，不料自家队长单手托腮，优哉游哉地又补一句："但捣乱，可以随时随地进行。"

"吼（啥）？"雨林某处，副队虎抬头望着无人机，百兽之王的眼里都是大大的困惑。

"队长让你跟着我走。"无人机那边的队员又重复一遍。

"吼吼（干什么去）？"

无人机里传出严峭的声音："给你找点有挑战性的对手。"

"吼吼吼（行啊，带路）——"

监控前的队员叹为观止："队长，副队都这样了你还能听懂他说什么？"

严峭的眼神柔和下来："这就是搭档间的默契。"

无人机去往的方向是东北虎与丛林狼的猛兽二人组，快则一小时，慢则两小时，副队就会和他们狭路相逢。队员看看严峭，再看看屏幕里全然不知前路凶险的华南虎……真是令人流泪的搭档情。

　　到处是潮湿、闷热、杂乱丛生的亚热带植物。

　　"第4名面试者抵达终点！再重复一遍，第4名面试者抵达终点，考核通过名额剩余6个——"

　　"第5名面试者抵达终点！再重复一遍，第5名面试者抵达终点，考核通过名额剩余5个——"

　　短短一小时，近半数名额已满。

　　林雾和王野跑跑停停，跑的时候多，停歇的时候少，除了躲陷阱几乎没有绕过冤枉路，就这样依然没有看见终点。

　　但林雾可以确定他们已经接近了，因为严峭的气味越来越清晰，也越来越鲜活，不是几天前留下的，而是这个人就在附近的那种流动的气息。

　　丛林狼气喘吁吁地望向东北虎。

　　后者趁着短暂的休息时间，瘫在地上趴趴，跟个大型公仔似的，完全没了百兽之王的风范。

　　丛林狼凑过去顶了顶它的头，像鼓励。

　　大老虎一爪子把丛林狼搂到自己怀里，宝贝似的抱着一起趴趴。

　　丛林狼乖乖地让大老虎揽着，但双眼警惕地望着四周，像湖水一样明亮。

　　忽然，丛林狼和东北虎一起听见了声响，有人在奔跑，脚步很轻，但频率很快。

　　还没等他俩判断那声音的距离，不远处的铁杉树丛就传来了"轰隆"一声，像塌方一样，夹杂其中的还有女孩儿的惊呼。

　　有面试者踩到陷阱了！

　　林雾和王野一路上绕过许多被踩过和没被踩过的陷阱，却是第一次遇见有人在他们附近掉落。

　　一狼一虎对视，不约而同跃起，奔向铁杉树后，很快就看见一个利用地势构建的深坑，一头体格庞大的棕熊滑落一半，利用爪子半挂在坑壁上，30号赵盈则抓着棕熊后腿上的一撮毛，借着这一丁点儿的力，堪堪悬在半空。

虎、狼抵达坑边的时候，棕熊开始往上爬。林雾和王野不知道棕熊是谁，但既然掉了陷阱，八成，不，板上钉钉就是面试者中倒霉的一员。只要赵盈坚持住，相信棕熊能带她一起爬上来……

"啊！"女孩儿忽然发出一声尖叫。

一狼一虎瞪大眼睛，棕熊竟然用力一蹬腿，将赵盈狠狠甩下去了。

随着女孩儿重重摔到坑底，棕熊奋力爬出。

一出坑，棕熊就蒙了，愣在那儿，他没料到坑边居然有一狼一虎。

虎狼两位同学也没想当目击证人，一时不知该给个什么表情。

刺耳的播报声再度穿透雨林。

"第6名面试者抵达终点！再重复一遍，第6名面试者抵达终点，考核通过名额剩余4个——"

仅剩四席！

棕熊像是突然被惊醒，转身朝终点方向狂奔而去，明明体格庞大，跑起来却凶狠而迅猛，眨眼便消失了。

坑下传来窸窣声。

一狼一虎重新低头，摔在坑底的赵盈已经站起来了，虽然疼得皱了脸，但看起来没伤筋动骨。只是坑太高，以她一己之力，绝对上不来。

赵盈好像也不急着上来，抬头凝望坑边的两头猛兽，若有所思："你俩是……"

丛林狼轻轻点头，意思是你猜对了，大家都是面试者。

赵盈问："你俩是……2号和17号？"

林雾："……"对号入座是怎么办到的！

丛林狼瞪得溜圆的眼睛已经出卖了答案。

赵盈嫣然一笑："我猜对了是吧，从体测你俩就形影不离，到现在还出双入对，除了你俩没别人。"

"形影不离还凑合，出双入对是什么奇奇怪怪的形容。"东南沿海某办公室里，东南分局队长对现代年轻人的语文水平很操心。

"看样子他俩是准备救人了。"东南队长发现，坑边的丛林狼已经开始磨爪，寻找抓地的感觉。

华北队长说："就剩四个名额，他俩也是心大。"

西北队长说："同情心过度泛滥。"

东南队长乐了："你们没看上正好，如果能在地域之外调剂，这俩……"

西北队长、华北队长异口同声："我要。"

东南队长："……。"

丛林，陷阱。

眼见着一狼一虎要下来，赵盈赶忙道："不用不用，我自己能上来。"

林雾和王野怔住，自己行？

"我之前一直没敢，还以为这样会违规呢，但毛硕变了，你俩也变了……"赵盈自言自语地，像是后悔自己这么晚才开窍。

毛硕？刚才那头棕熊吗？

没等林雾想完，坑底下的赵盈就抱着胳膊蹲下来。

然后，林雾、王野、监控前的指挥部还有各分局队长，就这样看着坑底的姑娘骨骼一点点缩小、再缩小，最后只剩悄然落地的衣物。

消……消失了？

虎狼和仁队长都惊呆了，唯有严峭气定神闲。

不多时，地上的衣服底下突然动了动，一只极小巧的鸟儿从领口钻出，高速震动翅膀，咻地飞出深坑，在一虎一狼的头上轻盈飞舞，精灵一般。

是蜂鸟！

盘旋几圈后，蜂鸟忽然飞高，穿过遮天蔽日的树叶，视野豁然开朗。扎在一小块空地上的指挥部迷彩帐篷，就像藏在树叶枝干间的伪装者，隔得远或许还能混过去，但现在两方位置相对接近，高空俯瞰一目了然。

消失了一会儿的蜂鸟，又嗡嗡地飞了回来，急切地在虎狼上方转圈圈，每次都在同一个方向停留数秒，频率更快地扇动翅膀。

林雾瞬间看懂："嗷呜（你要给我们带路）？"

蜂鸟："啾啾（嗯嗯）！"

东北虎："吼吼吼（那就别磨叽了，走）——"

蜂鸟："啾——"

丛林狼："嗷呜——"

东北虎："吼——"

一鸟二兽同时启程，飞得轻快，跑得迅捷。

围观全程的仁队长："……"你们几个是内置了同声传译吗！

有了赵盈的超强辅助，林雾不需要再兼顾方向，只需要全力躲避陷阱，向终点靠近的速度提升了一大截。王野也是豁出去了，一个大猫愣是跑出了犬科的耐力，跟住了丛林狼。

大约十五分钟后，蜂鸟突然急促地叫起来，却不是紧张，更像某种欢快的情绪。

丛林狼眼睛一亮，马上明白这是胜利在望了，指挥部就在前方！

层层密林遮挡，王野啥玩意儿也看不见，只能希望赵盈靠谱，最好是真要到终点了。

就在这时，地面忽然微震，沉重而快频率的声音在旁边树丛由远及近响起，像某种巨兽在奔跑。

没等林雾他们多想，那声音已经到跟前，庞大身躯霍地冲出树丛，赫然是先前在陷阱里甩掉赵盈的棕熊。

通体棕色，皮毛粗密，肩背隆起的健壮体形比东北虎还略胜一筹。

一熊，一虎，一狼，一蜂鸟，四位面试者愣在当场。谁都没想到会在接近终点的时候再度碰面，棕熊毛硕则看着悬停在半空的蜂鸟，额外多一层震惊，这该不会就是赵盈吧？

"第7名面试者抵达终点！"播报声来得突然，也来得扎心，"再重复一遍，第7名面试者抵达终点，考核通过名额剩余3个——"

三个？

林雾心里咯噔了一下，终点近在咫尺，可他们这里就有四个人。

余光里忽然一暗，竟是棕熊扑了过来。

丛林狼飞快往旁边蹿，闪躲。

东北虎却反其道行之，扭身跃起，向着棕熊迎面而去。

毛硕原本只是想吓唬这三个一下，再趁他们没缓过来的时候先跑，毕竟只剩三个名额，能吓住一个自己就稳了。却没想到对方竟然自不量力，居然敢反击？

熊吼。

虎啸。

两头猛兽瞬间打成一团。

毛硕要给这头不知死活的老虎一个教训，凭借体格和重量优势，棕熊奋力压制东北虎。

但毛硕不知道东北虎是王野，所以也就忽略了一件事。

体测力量环节的拉力索，王同学得分为110/200格。

"吼吼吼——"被狠狠撞开的棕熊发出不可置信的咆哮。

东北虎却没有趁机逃走，而是比前次更凶狠地反扑，速度快得根本没打算给对手反应时间。

毛硕什么都没看清，就感觉到前肢一沉，然后便是钻心的疼。

锋利的虎牙嵌入棕熊粗壮的前肢。

老虎是天生的猎杀者，速度、咬合力，都是为此而生。如果这不是王野和毛硕，而是一头真正的东北虎和棕熊，在真正残酷的大自然，虎牙嵌入的就不是前肢，而是喉咙。

华南虎随着无人机的引领抵达，看到的就是这样的场景。

一头负伤的棕熊瘫在地上喘息，一头东北虎站在旁边，漫不经心地甩着尾巴，绝对的胜利者才有资格拥有的悠哉。

华南虎悄然停住，抬头凝望无人机，这就是你给我找的对手？！

无人机升高，愉快地飞走了。

副队长："……"

搞什么搞！

察觉到不速之客的东北虎，轻蔑地看过来，慵懒的眼神却在下一秒放出精光。

难怪气味似曾相识，这不就是第三轮一直只闻其声不见其虎的那个吗。第一轮面试的时候没能干一仗，是王野这一整个面试里最大的遗憾。

现在不用遗憾了，圆梦了。

华南虎在同类骤然兴奋的目光里，生出一丝不祥的预感，再瞟一眼地上体格庞大健壮却狼狈不堪的棕熊……

"吼——"华南虎发出一声百兽之王的咆哮，转身飞奔。

江湖险恶，不行就撤。

王野慢了半拍才回过味儿，这时候主动找过来不就是为了挑事吗，结果临干仗了你敢给我撂挑子？

"吼——"东北虎奋起直追，那劲头，快乐得像扑蝴蝶的大猫。

仨队长彻底懵圈："这什么情况？"

不知何时解开屏蔽的严峭困倦地伸伸懒腰："一山不容二虎。"

副队能往哪里逃，肯定是自家大本营。于是王野就这么追着，竟歪打正着，一路追到了终点指挥部，而追着王野的林雾和赵盈，自然也抵达了终点。

到了地方三人才发现，终点根本没有面试者！什么又一个到终点了，什么名额就剩3个，全是骗人的，他们仨是抵达终点的第一拨，前三名。

随着副队的回（罢）归（工），考核区难度骤然降低，陷阱也都被踩得差不多了，陆续开始有其他面试者到达。

但最终通过考核的十人里，没有毛硕。因为当无人机宣布所有名额都满，他便当场放弃了。尽管那时候还有一半的名额，而他放弃的地方，离终点指挥部仅仅数百米。

考核结束，严峭终于将十名录取者的资料和成绩发给各分局队长共享，之后打开总部下发的考核总结问卷表，下拉到最后一题：经过本次考核工作，你认为能否对兽控局的人才选拔标准提供某些启示？

答案他已经填写好了：我认为人才选拔没有标准。

定定看了片刻，他将句号改成逗号，继续敲字：但如果非让我总结，可以是"如狼似虎"。

相中林雾和王野的不止严面试官。

东南队长拿到资料，首先就把林雾和王野的看了，结果发现一个笔试第一，一个体测第一，加上最终考核两人展现的优秀的品质，比如坚强的意志、清醒的头脑、乐于助人的精神……什么？最后追着西南副队打？那是严峭他们搞得太过分了。

求贤若渴的东南队长带着滤镜把两人的资料看了一遍又一遍，越看越喜欢，到最后才发现："两个都是沈阳的？"嫉妒使人酸涩，"便宜老于了！"

西北队长和华北队长也是同样的心情，但下一秒，某些记忆就依稀回笼。

华北队长问："老于是不是说过他们东北区遇上不少奇葩，然后有只老虎特别要命……"

西北队长答："欺负熊，还让老于的人替他处理家事……"

老虎，东北的，欺负熊，要命。

要素符合得严丝合缝。

西北队长问："老于不知道这个王野来考兽控局吧？"

华北队长说："关键不是考不考，而是已经录取了。"

东北长白山原始森林，兽化保护区。

番外一　如狼似虎

东北分局于队长忙得汗流浃背，却仍干劲十足，因为他知道，很快就会有新生力量注入东北分局，为他们的保护区项目贡献年轻的光和热。

"真是期待啊。"于队长满怀憧憬，眺望远山。

远山森林里，银灰色的苔原狼奔跑穿行。湛蓝天空，苍鹰划破苍穹。

番外二　第一律

建设长白山自然保护区归来，虎狼两位同学终于正式入职了兽控局沈阳分局行动队。

[入队第1天]

陈万通说："以后你俩跟着我，叫我陈哥就行，记住，咱们行动队的第一律是，服从。小到服从兽控局的纪律，大到服从兽化规律与秩序，只有做到这第一律，才能成为一个优秀的兽控局行动队员，明白了吗？"

林雾答："明白了！"

王野道："嗯。"

[入队第10天]

陈万通说："你俩在长白山保护区里那几个月到底干什么了？把队长气得现在还天天喝金银花去火。"

王野答："没干啥啊。"

林雾道："如果对工作太有热情不算的话。"

陈万通道："年轻人对待工作就要有干劲，这哪算错误。"

林雾说："提前完成防护沟任务，于是顺手又多挖了一条，结果害于队一不小心掉到了沟里，也不算？"

陈万通汗颜："当我没问过。"

[入队第 33 天]

陈万通道："王野你小子太冲动了，刚才那样很危险！"

王野说："但我把那家伙抓住了。"

陈万通道："有更安全保险的方法。"

林雾说："但他把那家伙抓住了。"

陈万通道："你俩就组团气我吧！"

[入队第 82 天]

陈万通怒道："我说没说过，不要在公共场合兽化！"

王野道："不兽化去追，那匹马就跑了！"

陈万通说："街道上出现一匹疯马还勉强说得通，出现一头东北虎，你让我怎么跟市民解释？！"

林雾说："下不为例。"

陈万通道："你别替他说，我要听他自己说。"

王野勉强开口："下……回看情况吧。"

陈万通无奈道："你个臭小子——"

于队长喊："陈万通。"

陈万通答："队长？"

于队长说："来，到我办公室喝口茶。"

[入队第 165 天]

陈万通道："队长，我现在完全理解你在长白山那几个月的感受了。"

于队长说："懂就好。"

陈万通问："那您看能不能……"

于队长拒绝道："不行。"

陈万通道："我还没说啥呢！"

于队长说："你都带他俩半年多了，再坚持坚持。"

陈万通无奈道："队长，您不能可着一个人祸祸啊，就带他俩这半年多，我瘦了十几斤，眼见着就要从雄狮变成病猫了。"

于队长语重心长道："小陈啊，人这一生总会遇见几个大坎儿，想开点就好了。"

陈万通问："这就是您在长白山上悟到的？"

于队长答："与君共勉。"

[入队第 270 天]

林雾和王野在跟随行动队其他同事出外勤的途中，偶遇另外一名兽化犯罪嫌疑人，在局面不利的情况下，一狼一虎联手将嫌疑人制伏。

当时的局面有多不利呢？

同事 A 说："陈万通你是没在现场，就你这俩徒弟，也太有出息了！"

同事 B 说："那个混蛋随身带了猫薄荷，还是二次加工过专门针对大型猫科兽化者的，扬手那么一撒，当时出外勤的几个兄弟不是狮子就是老虎，全中招，满地打滚翻腾，就连平时对猫薄荷不敏感的都扛不住，简直不堪回首。"

同事 A 说："吃一堑长一智，得让队长跟上面反映反映，有没有什么能克制猫薄荷的东西，以后让咱随身携带，不然大半个行动队都是猫科兽化者，这弱点也太要命了。"

陈万通问："等等，我听说最后不是林雾跟王野联手逮着的那家伙吗？"

同事 A 答："对啊。"

陈万通说："王野是东北虎。"

同事 B 道："不用你提醒，但你这个徒弟，不是一般的东北虎。"

同事 A 说："我们闻了猫薄荷，飘飘欲仙，乐不思蜀。"

同事 B 道："王野闻了猫薄荷，愈发兴奋，就想干架。"

同事 A 说："然后那个不长眼的，还把先冲上去的林雾给伤了。"

同事 B 道："小王彻底暴走，三下五除二结束了战斗，到最后那家伙还求我们赶紧把他逮捕，以逃出虎爪。"

[入队第 365 天]

陈万通道："你俩跟着我也有一年了，今天正式出师。"

林雾说："别啊，我们需要跟你学的还有很多呢。"

王野附议："嗯。"

陈万通道："你们已经能独当一面了，陈哥相信你俩。而且明天队里就要来新人了，陈哥还得带他们入门。"

林雾道："可是……"

陈万通开口："林雾。"

林雾答："到！"

陈万通说："你脑子灵，心思细，假以时日，一定是咱们队侦查第一把好手。王野。"

王野答："到。"

陈万通说："你有干劲，有冲劲，有猛劲，有……咱俩来个拥抱吧。"

王野问："假以时日呢？"

陈万通道："不许得寸进尺。"

[入队第 366 天]

陈万通道："以后你俩跟着我，叫我陈哥就行，记住，咱们行动队的第二律是，服从。小到服从兽控局的纪律，大到服从兽化规律与秩序，只有做到这第二律，才能成为一个优秀的兽控局行动队员，明白了吗？"

新人 A 问："第二律？"

新人 B 问："陈哥，那第一律呢？"

陈万通答："别惹王野。"

图书在版编目（CIP）数据

大雾：完结篇 / 颜凉雨著 . -- 长沙：湖南文艺出版社，2021.11

ISBN 978-7-5726-0398-3

Ⅰ.①大… Ⅱ.①颜… Ⅲ.①长篇小说－中国－当代 Ⅳ.① I247.5

中国版本图书馆 CIP 数据核字（2021）第 201218 号

上架建议：畅销·青春文学

DA WU：WANJIE PIAN

大雾：完结篇

作　　者：颜凉雨
出 版 人：曾赛丰
责任编辑：刘雪琳
监　　制：邢越超
策划编辑：王小岛
营销支持：文刀刀　周　茜
封面设计：吴思龙 @4666 啊
版式设计：李　洁
插画支持：你好好好菌　夏　杪　无姜粥
内文排版：百朗文化
出　　版：湖南文艺出版社
　　　　　（长沙市雨花区东二环一段 508 号　邮编：410014）
网　　址：www.hnwy.net
印　　刷：北京中科印刷有限公司
经　　销：新华书店
开　　本：640mm×915mm　1/16
字　　数：280 千字
印　　张：20.5
版　　次：2021 年 11 月第 1 版
印　　次：2021 年 11 月第 1 次印刷
书　　号：ISBN 978-7-5726-0398-3
定　　价：49.80 元

若有质量问题，请致电质量监督电话：010-59096394
团购电话：010-59320018